Arthur Machen
Botschafter des Bösen

SERIE PIPER
Band 1402

Zu diesem Buch

Ein frühes Meisterwerk Arthur Machens und eines der besten, spannendsten Beispiele englischer Gruselromantik, das von Machens Faszination von okkultistischen Geheimbünden Zeugnis ablegt.

»Botschafter des Bösen« erzählt von zwei Freunden, die die Nacht in einem verlassenen Park verbringen und dabei auf die Spur eines monströsen Verbrechens kommen: des Mordes an einem Mann, begangen in derselben Nacht in ebendiesem Park. Aus Beobachtungen, Erinnerungen und Gerüchten setzen sie ein Bild der Tat zusammen und erkennen, daß es sich um das Menschenopfer einer Geheimgesellschaft handelt.

»Der Leser wird nicht so leicht diese gut gearbeiteten Alpträume vergessen, die mit ein wenig Phantasie und Mißgeschick durch seine Nächte geistern könnten.« *Jorge Luis Borges*

Arthur Machen, eigentlich Arthur Llewellyn Jones, wurde 1863 als Sohn eines Geistlichen in Caerleon-on-Usk in der walisischen Grafschaft Monmouthshire geboren. In Einsamkeit aufgewachsen, ging er zum Studium der Medizin nach London, brach es aber, abgestoßen vom Chauvinismus und der Brutalität seiner Kommilitonen, nach wenigen Semestern ab. Ab 1881 lebte er in London, schlug sich als Übersetzer (Rabelais, Margarete von Navarra) durch. Literarischen Ruhm gewann er 1894 mit »Der Große Pan«. Zeitweise gehörte er dem okkultistischen »Hermetic Order of the Golden Dawn« an, zu dessen prominentesten Mitgliedern Aleister Crowley, der Begründer des modernen Satanismus, und William Butler Yeats zählten. Später schloß er sich einer reisenden Schauspieltruppe an und arbeitete daneben als Zeitungsschreiber, dessen Literatur- und Theaterkritiken gefürchtet waren. Eine Attacke auf Lord Alfred Douglas, den ehemaligen Geliebten Oscar Wildes, beendete allerdings seine Karriere als Journalist. Arthur Machen starb 1947 in Beaconsfield.

Arthur Machen

Botschafter des Bösen

Roman

Aus dem Englischen von
Joachim Kalka

Piper
München Zürich

Die Originalausgabe erschien 1895 unter dem Titel
»The Three Impostors« bei John Lane

Arthur Machen: Werke in sechs Bänden
1. Furcht und Schrecken. Roman (SP 1401)
2. Botschafter des Bösen. Roman (SP 1402)
3. Die weißen Gestalten. Erzählungen (erscheint im Winter 1993/94)
4. Der große Pan. Erzählungen (erscheint im Sommer 1994)
5. Der Berg der Träume. Ein Künstlerroman
(erscheint im Winter 1994/95)
6. Der verborgene Sieg. Roman (erscheint im Sommer 1995)

ISBN 3-492-11402-4
Deutsche Erstausgabe
August 1993
© The Estate of Arthur Machen
Deutsche Ausgabe:
© R. Piper GmbH & Co. KG, München 1993
Umschlag: Federico Luci,
unter Verwendung einer Zeichnung von Heinz Lauer
Gesamtherstellung: Clausen & Bosse, Leck
Printed in Germany

Inhalt

Prolog

»Und Mr. Joseph Walters wird die Nacht hier verbringen?«
sagte der glatte, bartlose Herr zu seinem Gefährten, einem
Individuum von wenig einnehmendem Äußeren, dem der röt-
liche Schnurrbart in das kurzgeschnittene Barthaar des Kinns
überging.

Die beiden standen an der Haustür und grinsten einander
boshaft an; und nun kam eine Frau rasch die Treppe herunter-
gelaufen und trat zu ihnen. Sie war noch ganz jung, mit einem
weniger schönen als reizvollen und eigenartigen Gesicht, und
ihre braunen Augen glänzten. Sie hielt ein hübsch säuber-
liches Päckchen in der Hand und lachte mit ihren Freunden
zusammen.

»Laßt die Tür auf«, sagte der glatte Herr zu dem anderen,
als sie hinausgingen. »Ja, bei − −«, fuhr er mit einem gemeinen
Fluch fort, »wir lassen die Haustür angelehnt. Vielleicht mag
er Gesellschaft.«

Der andere Mann sah sich unruhig um. »Ist das auch klug,
Davies?« fragte er und hielt inne, die Hand auf dem verwitter-
ten Türklopfer. »Ich glaube, das wäre Lipsius nicht recht.
Was meinen Sie, Helen?«

»Ich meine, Davies hat recht. Davies ist ein Künstler, und
Sie, Richmond, sind eher ordinär und ein wenig feige. Die
Tür bleibt natürlich offen. Aber wie schade, daß Lipsius fort
mußte! Er hätte sich so gut amüsiert.«

»Ja«, meinte der glatte Mr. Davies, »das ist bedauerlich,
daß der Doktor so plötzlich in den Westen mußte.«

Die drei gingen hinaus und ließen die Haustür, rissig von
Frost und Kälte, halb geöffnet, und einen Augenblick lang
standen sie schweigend unter dem Vordach.

»Nun«, sagte die junge Frau, »es hat jetzt sein Ende. Wir
werden nicht länger die Spur des jungen Mannes mit der
Brille verfolgen.«

»Wir schulden Ihnen viel dabei«, sagte Mr. Davies höflich; »der Doktor hat es betont, ehe er abreiste. Aber heißt es nicht für uns alle drei, den einen oder anderen Abschied zu nehmen? Ich meinerseits möchte mich vor diesem malerischen, wenn auch etwas baufälligen Gebäude von meinem Freund Mr. Burton verabschieden, dem Händler in Antiquitäten und Curiosis«, und der Mann zog mit einer übertrieben tiefen Verneigung den Hut.

»Und ich«, sagte Richmond, »sage Mr. Wilkins Lebewohl, dem Privatsekretär, dessen Gesellschaft ich, wie ich gestehen muß, ein wenig überdrüssig geworden bin.«

»Leben auch Sie wohl, Miss Lally, und ebenso Sie, Miss Leicester«, sagte die Frau und machte dabei einen reizenden Knicks. »Ein Lebewohl allen okkulten Abenteuern, die Farce ist zu Ende.«

Mr. Davies und die junge Dame schienen ein grimmiges Vergnügen zu empfinden, aber Richmond zupfte nervös an seinem Bart.

»Mir ist ein wenig flau«, sagte er. »Ich hab in den Staaten Härteres gesehen, aber dieser Laut, den er von sich gegeben hat, dieses Geweine, ist mir auf den Magen geschlagen. Und dann der Geruch… Aber mir ist es schon immer rasch unwohl geworden.«

Die drei Freunde entfernten sich langsam von der Türe und begannen, auf einem Weg auf und ab zu gehen, der einst mit Kies bestreut gewesen war, doch nun bedeckt mit dem schwammigen Grün feuchten Mooses. Es war ein schöner Herbstabend, und schwacher Sonnenschein fiel auf die gelblichen Mauern des alten verlassenen Hauses und ließ die Flecken des Verfalls hervortreten wie Wundbrandmale; die schwarzen Rinnsale des Regens aus den zerbrochenen Dachtraufen, die räudigen Kleckse, wo die nackten Ziegelsteine bloßlagen, die grünen Blättertränen eines hageren Goldregenstrauchs neben der Veranda und in Bodennähe die zerklüfteten Spuren, wo der stinkende Lehm in die ausgehöhlten Fundamente vordrang. Es war ein seltsamer, weitläufiger alter Bau – der Mitteltrakt war vielleicht zweihundert Jahre alt, und Giebelfenster ragten schräg aus dem Ziegeldach, während die beiden Seitenflügel georgianisch waren. Ausladende Erker stiegen bis in den ersten Stock empor, und zwei gewölbte Dachkuppeln waren einmal leuchtend grün angestrichen gewesen – nun waren sie von neutralem Grau. Zerbrochene steinerne Blumenurnen lagen auf dem Weg, und ein zäher Nebel schien dem schmierigen Boden zu entsteigen; die vernachlässigten Hecken und Zierbüsche, nun alle formlos und verworren, rochen klamm und übel, und um das ganze verlassene Anwesen hing eine Aura, die Gedanken an ein geöffnetes Grab nahelegte. Die drei Freunde betrachteten melancholisch das grob wuchernde Gras, die Nesseln, die auf den Rasenflächen und Blumenbeeten dicht an dicht standen, und den traurigen kleinen Teich inmitten des Unkrauts. Dort, nicht über Seerosen, sondern über öliggrünem Algenschaum stand auf Steinen ein rostender Triton und blies mit geborstenem Horn seine Klage; und dahinter, jenseits des in sich zusammengesackten Zaunes und der fernen Wiesen, glitt die Sonne hinab und schien rot durch die Gitter der Ulmenäste.

Richmond erschauerte und stampfte mit dem Fuß auf. »Wir gehen jetzt besser«, sagte er; »hier gibt es nichts mehr zu tun.«

»Nein«, sagte Davies, »endlich ist es vorbei. Eine Zeit lang dachte ich, wir würden den Herrn mit der Brille nie zu fassen bekommen. Er war ein schlauer Bursche, aber, meine Güte! am Ende, da hat ihn die Kraft verlassen. Ich kann Ihnen sagen, er wurde weiß wie die Wand, als ich ihm in der Bar die Hand auf den Arm legte. Aber wo mag er das Ding nur versteckt haben? Daß er es nicht bei sich trug, können wir alle beschwören.«

Das Mädchen lachte, und sie hatten sich alle zum Gehen gewandt, als Richmond zusammenschrak. »Ah!« rief er und wandte sich zu dem Mädchen, »was haben Sie da? Sehen Sie, Davies, sehen Sie nur! wie es trieft und näßt.«

Die junge Frau sah auf das kleine Päckchen hinab, das sie trug, und schlug das Papier halb zurück.

»Ja, sehen Sie her, beide«, sagte sie. »Meine eigene Idee. Meinen Sie nicht, daß das gut in das Museum des Doktors paßt? Von der rechten Hand, der Hand, die den goldenen Tiberius stahl.«

Mr. Davies nickte beifällig, und Richmond hob die häßliche, hochgekrempte Melone, um sich mit einem schäbigen Taschentuch über die Stirn zu wischen.

»Ich gehe«, sagte er; »Sie beide können ja bleiben, wenn Sie möchten.«

Die drei gingen auf dem Weg, der einst zu den Stallungen geführt hatte, um das Haus, an der dürren Wildnis des ehemaligen Küchengartens vorüber, und dann an einer Hecke entlang auf einen entfernten Punkt der Straße zu und davon. Fünf Minuten später kamen zwei Gentlemen, die aus müßiger Neugier diese vergessenen Ränder Londons durchforschten, die verschattete Auffahrt emporgeschlendert. Sie hatten das einsame Haus von der Straße aus erblickt, und wie sie nun Verfall und Verlassenheit des Ortes besahen, fingen sie an, mit großem Pathos zu moralisieren, mit starken Anleihen bei Jeremy Taylor.

»Schauen Sie, Dyson!« sagte der eine, als sie näherkamen, »schauen Sie sich die oberen Fenster an – die Sonne sinkt, und sind auch die Scheiben staubig, *der Erker starrt vor Schmutz, doch er erglüht.«*

»Phillipps«, entgegnete der ältere und (man muß es sagen) der pompösere der beiden, »ich gebe mich dem Phantastischen hin, ich kann der Gewalt des Grotesken nicht widerstehen. Hier, wo alles versinkt, verfällt und sich auflöst, wo wir in Zypressennacht einhergehen und die Luft selbst wie Moder in die Lunge dringt, da kann ich dem Alltag nicht treu bleiben. Ich sehe das tiefe Glühen auf jenen Fensterscheiben, und das ganze Haus liegt verzaubert da; eben jenes Zimmer, ich sage es Ihnen, ist drinnen voller Blut und Feuer.«

Das Abenteuer mit dem goldenen Tiberius

Die Bekanntschaft zwischen Mr. Dyson und Mr. Charles Phillipps ging aus einem der Myriaden von Zufällen hervor, wie sie Tag um Tag in den Straßen Londons am Werke sind. Mr. Dyson oblag der Schriftstellerei – und gab ein unglückliches Beispiel verschwendeten Talentes ab. Mit einer Begabung, welche ihn in der Blüte seiner Jugend schon zum Beliebtesten unter den Verfassern von Bentleys Beliebten Romanen hätte machen können, zog er es vor, sich auf das Abartige zu verlegen; zwar war er mit der scholastischen Logik vertraut, doch von der Logik des Lebens wußte er nichts, und er schmeichelte sich, ein Künstler zu sein, da er doch nichts als ein müßiger und neugieriger Zuschauer bei den Anstrengungen anderer war. Unter vielen Selbsttäuschungen war ihm die eine besonders kostbar: daß er ein unermüdlicher Arbeiter sei – und seine Lieblingszuflucht, einen kleinen Tabakladen in der Great Queen Street, betrat er nie anders als mit einer Geste äußerster Ermattung, um sodann jedem, der es hören mochte, zu verkünden, er habe nun zweimal hintereinander die Sonne aufgehen und sinken sehen. Der Ladenbesitzer, ein Mann mittleren Alters von außerordentlicher Höflichkeit, tolerierte Dyson einerseits aus Gutmütigkeit, andererseits, weil er ein regelmäßiger Kunde war; er durfte auf einem leeren Faß sitzen und seinen Ansichten zur Literatur und Kunst freien Lauf lassen, bis er müde war oder die Zeit kam, den Laden zu schließen. Und wenn auch keine neuen Kunden kamen, so nimmt man doch an, daß keine alten durch seine Eloquenz abgeschreckt wurden. Dyson gefiel sich in wilden Tabakexperimenten; nie wurde er es müde, neue Mixturen auszuprobieren, und eines Abends hatte er gerade den Laden betreten und sein jüngstes lächerliches Rezept verkündet, als ein junger Mann etwa seines eigenen Alters, der einen Moment nach ihm hereingekommen war, den Inhaber bat, für ihn auch eine

Portion dieser Tabakmischung zu bereiten, wobei er Mr. Dyson höflich zulächelte. Dyson fühlte sich überaus geschmeichelt, und nach ein paar Floskeln begannen die zwei ein Gespräch, und eine Stunde später sah der Tabakladenbesitzer die neuen Freunde nebeneinander auf zwei Fässern sitzen, in eine Unterhaltung vertieft.

»Ich werde Ihnen, mein Lieber«, sagte Dyson, »die Aufgabe des Literaten in einem Satz zusammenfassen. Er muß ganz einfach eine wunderbare Geschichte erfinden und sie auf wunderbare Weise erzählen.«

»Das will ich Ihnen zugeben«, sagte Mr. Phillipps. »Aber Sie müssen gestatten, daß ich auf folgendem bestehe: In den Händen eines wahrhaften Wortkünstlers sind alle Geschichten wundersam, und in jedem kleinen Umstand liegt ein besonderes Wunder. Der Inhalt tut wenig zur Sache, die Art und Weise des Erzählens ist alles. Tatsächlich liegt die höchste Fertigkeit gerade darin, scheinbar gewöhnlichste Gegenstände zu nehmen und sie mit der Alchemie des Stils ins reine Gold der Kunst zu verwandeln.«

»Das ist in der Tat ein Beweis großer Kunstfertigkeit, aber es ist eine törichte oder doch zumindest unklug gebrauchte Kunst. Das ist, als wolle uns ein großer Geiger zeigen, welch herrliche Harmonien er einem Kinderbanjo entlocken kann.«

»Nein, nein, da haben Sie völlig unrecht. Ich sehe schon, Sie haben eine radikal falsche Auffassung vom Leben! Aber das müssen wir genauer bereden, kommen Sie mit zu mir, ich wohne nicht weit.«

Solcherart wurde Mr. Dyson zum Vertrauten von Mr. Charles Phillipps, der an einem ruhigen Platz nicht weit von Holborn entfernt wohnte. Von da an suchten sie einander in ihren Wohnungen auf, manchmal ganz regelmäßig, zuweilen auch nicht, und verabredeten sich im Laden in der Queen Street, wo ihre Gespräche den Einnahmen des Tabakhändlers ihren ganzen Reiz nahmen. Ständig rieben sich literarische Schlagworte knirschend aneinander – Dyson vertrat den Anspruch der reinen Einbildungskraft, während Phillipps, der

Naturwissenschaften studierte und gewisse ethnologische Kenntnisse besaß, behauptete, jegliche Literatur müsse eine wissenschaftliche Grundlage haben. Durch die irregeleitete Großzügigkeit verstorbener Verwandter befanden sich beide jungen Männer außerhalb der Reichweite des Hungers, und so träumten sie von großen Taten, ließen ihre Zeit in angenehmer Müßigkeit zerrinnen und genossen die sorglosen Freuden der Bohème ohne die scharfe Würze der Entbehrung.

An einem Juniabend saß Mr. Phillipps in seinem Zimmer, in der ruhigen Zurückgezogenheit des Red Lion Square. Er hatte das Fenster geöffnet und rauchte behaglich, während er den Bewegungen des Lebens drunten zusah. Der Himmel war klar, und der Nachglanz des Sonnenuntergangs hing noch lange zögernd am Horizont und bildete im Wettstreit mit den Gaslaternen auf dem Platz ein Chiaroscuro, das etwas Unirdisches hatte; die Kinder, die auf den Gehsteigen hin und her rannten, die Müßiggänger, die neben der Wirtschaft lehnten, und die zufälligen Fußgänger flimmerten und schwebten durch das Lichterspiel und schienen kaum mehr festumrissen und gegenständlich. Nach und nach sprang in den Häusern gegenüber ein Fenster um das andere als Rechteck von Licht hervor, und dann und wann bildete sich eine Figur hinter einer Jalousie ab und verschwand wieder, und zu all diesem quasi theatralischen Zauber schienen die Läufe und Triller einer italienischen Bravouroper, ein Stück entfernt auf einem Leierkasten gespielt, eine angemessene Begleitung, während der tiefe, murmelnde Baß des Verkehrs von Holborn nie verstummte.

Phillipps genoß die Szenerie mit ihren Effekten; das Licht des Himmels verblaßte und wurde zu Dunkelheit, und der Platz wurde langsam still, und immer noch saß er träumend am Fenster, bis ihn der schrille Klang der Hausglocke aufschreckte und er beim Blick auf seine Taschenuhr sah, daß es nach zehn war. Es klopfte an die Tür, und sein Freund Mr. Dyson kam herein, setzte sich seiner Gewohnheit gemäß in einen Sessel und begann schweigend zu rauchen.

»Sie wissen, Phillipps«, sagte er endlich, »daß ich immer eine Lanze für das Wunderbare gebrochen habe. Ich erinnere mich gut, wie Sie eben dort auf ihrem Stuhl behauptet haben, daß es niemandem ansteht, das Wundervolle, Unwahrscheinliche, den seltsamen Zufall in der Literatur zu verwenden, und Sie haben argumentiert, daß es falsch wäre, weil sich tatsächlich das Wundervolle und Unwahrscheinliche nicht ereignen und das Leben der Menschen nicht von seltsamen Zufällen geformt wird. Nun würde ich wohlgemerkt dieser Schlußfolgerung keineswegs zustimmen, weil ich glaube, daß das mit der Literatur als kritischem Bild des Lebens alles Blödsinn ist – aber ich bestreite Ihnen jetzt auch die Voraussetzung. Etwas ganz Außerordentliches ist mir heute abend geschehen.«

»Wirklich, Dyson, das freut mich zu hören! Natürlich bestreite ich das, was Sie nun darlegen werden, ganz gleich, was es ist – aber wenn Sie so freundlich wären, mir von Ihrem Abenteuer zu erzählen, lauschte ich mit dem größten Vergnügen.«

»Nun – das ging so zu. Ich habe einen schweren Arbeitstag hinter mir – tatsächlich bin ich seit sieben Uhr gestern Abend kaum von meinem alten Schreibtisch aufgestanden. Ich wollte die Idee ausarbeiten, die wir letzten Dienstag besprochen haben, Sie wissen doch, die Geschichte mit dem Fetischisten.«

»Ja, ich erinnere mich. Und sind Sie damit weitergekommen?«

»Ja, es ging schließlich besser, als ich dachte – aber es gab große Schwierigkeiten dabei, die alte Qual zwischen Plan und Ausführung. Jedenfalls war ich gegen sieben heute abend fertig damit, und da dachte ich mir, ein wenig frische Luft würde mir gut tun. Ich ging aus dem Haus und wanderte fast ziellos durch die Straßen – ich hatte den Kopf voll von meiner Geschichte, und ich nahm kaum wahr, wo ich gerade ging. Ich kam in diese ruhige Gegend nördlich der Oxford Street, wenn man Richtung Westen geht, diese anständigen Wohnviertel, lauter Stuck und gutes Geld. Ohne es zu merken, wandte ich mich wieder nach Osten, und es war schon ganz dunkel, als ich eine düstere kleine Nebenstraße entlangging, schlecht beleuchtet war sie und leer. Ich hatte zu diesem Zeitpunkt überhaupt keine Vorstellung davon, wo ich eigentlich war, aber später fand ich heraus, daß es nicht sehr weit von der Tottenham Court Road weg war. Ich schlenderte dahin und genoß die Stille; auf der einen Straßenseite schienen die rückwärtigen Räume irgendeines großen Handelshauses zu liegen – Stockwerk um Stockwerk wuchtete sich mit staubigen Fenstern in die Nacht hinauf, mit galgenartigen Vorrichtungen, um schwere Lasten hochzuziehen, und unten große breite Türen, fest verschlossen und verriegelt, alles dunkel und trostlos. Dann kam ein großes Lagerhaus für Umzugsgut; und auf der anderen Straßenseite stand eine grimmige kahle Mauer, abweisend wie die von einem Gefängnis, und dann das Hauptquartier von irgendeinem Freiwilligenregiment, und danach eine Gasse, die in einen Hof führte, wo Mietfuhrwerke abgestellt waren. Es war, könnte man beinahe sagen, eine Straße ohne Bewohner, und kaum ein Fenster zeigte einen schwachen Lichtschein. Ich verwunderte mich dieser seltsamen Ruhe und dieses Dämmerlichtes, als ich plötzlich das Geräusch rennender Füße vernahm, die mit höchster Geschwindigkeit über das Pflaster liefen, und ein Mann aus einem schmalen Durchlaß, einem Personaleingang oder dergleichen, wie herauskatapultiert hervorsprang, direkt vor meiner Nase, und an mir vorüberfegte, wobei er im Lauf etwas von sich schleuderte. Er war um die Ecke und eine andere Straße hinunter, im Augenblick, fast ehe ich noch dessen innewurde, was geschehen war, aber ich kümmerte mich nicht so sehr um ihn, ich beobachtete etwas anderes. Ich habe gesagt, daß er etwas weggeworfen hatte – nun, ich sah zu, wie eine flammenglänzende Bahn durch die Luft fuhr und ein Leuchten zitternd über das Pflaster hüpfte, und wider Willen rannte ich dem Glanz hinterher. Die Kraft des Wurfes ließ nach und ich sah etwas wie einen hellglitzernden Penny langsamer und langsamer vor mir herrollen und dann auf den Rinnstein zutrudeln, einen Augenblick lang auf der Kante balancieren und dann in einen Abflußschacht hinabtanzen. Ich glaube, ich habe vor Verzweiflung geradezu aufgeschrien, obwohl ich gar nicht wußte, was ich jagte – und dann sah ich zu meiner Freude, daß es, anstatt in den Schacht hinunterzustürzen, auf zwei Stäben des Gitterrostes liegengeblieben war. Ich beugte mich hinunter, hob es auf und ließ es rasch in meiner Tasche verschwinden, und ich wollte gerade weitergehen, als ich erneut das Geräusch hastender Schritte hörte. Ich weiß nicht, weshalb ich es tat, aber tatsächlich schlüpfte ich schnell in den kleinen Durchlaß oder was immer es war und zog mich so weit wie möglich in den Schatten zurück. Ein Mann kam nur ein paar Schritte von mir vorübergerannt, und ich war überaus froh, daß ich mich versteckt hatte. Ich konnte nicht viel von seinen Zügen erkennen, aber ich sah seine Augen glänzen, und er zeigte die Zähne. Er hatte ein häßlich langes Messer in der Hand, und ich dachte mir, daß es für den ersten Herrn sehr ungemütlich werden dürfte, wenn der zweite Räuber, oder der Beraubte, oder wie Sie wollen, ihn einholte. Ich kann Ihnen sagen, Phillipps, eine Fuchsjagd ist aufregend genug, wenn an einem Wintermorgen das Signal geblasen wird und die Meute bellt und die Rotröcke losgaloppieren, aber das ist nichts gegen eine Menschenjagd, und von einer solchen habe ich heute nacht einen kurzen Blick erhascht. Im Auge dieses Burschen lag Mord, als er vorbeikam, und ich glaube nicht, daß der Abstand zwischen den beiden viel mehr als fünfzig Sekunden betrug. Hoffen wir, daß es genug war.«

Dyson lehnte sich in den Sessel zurück, zündete sich die Pfeife wieder an und rauchte nachdenklich. Phillipps fing an, im Zimmer hin und her zu gehen und sann der Geschichte nach, in der die Todesgewalt auf der Jagd über das Straßenpflaster hetzte, wo das Messer im Laternenlicht blinkte, der Geschichte von der Wut des Verfolgers und vom Entsetzen des Gejagten.

»Nun«, sagte er endlich, »und was war es denn, das Sie aus der Gosse geborgen haben?«

Dyson sprang auf, sichtlich überrascht. »Ich habe tatsächlich keine Ahnung. Der Gedanke, nachzusehen, kam mir nicht. Aber jetzt –«

Er tastete in seiner Westentasche und zog einen kleinen, glänzenden Gegenstand hervor, den er auf den Tisch legte. Dort leuchtete er unter der Lampe mit dem strahlenden Schein erlesenen alten Goldes, und das Bild und die Lettern standen in klarem und scharfem Relief da, als hätte all dies erst vor einem Monat den Prägestock verlassen. Die beiden Männer beugten sich über den Gegenstand, und Phillipps hob ihn auf und untersuchte ihn.

»Imp. Tiberius Caesar Augustus«, las er die Inschrift, und dann, als er die Rückseite der Münze besah, wandelte sich sein Ausdruck zu starrem Staunen, und schließlich kehrte er sich mit triumphierender Erregung Dyson zu.

»Wissen Sie, was Sie da gefunden haben?« fragte er.

»Offenbar eine antike Goldmünze«, sagte Dyson gelassen.

»Ganz recht, einen goldenen Tiberius. Nein, das stimmt nicht – Sie haben *den* goldenen Tiberius gefunden. Betrachten Sie die Rückseite.«

Dyson sah hin und erkannte, daß der Münze das Bild eines Fauns aufgeprägt war, der zwischen Schilf in fließendem Wasser stand. Die Gesichtszüge traten trotz ihrer Winzigkeit in zartem Umriß hervor; es war ein zugleich schönes und entsetzliches Antlitz, und Dyson dachte an die berühmten Zeilen vom Gefährten des kleinen Jungen, der mit ihm zusammen größer wird und aufwächst, bis sich die Luft mit Bocksgestank füllt.

»Ja«, sagte er, »das ist eine merkwürdige Münze. Kennen Sie die?«

»Ich weiß von ihr. Es ist dies einer der vergleichsweise wenigen wirklich geschichtlichen Gegenstände, die es gibt – er ist von Geschichten umgeben wie die berühmten Juwelen, von denen wir gelesen haben. Ein ganzer Legendenzyklus hat sich um dieses Ding gerankt; es heißt, daß die Münze zu einer Prägung gehörte, die Tiberius zum Gedenken an eine infame

Ausschweifung anordnete. Sie sehen auf der Rückseite die Inschrift: ›Victoria‹. Man sagt, daß infolge eines außergewöhnlichen Zufalls die gesamte Prägeserie in den Schmelztiegel geworfen wurde, und nur diese eine Münze entkam. Sie glänzt durch Sage und Geschichte, taucht immer wieder auf, um wieder zu verschwinden, mit Lücken aus Jahrhunderten und Kontinenten. Sie wurde von einem italienischen Humanisten ›entdeckt‹, und verloren und wiedergefunden. Seit 1727 hat man nichts mehr von ihr gehört – damals brachte Sir Joshua Byrde, ein Kaufmann, der im Orient Handel trieb, die Münze aus Aleppo mit und verschwand mit ihr zusammen einen Monat, nachdem er sie den Kunstkennern gezeigt hatte, niemand wußte oder weiß wohin. Und da ist sie!

Stecken Sie sie ein, Dyson«, sagte er nach einer Pause. »Ich würde an Ihrer Stelle kein Wort darüber verlieren. Ich würde sie niemandem zeigen. Hat einer von den beiden Männern Sie gesehen?«

»Ich glaube eigentlich nicht. Ich glaube, der erste, der, welcher aus dem dunklen Durchlaß hervorgestürzt kam, nahm überhaupt nichts wahr; und der zweite, da bin ich sicher, kann mich nicht gesehen haben.«

»Und Sie haben die beiden im Grunde auch nicht gesehen. Könnten Sie den einen oder anderen erkennen, wenn sie Ihnen morgen auf der Straße begegneten?«

»Nein, ich glaube nicht. Die Straße war, wie gesagt, schwach beleuchtet, und sie rannten wie Wahnsinnige.«

Die beiden Männer saßen eine Weile schweigend da und jeder spann seine eigenen Phantasien um die Geschichte – doch die Lust am Wunderbaren überwältigte nach und nach Dysons eher nüchterne Gedanken.

»Es ist alles noch seltsamer, als ich dachte«, sagte er schließlich. »Es war merkwürdig genug, was ich sah – ein Mann schlendert eine ruhige alltägliche Straße in London entlang, eine Straße mit grauen Häusern und leeren Mauern, und dann scheint sich einen Augenblick lang ein Schleier zu heben und der Qualm des Infernos schlägt aus dem Pflaster hervor, der

Boden unter seinen Füßen ist rotglühend, und er scheint das Zischen des höllischen Kessels zu hören. Ein Mann läuft in verzweifelter Furcht um sein Leben, und wilder Haß jagt mit gezogenem Messer seinen Schritten nach – das ist entsetzlich genug. Aber was ist all das gemessen an dem, was Sie mir nun erzählt haben? Ich sage Ihnen, Phillipps, ich sehe es vor mir, wie sich diese Geschichte verzweigt! Von nun an wird sich das Geheimnis an jeden unserer Schritte heften, und die banalsten Vorfälle werden verborgene Bedeutungen in sich tragen. Sie mögen sich sträuben und Ihre Augen verschließen, aber sie werden Ihnen mit Gewalt geöffnet werden – denken Sie an mich, Sie werden sich dem Unvermeidlichen fügen müssen! Eine Spur – gut, eine verworrene, aber eine Spur – hat uns der Zufall in die Hände gespielt; nun ist es unsere Aufgabe, sie zu verfolgen. Der Schuldige oder die Schuldigen in diesem merkwürdigen Fall werden uns nicht entrinnen können, unsere Netze werden weit und breit durch diese große Stadt ausgelegt werden, und plötzlich wird uns irgendwo auf den Straßen und Plätzen auf diese oder jene Weise etwas zeigen: Wir sind in Berührung mit dem unbekannten Verbrecher! Tatsächlich kann ich ihn beinahe vor mir sehen, wie er sich langsam Ihrem ruhigen Platz nähert... er wartet müßig an Straßenecken, streift scheinbar ziellos lange Straßen entlang und kommt doch die ganze Zeit näher und näher, angezogen von einer unwiderstehlichen Kraft, wie die Schiffe im orientalischen Märchen vom Magnetberg.«

»Ganz gewiß«, entgegnete Phillipps, »werden Sie, falls Sie überall die Münze hervorziehen und den Leuten damit unter der Nase herumgestikulieren wie jetzt gerade, sehr wahrscheinlich Bekanntschaft mit dem Verbrecher machen, mit irgendeinem jedenfalls. Zweifellos wird man Sie berauben. Sonst aber sehe ich nicht, wieso einer von uns irgendwie heimgesucht werden sollte. Niemand hat gesehen, wie Sie die Münze an sich nahmen; niemand weiß, daß sie in Ihrem Besitz ist. Ich für mein Teil werde ruhig schlafen und meinen Geschäften mit dem Gefühl der Sicherheit und einem festen

Vertrauen in die natürliche Ordnung der Dinge nachgehen. Die Ereignisse des Abends, das Abenteuer auf der Straße – das war seltsam, ich gebe es zu, aber ich lehne es kategorisch ab, weiter etwas damit zu tun zu haben, und falls notwendig werde ich einfach zur Polizei gehen. Ich lasse mich nicht von einem goldenen Tiberius zum Sklaven machen, auch wenn er unter einigermaßen melodramatischen Umständen in mein Leben tritt.«

»Und ich«, sagte Dyson, »ich werde wie ein fahrender Ritter auf Abenteuer ausziehen. Nicht daß ich sie suchen müßte. Das Abenteuer wird *mich* suchen, ich werde wie eine Spinne mitten in meinem Netz auf jede kleine Bewegung reagieren und stets wachsam sein.«

Bald darauf verabschiedete sich Dyson, und Mr. Phillipps verbrachte die restliche Nacht damit, einige Pfeilspitzen aus Feuerstein zu untersuchen, die er erworben hatte. Er hatte guten Grund anzunehmen, daß sie das Werk eines modernen und keines steinzeitlichen Menschen waren, und doch war er sehr ungehalten, als eine genaue Prüfung ihm zeigte, daß sein Mißtrauen nur allzu berechtigt war. In seinem Ärger auf die schimpfliche Gesinnung, welche den Ethnologen zum Narren halten wollte, vergaß er Dyson und den Tiberius ganz, und als er beim ersten Sonnenstrahl zu Bett ging, war die ganze Geschichte seinen Gedanken vollkommen entschwunden.

Die Begegnung auf dem Bürgersteig

Mr. Dyson ging gemächlich die Oxford Street entlang und starrte alles, was seine Aufmerksamkeit erregte, mit milder Neugier an, wobei er in all ihren seltenen Nuancen die Empfindung genoß, wirklich angestrengt an der Arbeit zu sein. Die Menschen, den Straßenverkehr und die Schaufenster zu beobachten, kitzelte seine Sinne mit einem exquisiten Reiz; er schaute ernst drein wie jemand, auf dem bedeutende und gewichtige Aufgaben ruhen, und er blickte sorgsam nach rechts und links, damit ihm nur kein Umstand von besonderem Interesse entging. An einer Kreuzung hätte ihn fast ein Pferdefuhrwerk überfahren, das in raschem Tempo nahte, denn er haßte es, seinen Schritt zu beschleunigen, und der Nachmittag war recht warm; eben hatte er vor einem Wirtshaus innegehalten, als das erstaunliche Gebaren eines gutgekleideten Individuums auf dem gegenüberliegenden Bürgersteig ihn in seinen Bann schlug, daß er mit offenem Munde reglos stehen blieb. In drei Reihen rasten Kutschen, Droschken, offene Wagen, Lastfuhrwerke und Omnibusse nach Osten und Westen, und der waghalsigste Kreuzungsabenteurer hätte es nicht unternommen, hier die Straße zu überqueren; doch die Person, die Dysons Aufmerksamkeit erregte, schien in Raserei auf der vordersten Kante des Bürgersteigs zu tanzen, hin und wieder unter Todesgefahr einen Schritt vorzupreschen und bei jedem Zurückprallen förmlich zu hüpfen und zu springen vor Erregung, zur großen Heiterkeit der Passanten. Endlich bot sich in den langen Reihen der Vehikel eine schmale Lücke, welche die Courage eines Straßenjungen auf die Probe gestellt hätte, und der Mann rannte mit wütender Energie herüber und entkam dem Verkehr um Haaresbreite, um auf Dyson zuzufahren wie ein Tiger auf seine Beute. »Ich habe gesehen, wie Sie sich umschauten!« sagte er und spie die Worte in seinem ungeheuerlichen Eifer stotternd hervor.

»Würden Sie mir das eine sagen? War der Mann, der vor drei Minuten hier aus der Reformbäckerei kam und in eine Droschke sprang, ein ziemlich junger Mann mit dunklem Backenbart und einer Brille? Mann, können Sie nicht antworten? Sprechen Sie doch um Himmelswillen! Sagen Sie's mir, es geht um Leben und Tod!«

Die Wörter quollen und sprudelten dem Mann in seiner tobenden Erregung aus dem Mund, sein Gesicht wurde rot und blaß, und die Schweißtropfen standen ihm auf der Stirne, er stampfte beim Sprechen mit den Füßen auf und zerrte mit der Hand an seinem Jackett, als schwelle etwas an und ersticke ihn, nähme ihm den Atem.

»Mein lieber Herr«, sagte Dyson, »ich nehme es gerne immer genau. Ihre Wahrnehmung war völlig zutreffend. Ein ziemlich junger Mann, wie Sie sagen, ein Mann – möchte ich meinen – von etwas schüchternem, scheuem Wesen, kam rasch aus dem Laden hier gelaufen und sprang in eine Droschke, die auf ihn gewartet haben muß, weil sie sofort nach Osten davonfuhr. Ihr Freund trug auch eine Brille, wie Sie sagten. Vielleicht darf ich Ihnen eine andere Droschke rufen, damit Sie dem Herrn folgen können?«

»Nein, danke sehr, das wäre Zeitverschwendung.« Der Mann schluckte etwas hinunter, was ihm in die Kehle zu steigen schien, und Dyson erschrak, als er ihn vor hysterischem Gelächter zittern sah. Er klammerte sich an einen Laternenpfahl und wankte wie ein Schiff in schwerem Sturm.

»Wie soll ich dem Doktor unter die Augen treten?« murmelte er vor sich hin. »Es ist zu schlimm, im letzten Augenblick zu scheitern.« Dann schien er sich zu erinnern, wo er war, richtete sich auf und sah Dyson ruhig an. »Ich muß mich für meine Heftigkeit entschuldigen«, sagte er endlich. »Nicht jeder wäre so nachsichtig mit mir gewesen wie Sie. Da Sie so liebenswürdig waren – darf ich Sie noch um eine kleine Gefälligkeit bitten? Würden Sie ein paar Schritte mit mir zusammen weitergehen? Ich fühle mich nicht ganz wohl; es ist wahrscheinlich die Sonne.«

Dyson willigte mit einem Kopfnicken ein und widmete sich einer unauffälligen Musterung dieser seltsamen Person, während sie nebeneinander hergingen. Der Mann war mit unauffälligem Geschmack gekleidet. Der kritischste Betrachter hätte am Schnitt und Material seiner Kleider nichts auszusetzen finden können. Und doch wirkte alles, vom Hut bis zu den Schuhen, unpassend. Sein Zylinder, dachte Dyson, hätte eigentlich eine häßliche hohe Melone sein müssen, getragen zu einem ausgebeulten Jackett, und ein Instinkt sagte ihm, daß der Bursche gewöhnlich kein reines Taschentuch bei sich trug. Das Gesicht war kaum sehr einnehmend, und gewann nichts durch die ingwerroten Strähnen eines rechts und links herabhängenden Kinnbarts, in den unmerklich ein hellerer Schnurrbart überging. Doch trotz dieser Warnsignale, welche die Natur ausgehängt hatte, spürte Dyson, daß der Mann neben ihm mehr war als ein bloß vulgäres Individuum. Der Mann rang mit sich, er unterdrückte seine Gefühle, aber immer wieder stieg ihm ein leidenschaftliches Rot ins Gesicht und es war offensichtlich, daß nur äußerste Anstrengung ihn davon abhielt, wie ein Rasender zu toben. Dyson fand das Schauspiel kurios und ein wenig unheimlich, wie ein geheimes Gefühl so um die Herrschaft kämpfte und jeden Moment gewaltsam auszubrechen drohte; und sie hatten eine gewisse Strecke zurückgelegt, ehe der Mann, dem er durch einen so merkwürdigen Zufall begegnet war, gefaßt sprechen konnte.

»Es ist wirklich sehr freundlich von Ihnen«, sagte er, »ich darf mich noch einmal entschuldigen; ich habe mich wirklich unverzeihlich unhöflich benommen. Mein Verhalten bedarf wohl einer Erklärung, und ich würde Ihnen diese sehr gerne geben. Kennen Sie in der Nähe irgendeinen Ort, wo man sich setzen kann? Es wäre mir wirklich viel daran gelegen.«

»Mein lieber Herr«, sagte Dyson feierlich, »das einzige Café in London ist gleich in der Nähe. Fühlen Sie sich bitte nicht verpflichtet, mir irgendwelche Erklärungen zu geben – andererseits höre ich Ihnen natürlich mit Vergnügen zu. Lassen Sie uns hier entlang gehen.«

Sie gingen eine kahle Straße hinunter und bogen in eine Art schmalen Durchgang ein, an einem geöffneten Eisengitter vorbei. Der Gang war mit breiten Steinplatten gepflastert, an den Seiten standen hübsche Ziersträucher in Kübeln, und der Schatten der hohen Mauern schuf eine Kühle, die nach dem heißen Atem der sonnigen Straße sehr angenehm war. Nun öffnete sich der Durchlaß auf einen kleinen Platz – ein reizender Ort, ein Stückchen Frankreich, ins Herz von London verpflanzt. Hohe Mauern erhoben sich auf allen Seiten, mit glänzendgrünen Schlingpflanzen bewachsen. Unten leuchteten in Beeten die fröhlichen Farben von Kapuzinerkresse, Geranien und Ringelblumen, Reseda duftete, und inmitten des Platzes ließ ein unter Grün verborgener Brunnen seinen kühlen Strahl in ein Becken plätschern, daß allein dies Geräusch schon den Aufenthalt an diesem Ort zum Genuß machte. Stühle und Tische standen in komfortablen Abständen da, und am anderen Ende des Platzes waren die breiten Türen des Lokals weit geöffnet, – drinnen lag ein langer, dunkler Raum, und das Brausen des Straßenverkehrs war zu einem fernen Gemurmel geworden. Innen saßen ein oder zwei Gäste an den Tischen, schrieben und tranken ihren Wein, aber der Hof war leer.

»Sie sehen, hier sind wir unter uns«, sagte Dyson. »Bitte, nehmen Sie doch hier Platz, Mr. –?«

»Wilkins ist mein Name. Henry Wilkins.«

»Hier, Mr. Wilkins. Ich glaube, der Platz wird Ihnen zusagen. Sie waren wohl noch nie hier? Jetzt ist es ruhig, aber um sechs ist das hier der reinste Bienenstock, und die Tische und Stühle stehen bis in die Gasse hinein.«

Ein Kellner kam, nachdem man geklingelt hatte, und Dyson bestellte nach einer höflichen Erkundigung bezüglich der Gesundheit von Monsieur Annibault, dem Besitzer, eine Flasche Wein aus Champigny.

»Der Wein von Champigny«, bemerkte er zu Mr. Wilkins, auf den der Ort offenbar einen wohltätig beruhigenden Einfluß ausübte, »ist einer der großen Weine der Touraine. Ah,

da haben wir ihn, erlauben Sie, daß ich Ihnen ein Glas ein-
gieße. Wie schmeckt er Ihnen?«

»In der Tat!« sagte Mr. Wilkins. »Ich hätte das für einen
guten Burgunder gehalten. Das Bukett ist von großem Reiz.
Ich kann mich wirklich glücklich schätzen, in Ihnen meinen
Guten Samariter gefunden zu haben. Es ist ein Wunder, daß
Sie mich nicht für einen Verrückten hielten. Doch wenn Sie
um die Schrecken wüßten, die mich jagen, dann würde Sie
gewiß mein Benehmen nicht länger erstaunen, das an sich
zweifellos unentschuldbar ist.«

Er trank langsam seinen Wein, zurückgelehnt, das Tropfen
und Rieseln des Brunnens genießend und das kühle Grün, das
diesen kleinen Zufluchtshafen umschloß.

»Ja«, sagte er endlich, »das ist wirklich ein sehr schätzens-
werter Wein. Vielen Dank! Sie erlauben mir doch, Sie zu
einer zweiten Flasche einzuladen?«

Der Kellner wurde gerufen, und er stieg durch eine Falltür
im Boden des dunklen Raums hinunter, um den Wein zu holen. Mr. Wilkins zündete sich eine Zigarette an, und Dyson
zog seine Pfeife hervor.

»Jetzt«, sagte Mr. Wilkins, »würde ich Ihnen gerne mein
seltsames Verhalten erklären. Es ist eine längere Geschichte,
doch ich sehe, Sir, daß Sie nicht nur ein kalter Beobachter der
Wechselfälle des Lebens sind. Sie sind mitfühlend interessiert
an den Schicksalen Ihrer Mitmenschen, und ich glaube, was
ich Ihnen nun zu erzählen habe, ist wahrlich von einem gewissen Interesse.«

Mr. Dyson gab seine Zustimmung zu dem solcherart ange-
deuteten Vorhaben zu erkennen, obwohl ihm Mr. Wilkins'
Diktion ein wenig geschwollen vorkam, und schickte sich an,
seiner Geschichte zu lauschen. Der andere, der noch vor einer
halben Stunde vor leidenschaftlicher Erregung gezittert hatte,
war jetzt vollkommen gelassen, und als er seine Zigarette zu
Ende geraucht hatte, begann er mit gleichmäßiger Stimme
den

Ich bin der Sohn eines armen, doch hochgebildeten Geistlichen aus dem Westen Englands – aber ich vergesse mich, diese Einzelheiten sind von keinem besonderen Belang. Ich will also nur kurz berichten, daß mein Vater, der, wie gesagt, ein Gelehrter war, nie die Künste des schönen Scheins erlernt hatte, mit denen man den Großen der Welt schmeichelt, und sich nie dazu herablassen wollte, seine eigenen Verdienste auf die gängige und verachtungswürdige Art und Weise herauszustreichen. Auch wenn seine Liebe zu alten Zeremonien und seltsamen Gebräuchen, verbunden mit einer unvergleichlichen Herzensgüte und einer schlichten, innigen Frömmigkeit, ihm die Zuneigung seiner Heidegemeinde sicherte, so kommt doch auf diesem Wege niemand in der Kirche voran, und mit sechzig Jahren saß mein Vater immer noch auf der kleinen Pfarrstelle, die er mit dreißig angenommen hatte. Das Einkommen hieraus reichte kaum für eine Lebenshaltung, wie man sie von einem anglikanischen Geistlichen erwartet; und als mein Vater vor einigen Jahren starb, fand ich, sein einziges Kind, mich mit einem schmalen Kapital von weniger als hundert Pfund vor all den Problemen des Lebens stehen. Ich dachte mir, daß auf dem Lande keinerlei Möglichkeiten für mich blieben, und London zog mich, wie häufig in solchen Fällen, an wie ein Magnet. An einem frühen Augustmorgen, als der Tau noch auf dem Heidekraut und den hohen grünen Rainen des schmalen Landsträßchens glitzerte, fuhr mich ein Nachbar zur Eisenbahnstation und ich nahm Abschied von dem Land der weiten Moore und der unwirklichen Silhouette der wilden Felsentürme. Es war sechs Uhr, als wir uns London näherten: der schwache, Übelkeit erregende Geruch der Ziegeleien um Acton drang stoßweise durch das offene Fenster, und vom Boden stieg ein Dunst auf. Dann überkam mich der jeweils kurze Anblick der sturen, einheitlichen Straßen mit seiner Monotonie, und als wir an den düster-schäbigen Häusern entlanggerollt waren, deren schmutzige, vernachlässigte Hintergärtchen vor Paddington an die Bahnlinie grenzen, war mir schon, als müßte ich in diesem ersterbenden Hauch von London ersticken. Ich nahm mir eine Droschke und fuhr los, und jede einzelne Straße vermehrte meine Melancholie – graue Häuser mit herabgelassenen Jalousien, ganze Straßenzüge, die fast verödet dalagen, und Passanten, die eher ermattet daherzuschwanken schienen als daß sie gingen: alles ließ mir das Herz schwer werden. Ich quartierte mich für die Nacht in einem kleinen Hotel in einer Nebenstraße des Strand ein, wo mein Vater bei seinen wenigen kurzen Besuchen in der Stadt gewohnt hatte, und als ich nach dem Abendessen auf die Straße trat, da konnte mich auch die unmittelbare Fröhlichkeit des Gedränges im Strand und in der Fleet Street kaum aufheitern, denn in der ganzen großen Stadt gab es keinen einzigen Menschen, den ich auch nur als meinen Bekannten hätte bezeichnen dürfen. Ich will Sie nicht mit der Geschichte des nächsten Jahres langweilen, denn die Abenteuer eines Mannes, der langsam ins Elend absinkt, sind allzu trivial, als daß man ihrer gedenken sollte. Mein Geld reichte nicht lang; es wurde mir klar, daß ich immer sauber gekleidet sein mußte, weil mich sonst niemand anhören würde, bei dem ich wegen einer Stellung vorsprach – und ich mußte in einer Straße mit gutem Ruf leben, wollte ich mit der üblichen Höflichkeit behandelt werden. Ich bewarb mich um verschiedene Stellen, für die ich, wie ich nun weiß, vollkommen ungeeignet war; ich versuchte, in einem Kaufmannsbüro unterzukommen, ohne die geringste Ahnung von Geschäften zu haben, und ich stellte rasch fest, daß Kenntnisse in der schönen Literatur und eine entsetzliche Handschrift in Kaufmannskreisen nicht als Empfehlung gelten. Ich hatte einen der reizendsten Romane eines berühmten Autors unserer Gegenwart gelesen und besuchte daraufhin die Tavernen der Fleet Street in der Hoffnung, literarische Bekanntschaften zu machen und so mir die Kontakte zu verschaffen, ohne die eine schriftstellerische Karriere, wie ich erfahren hatte, unmöglich war. Ich wurde enttäuscht; ein- oder zweimal wagte ich es, Herren an

Nebentischen anzusprechen, und man gab mir höflich genug Antwort, doch auf eine Art und Weise, die erkennen ließ, daß man meine Annäherungsversuche ungewöhnlich fand. Pfund um Pfund schmolzen meine spärlichen Mittel dahin; ich konnte nicht länger den schönen Schein meiner Kleidung aufrechterhalten, ich zog in ein dubioses Viertel, und meine Mahlzeiten waren nun hauptsächlich leere Rituale. Ich ging um eins aus dem Haus und kehrte um zwei zurück, doch dazwischen lag nur der Verzehr eines Brötchens. Kurz, ich lernte das Unglück kennen, und wie ich in Schneematsch und Eisregen auf einer Bank im Hyde Park saß und an einer Brotkruste kaute, da war mir die Bitternis der Armut klar, und ich wußte um die Gefühle eines Gentleman, der weit unter die Stufe eines Stadtstreichers gefallen ist. Trotz aller Entmutigungen ließ ich nicht ab von meinen Anstrengungen, mir eine Arbeit zu verschaffen. Ich las die Zeitungsanzeigen, ich hielt die Augen offen, ich musterte die Schaufenster der Schreibwarenhändler, wo oft einschlägige Notizen hingen, doch alles vergebens. Eines Abends saß ich in einer Volksbücherei, und da sah ich in einer der Zeitungen eine Anzeige. Sie lautete etwa folgendermaßen: »Gentleman sucht Herrn mit literarischen Neigungen und Fähigkeiten als Sekretär und Hilfskraft. Der Betreffende muß auf größere Reisen vorbereitet sein.« Natürlich wußte ich, daß auf eine solche Anzeige Hunderte antworten würden, und mir schien meine eigene Chance gering. Und doch schrieb ich an die angegebene Adresse, an einen Mr. Smith, der in einem großen Hotel des West End logierte. Ich muß gestehen, mein Herz schlug heftig, als ich einige Tage später einen kurzen Brief bekam, in dem ich aufgefordert wurde, mich sobald wie möglich im Cosmopole einzufinden. Ich weiß nicht, Sir, wie Ihr Leben verlaufen sein mag, und also auch nicht, ob Ihnen solche Augenblicke vertraut sind. Ein leichter Schwindel, ein beschleunigter Herzschlag, ein würgendes Gefühl in der Kehle und Schwierigkeiten, ein Wort zu sagen – das waren die Symptome, die ich an mir wahrnahm, als ich zum Cosmopole ging. Ich mußte den

Namen zweimal nennen, ehe der Portier mich verstand, und als ich hinaufging, waren meine Hände feucht. Mr. Smiths Erscheinung machte recht großen Eindruck auf mich – er wirkte jünger als ich selbst, und seine Miene hatte etwas Sanftes und Zögerndes. Er las, als ich eintrat, und sah auf, als ich meinen Namen nannte. »Mein lieber Herr«, sagte er, »ich bin wirklich sehr froh, Sie zu sehen. Den Brief, den Sie mir freundlicherweise schrieben, habe ich sehr genau studiert. Ich darf doch davon ausgehen, daß dies Ihre eigene Handschrift ist?« Er zeigte mir meinen Brief, und ich sagte ihm, daß ich leider nicht in der Lage sei, selber einen Sekretär zu beschäftigen. »Dann, Sir«, fuhr er fort, »steht Ihnen die Stelle, derentwegen ich annonciert habe, zur Verfügung. Sie haben nichts dagegen, mit mir zu reisen, nehme ich an?« Wie Sie sich vorstellen können, ging ich auf sein Angebot mit großem Eifer ein, und solcherart trat ich in die Dienste von Mr. Smith. Während der ersten Wochen hatte ich keine besonderen Pflichten; ich hatte ein Vierteljahresgehalt im voraus bekommen und erhielt einen großzügigen Betrag für Kost und Logis. Als ich jedoch eines Morgens, meinen Anweisungen folgend, mich im Hotel meldete, teilte mein Herr mir mit, daß ich mich für eine Seereise bereithalten mußte, und um unnütze Einzelheiten beiseitezulassen: vierzehn Tage später waren wir in New York gelandet. Mr. Smith sagte mir, daß er mit einer Arbeit besonderer Art beschäftigt sei, deren Fortführung einige spezielle Nachforschungen erforderte – kurz, er gab mir zu verstehen, daß wir den fernen Westen bereisen würden.

Nach etwa einer Woche, die wir in New York verbracht hatten, nahmen wir unsere Plätze im Eisenbahnabteil ein, und nun begann eine Fahrt, die über alle Begriffe langweilig war. Tag um Tag und Nacht für Nacht rollte der große Zug dahin, schob sich durch Städte, von denen mir selbst die Namen fremd waren, schlich langsam über gefährliche Viadukte, kurvte an Gebirgsketten und Tannenwäldern vorbei und drang in den dichten Forst ein, wo man Meile um Meile und

Stunde um Stunde dasselbe monotone Dickicht erblickte, und auf der ganzen Fahrt war es wegen des ständigen Geratters und Geklirres der Räder schwer, die Stimmen der Mitreisenden zu verstehen. Wir waren eine gemischte und stets wechselnde Gesellschaft; oft wachte ich mitten in der Nacht bei einem plötzlichen Knirschen der Bremsen auf und sah beim Hinausschauen, daß wir an der schäbigen Hauptstraße einer Stadt aus Holzhäusern angehalten hatten, die vor allem von den grellen Fenstern des Saloon erhellt wurde. Ein paar rauh aussehende Burschen kamen dann oft heraus, um die Eisenbahnwagen anzustarren. Manchmal stiegen Passagiere aus, und manchmal warteten zwei oder drei Leute auf dem hölzernen Gehsteig, um zuzusteigen. Viele von den Reisenden waren Engländer – armselige kleine Familien, von ihren tausendjährigen Wurzeln losgerissen und nun auf dem Weg in ein fragwürdiges Paradies irgendwo in der Alkaliwüste oder in den Rocky Mountains. Ich hörte, wie die Männer sich über die großen Gewinne unterhielten, die sich auf dem jungfräulichen Boden Amerikas erzielen ließen, und zwei oder drei, die Handwerker waren, ließen sich über die fabelhaften Löhne aus, die gelernte Arbeiter bei den Eisenbahnen und in den Fabriken der Staaten bekamen. Diese Gespräche endeten meist nach ein paar Minuten, und ich sah Furcht und Widerwillen in den Gesichtern dieser Männer, wie sie auf das häßliche Waldgestrüpp oder in die öde Weite der Prärie hinausstarrten, wo hie und da ein Holzhaus stand, ohne Garten, Blumen oder Bäume, ganz allein wie in einem großen grauen Meer, das reglos gefroren war. Einen Tag um den anderen schlugen der schwankende Horizont und die Öde eines Landes ohne Form, Farbe oder Abwechslung all denen unter uns, die Engländer waren, aufs Gemüt, und als ich einmal nachts wach lag, hörte ich eine Frau weinen und schluchzen und fragen, was sie denn getan hätte, um es zu verdienen, an solch einen Ort verschlagen zu werden. Ihr Mann suchte sie im breiten Akzent von Gloucestershire zu beruhigen und sagte, der Boden sei so üppig, daß man ihn nur einmal durchpflügen müßte, und die Sonnenblumen würden von selber wachsen, aber sie rief nach ihrer Mutter und dem alten Haus und den Bienenstöcken, wie ein kleines Kind. Die Traurigkeit von alledem überwältigte mich, und ich hatte nicht das Herz, an andere Dinge zu denken: die Frage, was Mr. Smith in solch einem Land zu tun haben mochte, und was für literarische Forschungen sich in der Wildnis wohl anstellen ließen, beschäftigte mich kaum. Dann und wann erschien mir meine Lage einigermaßen sonderbar; ich war für ein hübsches Gehalt als literarischer Helfer engagiert worden, und doch war mein Herr mir noch so gut wie fremd – manchmal kam er an meinen Platz im Zug und machte ein paar nichtssagende Bemerkungen über die Landschaft, aber den größten Teil der Reise saß er für sich, redete mit niemandem und war, soweit ich sehen konnte, tief in Gedanken. Es war, glaube ich, am fünften Tag nach unserer Abfahrt aus New York, als mir bedeutet wurde, wir würden in Kürze aussteigen; ich hatte gerade ein paar ferne Berge betrachtet, die sich wild vor uns auftürmten, und mich gefragt, ob es wohl menschliche Wesen gab, die so unglücklich waren, diese Haufen Felsgestein ihre Heimat nennen zu müssen, als Mr. Smith mich leicht an der Schulter berührte. »Sie werden sicher froh sein, dem Zug Lebwohl sagen zu können, Mr. Wilkins«, sagte er. »Sie haben die Berge dort betrachtet? Nun, ich hoffe, wir werden heute abend dort sein. Der Zug hält in Reading, und wir werden den weiteren Weg wohl finden.«

Ein paar Stunden später brachte der Bremser den Zug an der Bahnstation von Reading zum Stehen, und wir stiegen aus. Ich bemerkte, daß die Stadt zwar auch fast nur aus Holzhäusern bestand, aber größer und geschäftiger war als irgendeine andere, die wir während der letzten beiden Tage passiert hatten. Um den Bahnhof herrschte großes Gedränge, und als die Klingel und die Dampfpfeife ertönten, sah ich, daß eine ganze Anzahl von Leuten sich anschickte, auszusteigen, während eine sogar noch größere Zahl darauf wartete, ihre Plätze einzunehmen. Außer den Passagieren stand noch eine dichte

Menschenmenge da, zum Teil Leute, die Freunde oder Verwandte abholen oder verabschieden wollten, teils auch bloße Müßiggänger. Verschiedene von den englischen Mitreisenden stiegen in Reading aus, doch der Wirrwarr war so groß, daß ich sie fast sofort aus den Augen verlor. Mr. Smith winkte mir, ihm zu folgen, und wir befanden uns bald im dichtesten Gewühl; das ständige Geklingel, das Stimmengewirr, das Gellen der Pfeifen und das Zischen von ausströmendem Dampf machten mich fast konfus, und unklar formte sich in mir die Frage, während ich meinem Arbeitgeber nachsetzte, wohin wir denn gehen mochten und wie wir uns in einem unbekannten Land zurechtfinden sollten. Mr. Smith hatte einen breitkrempigen Hut aufgesetzt und ihn sich tief ins Gesicht gezogen; da all die Männer ähnliche Hüte trugen, konnte ich ihn nur mühsam in der Menge ausmachen. Wir befreiten uns endlich aus dem Gewühle, und er ging eine Seitenstraße hinunter und bog ein- oder zweimal nach rechts oder links ab. Es wurde langsam dunkel, und wir schienen durch ein wenig einnehmendes Stadtviertel zu gehen: es waren nur wenig Leute in den schwach beleuchteten Straßen zu sehen, und dies waren Männer von höchst abstoßendem Äußeren. Plötzlich hielten wir an einer Eckkneipe an, wo ein Mann vor der Tür stand und auf jemanden zu warten schien, und ich bemerkte, wie er und Smith einander scharf musterten.

»Aus New York City, was, Mister?«

»Aus New York!«

»Also gut, sie stehen bereit, Sie könn' sie haben, sobald Sie wollen. Ich kenne meine Anweisungen, und wir machen alles so wie abgemacht.«

»Sehr gut, Mr. Evans, so soll es auch sein. Wir zahlen gut, das wissen Sie. Bringen Sie sie her.«

Ich war stumm dabeigestanden und hatte mich gefragt, was dieser Dialog bedeuten mochte. Smith fing an, ungeduldig auf der Straße hin und her zu gehen, und dieser Evans stand immer noch unter seiner Tür. Er hatte einen scharfen Pfiff ausgestoßen, und nun sah ich, daß er mich in aller Ruhe betrachtete, wie einer, der sich ein Gesicht für ein anderes Mal merkt. Ich dachte nach, was all dies bedeuten mochte, als ein häßlicher junger Bursche aus einer Seitengasse hervorgetrottet kam, zwei grobknochige Pferde am Zügel.

»Steigen Sie auf, Mr. Wilkins, und beeilen Sie sich«, sagte Mr. Smith. »Wir müssen aufbrechen.«

Wir ritten zusammen in die sinkende Dunkelheit, und nach kurzer Zeit schaute ich zurück und sah die Ebene weit hinter uns, wo die Lichter der Stadt schwach glitzerten, und vor uns ragten die Berge auf. Smith lenkte sein Pferd den holprigen Pfad mit solcher Sicherheit entlang, als ritte er im Piccadilly, und ich folgte ihm, so gut ich's vermochte. Ich war müde und erschöpft und achtete kaum meiner Umgebung – ich spürte, daß der Weg nach und nach anstieg, und hier und dort sah ich riesige Felsblöcke am Wegesrand liegen. Der Ritt hinterließ nur geringen Eindruck in meiner Erinnerung – ich habe es noch schwach im Gedächtnis, daß wir durch einen dichten Tannenwald kamen, wo sich die Pferde vorsichtig einen Weg durchs Geröll suchen mußten, und ich weiß noch, wie ich die seltsame Wirkung der dünner werdenden Luft spürte, als wir höher und höher stiegen. Ich glaube, ich muß während der letzten Hälfte des Ritts halb geschlafen haben, und ich fuhr zusammen, als ich Smith sagen hörte:

»Da sind wir, Wilkins. Das ist der Blue Rock Park. Morgen können Sie die Aussicht genießen. Heute abend werden wir nur noch etwas essen und dann zu Bett gehen.«

Ein Mann trat aus einem grob gezimmerten Haus und übernahm die Pferde, und drinnen fanden wir etwas gebratenes Steak und rauhen Whisky vor. Ich war an einen seltsamen Ort gekommen. Es gab drei Zimmer – den Raum, in dem wir zu Abend aßen, Smiths Zimmer und mein eigenes. Der taube Alte, der die Arbeiten verrichtete, schlief in einer Art Schuppen, und als ich am nächsten Morgen erwachte und hinausging, sah ich, daß das Haus in einer Art Senke zwischen den Bergen stand; die Tannengruppen und einige enorme bläulichgraue Felsen, die hier und dort zwischen den Bäumen standen, hatten der Stelle den Namen Blue Rock Park gegeben. Auf allen Seiten umgaben uns die Schneeberge, die Luft war wie Wein, und als ich den Hang ein Stück hinaufstieg und hinabblickte, konnte ich sehen, daß ich, was menschliche Gesellschaft anbelangte, ebensogut auf einer kleinen Insel mitten im Pazifik als Schiffbrüchiger hätte hausen können. Die einzige Spur menschlicher Anwesenheit, die ich erkennen konnte, war das grobschlächtige Blockhaus, in dem ich geschlafen hatte. In meiner Unwissenheit war ich mir nicht bewußt, daß ähnliche Häuser vergleichsweise nahe lagen, so wie man Nähe in den Rockies versteht. Doch im Moment überkam mich eine vollständige, entsetzliche Einsamkeit, und der Gedanke an die riesige Ebene und das weite Meer, die mich von jener Welt trennten, die mir vertraut war, faßte mich an der Kehle, und ich fragte mich, ob ich wohl in diesem Gebirgstal sterben sollte. Es war ein furchtbarer Augenblick, und ich habe ihn noch nicht vergessen. Natürlich gelang es mir, mein Grauen niederzuzwingen; ich sagte mir, die Erfahrung würde mich nur kräftigen, und ich entschloß mich, aus allem das Beste zu machen. Das Leben war hart genug, Essen und Unterkunft primitiv. Ich blieb ganz mir selbst überlassen. Smith sah ich kaum einmal, noch wußte ich, wann er zu Hause war. Oft habe ich gedacht, er sei weit weg, und war dann überrascht, ihn aus seinem Zimmer treten zu sehen, um die Tür hinter sich abzuschließen und den Schlüssel einzustecken, und mehrmals, als ich dachte, er sei in seinem Zimmer beschäftigt, kam er mit staubigen und schmutzigen Stiefeln zur Haustür herein. Was meine Arbeit betrifft, hatte ich eine reine Sinekure – alles, was ich zu tun hatte, war das Tal zu durchwandern, zu essen und zu schlafen. Wie es so ging, gewöhnte ich mich an das Leben, und es gelang mir, mich recht komfortabel einzurichten; schließlich begann ich, mich immer weiter vom Haus weg zu wagen und das Land zu erforschen. Eines Tages war ich in ein benachbartes Tal gelangt und stieß plötzlich auf eine Gruppe von Männern, die Holz sägten. Ich ging zu ihnen hin in der Hoffnung, daß vielleicht Engländer unter ihnen sein mochten – jedenfalls waren es Menschen, und ich würde wieder die menschliche Sprache hören, denn der alte Mann, den ich erwähnte, war nicht nur halbblind und stocktaub, sondern mir gegenüber auch völlig stumm. Ich war darauf vorbereitet, daß man mich ohne große Höflichkeitsbezeigungen kurz und vielleicht grob begrüßen würde, doch die grimmigen Blicke und die kurzen, abweisenden Antworten auf meine Fragen erstaunten mich. Ich sah, wie die Männer sich seltsam anschauten, und einer, der aufgehört hatte, zu arbeiten, fing an, an seiner Pistole zu fingern, so daß ich rasch weiterging und mein Schicksal verfluchte, das mich in ein Land geführt hatte, wo die Menschen roher waren als die Tiere. Die Einsamkeit dieser Lebensweise bedrückte mich nun wie ein Alptraum, und ein paar Tage später entschloß ich mich, zu einer Art Handelsstation zu gehen, die einige Meilen entfernt lag; dort gab es eine einfache Gastwirtschaft für Jäger und Touristen. Englische Gentlemen blieben dort gelegentlich die Nacht über, und ich dachte, ich würde dort vielleicht jemandem mit besseren Manieren begegnen, als sie die Einwohner des Landes hatten. Ich fand, wie ich erwartet hatte, eine Gruppe von Männern müßig vor der Tür des Blockhauses stehen, das als Hotel diente, und als ich näher kam, sah ich, wie die Leute die Köpfe zusammensteckten und einander Blicke zuwarfen. Als ich herantrat, starrten mich die sechs oder sieben Trapper mit steinernen Gesichtern an, in denen etwas von dem Ekel lag, mit dem man eine Giftschlange mustert. Ich konnte es nicht länger ertragen und rief:

»Gibt es hier so etwas wie einen Engländer oder irgendjemanden mit ein wenig Zivilisation?«

Einer der Männer fuhr mit der Hand an seinen Gürtel, aber sein Nachbar hielt ihn zurück und antwortete mir.

»Sie werden wohl demnächst erleben, Mister, daß wir hier auch das eine oder andere Mittel der Zivilisation haben, und es wird Ihnen vielleicht nicht sonderlich gefallen. Aber abgesehen davon, es ist ein Engländer hier, der wird sich gewiß

freuen, Sie zu sehen. Da kommt er, das ist Mr. D'Auber-
noun.«

Ein junger Mann, gekleidet wie ein englischer Gutsbesit-
zer, kam aus der Tür und blickte mich an. Einer der Männer
deutete auf mich und sagte:

»Das ist der Kerl, von dem gestern abend die Rede war.
Dachte, Sie würden ihn sich gerne mal ansehen, Squire, und
da haben wir ihn.«

Das gutmütige englische Gesicht des jungen Burschen verdüsterte sich, und er betrachtete mich streng, um sich dann
mit einer Geste der Verachtung und des Widerwillens abzu-
wenden.

»Sir«, rief ich, »ich weiß nicht, was ich getan hätte, daß
man mich so behandeln dürfte. Ich bin Ihr Landsmann, und
ich hatte mir mehr Höflichkeit erwartet.«

Er warf mir einen zornigen Blick zu und schickte sich an,
wieder ins Haus zu gehen, doch dann überlegte er es sich anders und trat mir gegenüber.

»Es ist kaum klug, wenn Sie sich hier auf diese Weise auf-
führen, glaube ich. Sie zählen wohl auf eine Nachsicht, die
nicht mehr lange dauern kann, die in der Tat vielleicht nur
noch sehr kurz sein wird. Und lassen Sie mich das eine sagen,
Sir, Sie mögen sich einen Engländer nennen und den Namen
Englands durch den Schmutz ziehen, aber rechnen Sie nicht
damit, daß irgendein Engländer Ihnen helfen wird. Wenn ich
Sie wäre, würde ich hier nicht mehr lange bleiben.«

Er ging in das Wirtshaus, und die Männer beobachteten
stumm mein Gesicht, wie ich dastand und mich fragte, ob ich
verrückt geworden war. Die Frau des Hauses kam heraus und
starrte mich an wie ein Tier oder einen Wilden, und ich
wandte mich an sie, mit leiser Stimme.

»Ich bin sehr hungrig und durstig. Ich bin weit gegangen.
Ich habe reichlich Geld. Geben Sie mir etwas zu essen und zu
trinken?«

»Nein, tu ich nicht«, sagte sie. »Verziehen Sie sich lieber.«

Ich kroch nach Haus wie ein verwundetes Tier und legte

mich auf mein Bett. All das war mir ein unlösbares Rätsel. Ich spürte nur noch Wut und Scham und Entsetzen, und es löste in mir kaum mehr besondere Gefühle aus, als ich in einem benachbarten Tal an einem Haus vorüberging und ein paar Kinder, die draußen spielten, kreischend vor mir davonrannten. Ich mußte lange Wanderungen machen, um irgendeine Beschäftigung zu haben. Ich wäre gestorben, wenn ich mich im Blue Rock Park einfach hingesetzt und den ganzen Tag die Berge angesehen hätte – doch wo immer ich auf ein Menschenwesen stieß, erblickte ich den selben Ausdruck von Abneigung und Haß, und als ich einmal ein Dickicht durchquerte, hörte ich einen Schuß, und das giftige Zischen einer Kugel fuhr an meinem Ohr vorbei.

Eines Tages hörte ich ein Gespräch, das mich erstaunte; ich saß hinter einem Felsen, um mich auszuruhen, und zwei Männer kamen auf dem Weg daher und hielten an. Einer von ihnen hatte sich mit dem Fuß in den Ranken einer Schlingpflanze verfangen und fluchte, aber der andere lachte und sagte, daß die manchmal ganz nützlich wären.

»Was zum Teufel meinst du damit?«

»Ach, nix Besonderes. Aber die sind erstaunlich zäh, diese Ranken, und manchmal ist ein Strick schwer zu beschaffen und ganz schön teuer.«

Der Mann, der geflucht hatte, lachte nun beifällig, und ich hörte, wie sie sich hinsetzten und ihre Pfeifen ansteckten.

»Hast du ihn in letzter Zeit gesehen?« fragte der Spaßvogel.

»Vor ein paar Tagen hab ich auf ihn angelegt, aber der Schuß ging leider zu hoch. Er hat das Glück von seinem Herrn, aber, Mensch, lange kann's nicht mehr dauern. Hast ja gehört, wie er zu Jinks kam und dort dreist geworden ist, aber der junge Brite hat ihm einiges erzählt, das kann ich dir sagen.«

»Was zum Teufel hat das alles zu bedeuten?«

»Ich weiß es auch nicht, aber ich glaub, man muß ein Ende machen, und zwar im alten Stil. Weißt du, wie sie's den Niggern besorgen?«

»Jawoll, mein Herr, davon hab ich schon bißchen was mit-gekriegt. Ein paar Gallonen Kerosin kosten bei Brown im La-den einen Dollar, aber ich würde sagen, das ist noch billig.«

Danach gingen sie weiter, und ich lag hinter dem Felsen, und der Schweiß rann mir übers Gesicht. Mir war so schlecht, daß ich kaum aufrecht stehen konnte, und ich ging langsam wie ein alter Mann nach Haus, auf meinen Stock gestützt. Ich wußte: die beiden Männer hatten von mir gesprochen, und ich wußte, irgendein furchtbarer Tod wartete auf mich. In dieser Nacht konnte ich nicht schlafen. Ich warf mich auf dem har-ten Lager hin und her und quälte mich mit dem Versuch, herauszufinden, was dies alles für einen Sinn hatte. Endlich erhob ich mich in tiefster Nacht, zog mich an und ging hinaus. Es war mir gleich, wohin ich ging, aber ich hatte das Gefühl, ich müsse umherwandern, bis ich müde wurde. Es war eine klare Mondscheinnacht. Nach einigen Stunden sah ich, daß ich mich einer verrufenen Stelle im Gebirge näherte, einer tiefen Felsspalte, bekannt als Black Gulf Cañon. Vor vielen Jahren hatte eine Gruppe englischer Reisender, Männer und Frauen, unglückseligerweise hier gelagert und war von India-nern eingeschlossen worden. Sie wurden gefangen, geschän-det und unter beinahe unvorstellbaren Foltern getötet, und selbst die rauhesten Trapper oder Waldläufer machten auch bei Tag einen weiten Bogen um den Cañon. Als ich durch das dichte Gestrüpp drang, das über dem Cañon wuchs, hörte ich Stimmen, und ich wunderte mich, wer sich an einem solchen Ort zu einer solchen Zeit wohl aufhalten mochte; ich ging vorsichtig weiter und bemühte mich, so wenig Geräusch wie möglich zu machen. Ein großer Baum wuchs hart am Rand der Felsenklippe, und ich legte mich hin und sah hinter dem Stamm hervor. Der Black Gulf Cañon lag unter mir, hoch vom Himmel schien der Mond hell in die Tiefen und warf Schatten, schwarz wie der Tod, von den Felszacken; all die Felsenschroffen auf der anderen Seite, die über den Cañon ragten, waren im Dunkel. Hin und wieder schob sich ein leichter Schleier vor das Mondlicht, wenn eine halbdurchsichtige Wolke an der Mondenscheibe vorüberflog, und ein bitterer Wind blies schrill durch den Abgrund. Ich schaute hinab, wie gesagt, und sah zwanzig Männer nebeneinander stehen, von denen ich die meisten kannte. Es waren die niederträchtigsten Schurken, gemeiner als irgendeine Lasterhöhle Londons sie kennt, und auf nicht wenigen lastete Mord und Schlimmeres als Mord. Ihnen und mir gegenüber stand Mr. Smith, einen Felsen vor sich, und auf dem Fels stand eine große Waage, wie man sie in den Läden sieht. Ich hörte seine Stimme durch den Cañon schallen, als ich neben dem Baum lag, und das Herz wurde mir kalt bei seinen Worten.

»Leben für Gold«, rief er, »ein Leben für Gold. Das Blut und das Leben eines Feindes für jedes Pfund Gold.«

Ein Mann trat vor und hob eine Hand; mit der anderen warf er einen hellglänzenden Klumpen in die Schale der Waage, die hinabklirrte, und Smith murmelte ihm etwas ins Ohr. Dann rief er wieder:

»Blut für Gold; für ein Pfund Gold das Blut eines Feindes. Für jedes Pfund Gold auf der Waage ein Leben.«

Einer nach dem anderen kamen die Männer herbei, und jeder hob die Rechte, und das Gold wurde gewogen, und jedesmal lehnte sich Smith vor und sagte jedem etwas ins Ohr. Dann rief er wieder:

»Begierde und Lust, für Gold auf der Waage. Für jedes Pfund Gold gestillte Begierde.«

Ich sah dasselbe geschehen wie zuvor: die erhobene Hand, das Metall auf der Waage, der flüsternde Mund, und auf jedem Gesicht die schwärzeste Leidenschaft.

Dann sah ich einen nach dem anderen die Männer wieder zu Smith hintreten. Eine geflüsterte Wechselrede schien stattzufinden – ich konnte sehen, daß Smith erklärte und Anweisungen gab, und ich bemerkte, daß er etwa so gestikulierte wie einer, der einen Pfad zeigt, und ein, zwei Mal bewegte er rasch die Hände, als wolle er darlegen, daß der Weg frei und nicht zu verfehlen war. Ich hielt den Blick so konzentriert auf seine Gestalt gerichtet, daß mir sonst kaum etwas auffiel, und endlich fuhr ich zusammen, als ich sah, daß der Cañon leer war. Noch einen Augenblick zuvor hatte ich die ganze Gruppe von Schurkengesichtern zu sehen geglaubt, und zwei davon ein wenig beiseite am Felsen. Nur einen Moment hatte ich den Blick abgewandt, und als ich wieder in den Cañon sah, war keiner mehr da. In stummem Entsetzen ging ich nach Hause, wo ich vor Erschöpfung augenblicklich einschlief. Zweifellos hätte ich viele Stunden so geschlafen, doch als ich erwachte, ging gerade eben erst die Sonne auf, und ihr Licht schien auf mein Bett. Ich war aus dem Schlaf aufgefahren mit dem Gefühl, daß etwas mich wie ein Schlag berührt hatte, und als ich mich verwirrt umsah, erkannte ich zu meinem Erstaunen, daß sich drei Männer im Zimmer befanden. Einer hatte seine Hand auf meiner Schulter liegen und sprach zu mir.

»Auf geht's, Mister, wachen Sie auf. Ihre Zeit ist jetzt abgelaufen, schätze ich; die Jungs warten draußen auf Sie, und die haben's eilig. Kommen Sie; Sie können ihre Kleider anziehen, heut morgen ist es ziemlich kühl.«

Ich sah die beiden anderen Männer einander säuerlich zulächeln, aber ich begriff nichts. Ich zog einfach meine Kleider an und sagte, ich sei fertig.

»Also gut, dann kommen Sie mit. Du gehst zuerst, Nichols, und Jim und ich leihen dem Gentleman hier unseren Arm.«

Sie führten mich in das Sonnenlicht hinaus, und ich begriff die Bedeutung des dumpfen Gemurmels, das mich während des Anziehens vage beschäftigt hatte. Es warteten etwa zweihundert Männer draußen und auch einige Frauen, und als sie mich sahen, stieg ein murmelndes, knurrendes Grollen auf. Ich wußte nicht, was ich getan hatte, doch dieser Laut ließ mein Herz rasch schlagen und mir den Schweiß aufs Gesicht treten. Ich sah unklar wie durch einen Schleier den Tumult und das Hin und Her der Menge, mißtönende Stimmen sprachen, und unter all diesen Gesichtern sah ich keinen einzigen Blick des Erbarmens, nur einen Furor der Lust, den ich nicht begriff. Schließlich fand ich mich in einer Art Prozession den

Talhang hinaufgehen, und auf allen Seiten umringten mich
Männer mit gezogenen Revolvern. Dann und wann nahm ich
die Worte einer Stimme wahr, aber ich konnte mir aus den
einzelnen Wörtern und Sätzen keine stimmige Geschichte zu-
sammensetzen. Doch verstand ich, daß es einen einhelligen
Urteilsspruch gab, eine Verdammnis. Ich hörte Bruchstücke
von Erzählungen, die seltsam schienen und unwahrscheinlich. Einer sprach von Männern, die durch tückische List aus
ihren Häusern gelockt und unter furchtbaren Foltern ermordet worden waren – man fand sie an dunklen einsamen Orten,
wo sie sich wie verwundete Schlangen wanden und nur
schrien, man solle sie ins Herz stechen und ihre Qualen beenden. Und ich hörte eine andere Stimme von unschuldigen
Mädchen erzählen, die ein, zwei Tage lang verschwunden waren und dann zurückkamen und starben, noch im Todes-
kampf rot vor Scham. Ich fragte mich, was all dies bedeuten
mochte, und was geschehen sollte, doch war ich so müde, daß
ich wie in einem Traum voranging und mich fast nur noch
nach dem Schlaf sehnte. Endlich hielten wir an. Wir hatten
den Gipfel des Berges erreicht, der über das Blue Rock Valley
schaut, und ich erkannte, daß ich unter einer Baumgruppe
stand, wo ich oft gesessen hatte. Ich war umgeben von einem
Ring Bewaffneter, und ich sah, daß zwei, drei Männer mit
einem Seil hantierten. Dann ging eine Bewegung durch die
Menge, und man stieß einen Mann vorwärts. Hände und Füße
waren fest mit Stricken gebunden, und ob auch sein Gesicht
unaussprechlich gemein war, hatte ich doch Mitleid mit der
Qual, die seine Züge verzerrte und seinen Mund zucken ließ.
Ich kannte ihn. Er war unter denen gewesen, die sich im Black
Gulf Cañon um Smith geschart hatten. Im Augenblick hatte
man ihm die Fesseln abgenommen, ihn nackt ausgezogen, unter einen der Bäume getragen und ihm eine Schlinge um den
Hals gelegt, die um den Baumstamm herumlief. Eine heisere
Stimme erteilte irgendein Kommando; es gab ein Getrappel
von Füßen, und das Seil spannte sich; vor mir sah ich das blau
anlaufende Gesicht, die sich windenden Gliedmaßen und die

41

Erniedrigung der Agonie. Einer nach dem anderen wurde ein halbes Dutzend Männer, die ich alle in der Nacht zuvor im Cañon gesehen hatte, vor mir erwürgt, und die Leichen wurden zu Boden geschleudert. Es kam eine Pause, und der Mann, der mich vor kurzem geweckt hatte, kam zu mir und sagte:

»Jetzt, Mister, sind Sie dran. Wir geben Ihnen fünf Minuten, um abzuschließen, und wenn die vorbei sind, dann werden wir Sie bei Gott an dem Baum da lebendig verbrennen.«

Da erwachte ich und verstand. Ich schrie laut:

»Was habe ich denn getan? Warum wollt ihr mir etwas antun? Ich bin ein harmloser Mann, ich habe euch nie etwas getan.« Ich schlug die Hände vors Gesicht; es schien so erbärmlich, und es war ein so furchtbarer Tod.

»Was habe ich getan?« schrie ich wieder. »Ihr müßt mich für einen anderen halten. Ihr könnt mich nicht kennen.«

»Sie Teufel, mit Ihrem schwarzen Herzen«, sagte der Mann an meiner Seite. »Wir kennen Sie gut genug! Es gibt im Umkreis von dreißig Meilen keinen, der Jack Smith nicht verfluchen wird, wenn Sie in der Hölle brennen.«

»Ich heiße nicht Smith«, sagte ich, mit einem Rest von Hoffnung. »Ich heiße Wilkins. Ich war der Sekretär von Mr. Smith, aber ich habe nichts über ihn gewußt.«

»Hört euch den dreckigen Lügner an!« sagte der Mann. »Sekretär! Sie waren klug genug, das ist wahr, nur nachts herauszuschleichen und ihr Gesicht nicht sehen zu lassen, aber wir haben Sie endlich zur Strecke gebracht. Ihre Zeit ist um. Kommen Sie.«

Man zerrte mich zu dem Baum und fesselte mich mit Ketten an den Stamm, und ich sah die um mich her aufgehäuften Holzstöße und schloß die Augen. Dann spürte ich, wie mich eine Flüssigkeit über und über durchnäßte, und schaute wieder hin, und eine Frau grinste mich an. Sie hatte eben einen großen Kanister Petroleum über mich und das Holz ausgeleert. Eine Stimme rief: »Feuer frei!« und ich verlor die Besinnung und wußte von nichts mehr.

Als ich wieder die Augen aufschlug, lag ich in einem kahlen, trostlosen Zimmer auf einem Bett. Ein Arzt hielt mir starkes Riechsalz unter die Nase, und ein Herr, der neben dem Bett stand (der Sheriff, wie sich später herausstellte), sprach zu mir:

»Na, Mister«, fing er an, »da haben Sie noch einmal Glück gehabt, das war äußerst knapp. Die Jungs wollten Sie eben grade anzünden, als ich mit der Streife hinzukam, und ich hatte alle Hände voll zu tun, Sie loszukriegen, das kann ich Ihnen sagen. Und ich kann's denen auch nicht verdenken, muß ich sagen; sie hatten sich's in den Kopf gesetzt, verstehen Sie, daß Sie der Anführer von der Black Gulf-Gang wären, und zuerst konnte ich sie nicht davon abbringen, daß Sie Jack Smith sind. Glücklicherweise hat dann ein Mann von hier namens Evans, der mit uns geritten war, gesagt, er hätte Sie doch mit Jack Smith zusammen gesehen, und Sie wären Sie selber. Also haben wir Sie mit hergebracht und hier ins Gefängnis gesetzt. Aber Sie können gehen, wenn Sie wollen und wenn Sie wieder bei sich sind.«

Ich stieg am nächsten Tag in den Zug, und nach drei Wochen war ich in London, wiederum fast mittellos. Aber von diesem Zeitpunkt an schien sich das Glück für mich zu wenden. Wohin ich auch kam, ich gewann einflußreiche Freunde; Bankdirektoren suchten meine Gesellschaft und Verleger warfen sich mir förmlich in die Arme. Ich brauchte mir meine Karriere nur auszusuchen, und schließlich entschied ich, daß ich von Natur für ein vergleichsweise müßiges Leben bestimmt war. Mit einer fast lächerlich erscheinenden Leichtigkeit erlangte ich eine gutbezahlte Stellung in Verbindung mit einem wohlhabenden politischen Klub. Ich habe eine reizende Wohnung, zentral gelegen, in der Nähe der Parks, der *chef* des Klubs gibt sich die größte Mühe, wenn ich dort zu Mittag oder zu Abend esse, und die seltensten Weine des Kellers stehen mir zur Verfügung. Und doch habe ich seit meiner Rückkehr nach London keinen einzigen Tag verbracht, da ich mich in Sicherheit gefühlt oder meine innere Ruhe gehabt hätte; ich zittere beim Erwachen, ob Smith nicht an meinem Bett steht, und jeder meiner Schritte scheint mich näher an den Abgrund zu führen. Smith war, wie ich wußte, der Lynchjustiz der Vigilanten entgangen, und es überkam mich ein Schwindel bei dem Gedanken, daß er wahrscheinlich nach London zurückkehren würde, und ich ihm plötzlich und unvorbereitet von Angesicht zu Angesicht gegenüberstehen könnte. Jeden Morgen, wenn ich aus dem Hause ging, schaute ich die Straße hinauf und hinunter und sah die fürchterliche Gestalt schon dastehen und auf mich warten; ich habe vor Straßenecken schon gezögert und das Herz hat mir bis zum Hals geschlagen, es war mir förmlich schlecht bei dem Gedanken, zwei rasche Schritte könnten uns zusammenführen; ich brachte es nicht mehr über mich, ins Theater zu gehen oder ins Variété, damit ich nicht auf Grund irgendeines bizarren Zufalls plötzlich neben ihm saß. Manchmal war ich wider Willen gezwungen, nachts auszugehen, und dann haben mich auf stillen Plätzen die Schatten erschauern lassen. Im Wirrwarr der Begegnungen auf den belebten Straßen habe ich zu mir gesagt: »Es muß früher oder später geschehen; er kommt gewiß hierher zurück, und ich werde ihn erblicken, wenn ich mich gerade am sichersten fühle.« Ich studierte die Zeitungen, um irgendeinen Hinweis, einen Fingerzeig auf die sich nahende Gefahr zu finden. Nichts Kleingedrucktes, kein noch so trivialer Bericht blieben ungelesen. Vor allem las ich wieder und wieder die Kleinanzeigenseiten, doch ohne Ergebnis. Monate vergingen, und noch war ich nicht heimgesucht worden; wenn ich auch keineswegs beruhigt war, so litt ich doch nicht mehr unter der unerträglichen Bedrückung durch den allgegenwärtigen, stets lauernden Schrecken. Heute nachmittag, als ich ruhig die Oxford Street entlangging, hob ich den Blick und schaute über die Straße. Da endlich erblickte ich den Mann, der so lange meine Gedanken gequält hatte.

Mr. Wilkins trank seinen Wein aus und lehnte sich zurück, Dyson dabei traurig anschauend; dann, als ob ihm ein plötzlicher Gedanke gekommen wäre, angelte er aus einer Innentasche ein ledernes Briefmäppchen hervor und reichte einen Zeitungsausschnitt über den Tisch.

Dyson musterte ihn genau und sah, daß er aus den Spalten einer Abendzeitung stammte. Der Text lautete wie folgt:

»MASSENHAFTE LYNCHJUSTIZ
BESTÜRZENDER VORFALL

Die Agentur Dalziel telegraphiert aus Reading (Colorado), daß Nachrichten aus Blue Rock Park ein fürchterliches Beispiel von Volksjustiz vermelden. Seit einiger Zeit war die Gegend von den Verbrechen einer Gang von Desperados terrorisiert worden, die im Schutze einer sorgfältig planenden Organisation die unerhörtesten Grausamkeiten gegen Männer und Frauen verübten. Eine Vigilantentruppe formierte sich, und man entdeckte, daß der Anführer der Bande ein gewisser Smith war, der im Blue Rock Park wohnte. Es kam zu entsprechenden Maßnahmen, und sechs der schlimmsten Bandenmitglieder wurden in Gegenwart von zwei- oder dreihundert Männern und Frauen kurzerhand stranguliert. Smith soll entkommen sein.«

»Eine fürchterliche Geschichte«, sagte Dyson. »Ich kann gut verstehen, daß so entsetzliche Szenen, wie Sie sie beschrieben haben, Tag und Nacht vor Ihnen stehen. Aber Sie haben doch sicherlich keinen Grund, Smith zu fürchten? Eher hätte er Grund zur Angst vor Ihnen. Bedenken Sie: Sie müßten nur mit Ihrer Aussage zur Polizei gehen, und man würde sogleich einen Haftbefehl gegen ihn ausstellen. Außerdem ... Sie werden, hoffe ich, entschuldigen, was ich Ihnen nun sagen möchte.«

»Mein lieber Herr«, sagte Mr. Wilkins, »ich hoffe doch, daß Sie mir gegenüber vollkommen offen sind.«

»Nun, dann darf ich gestehen, daß ich eigentlich den Eindruck hatte, Sie waren eher enttäuscht darüber, den Mann nicht aufhalten zu können, ehe er davonfuhr. Ich dachte, Sie ärgerten sich, daß es Ihnen nicht gelang, die Straße zu überqueren.«

»Sir, ich wußte nicht, was ich tat. Ich sah diesen Mann, doch nur für einen einzigen Augenblick. Und was Sie gesehen haben, war die leidenschaftliche Qual der Ungewißheit. Ich war mir nicht völlig sicher, daß es sein Gesicht war, und der entsetzliche Gedanke, daß Smith wieder in London sein könnte, überwältigte mich. Ich erschauerte bei der Vorstellung, daß dieser Dämon, dessen Seele schwarz ist von furchtbaren Verbrechen, sich frei und unbeobachtet unter die harmlose Menge mischt und dabei vielleicht eine lange Reihe neuer Infamien plant. Ich sage Ihnen, Sir, ein schreckliches Wesen geht durch die Straßen, ein Wesen, vor welchem selbst das Sonnenlicht schwarz werden müßte und die Sommerluft kalt und klamm. Solche Gedanken fuhren mir durch den Kopf wie ein Wirbelwind. Ich war von Sinnen.«

»Ich verstehe. Teilweise begreife ich Ihre Gefühle, doch möchte ich Ihnen noch einmal mit Nachdruck erklären: Sie haben im Grunde nichts zu fürchten. Glauben Sie mir, Smith wird Sie in keiner Weise belästigen. Sie müssen bedenken, daß ihm selbst auch eine Warnung zuteil geworden ist – und tatsächlich hatte ich in dem kurzen Augenblick, da ich ihn sah, den Eindruck eines verängstigten Mannes. Doch sehe ich, daß es schon recht spät ist, und wenn Sie mich entschuldigen wollen, Mr. Wilkins, dann werde ich jetzt gehen. Wir werden uns sicher noch öfters hier begegnen.«

Dyson ging rasch davon und sann über die seltsame Geschichte nach, die ihm der Zufall zugetragen hatte. Bei kühlerem Nachdenken fand er Mr. Wilkins' ganzes Gebaren etwas eigenartig; eigenartig in einer Weise, die selbst eine so bizarre Folge von Erlebnissen nicht ganz zu erklären vermochte.

Das Abenteuer mit dem verschwundenen Bruder

Mr. Charles Phillipps war, wie schon angedeutet, ein Mann mit ausgeprägten wissenschaftlichen Neigungen. In jüngeren Jahren hatte er sich mit liebevollem Enthusiasmus dem angenehmen Studium der Biologie gewidmet, und eine kurze Abhandlung zur Embryologie der mikroskopischen Holothurioidea war sein allererster Beitrag zu den *belles lettres* gewesen. Später hatte sich die Strenge seiner Untersuchungen etwas gelockert, und er hatte mit frivoleren Wissenszweigen wie Paläontologie und Ethnologie seine Kurzweil getrieben. Er hatte einen Kabinettschrank im Wohnzimmer, dessen Schubladen mit grobbehauenen Feuersteinwerkzeugen gefüllt waren, und ein charmanter Südseefetisch bildete den Hauptakzent im Zimmerschmuck. Er schmeichelte sich, ein Materialist zu sein, wiewohl er einer der leichtgläubigsten Menschen war, doch mußte für ihn ein Wunder hübsch wissenschaftlich drapiert sein, ehe er sich darauf einließ, und die wildesten Träume nahmen für ihn handfeste Gestalt an, wenn nur die Nomenklatur streng und hieb- und stichfest war. Er lachte über die Hexe, doch betrachtete er mit scheuem Respekt die Kraft des Hypnotiseurs; er zog die Augenbrauen hoch, wenn die Rede auf das Christentum kam, doch betete er zum Ektoplasma und zum Äther. Im übrigen setzte er seinen Stolz darein, über eine grenzenlose Skepsis zu verfügen; die gewöhnliche Wundergeschichte hörte er mit Verachtung an, und er hätte gewiß nicht ein Wort von Dysons Bericht vom Jäger und Gejagten geglaubt, wenn nicht die Goldmünze ein sichtbarer, greifbarer Beweis gewesen wäre. Selbst so hatte er halb und halb den Verdacht, daß Dyson ihn hinter's Licht geführt hatte – er kannte die unordentliche Phantasie seines Freundes und seine Angewohnheit, das Wunderbare heraufzubeschwören, um das ganz Gewöhnliche zu erklären. Insgesamt neigte er der Annahme zu, daß die sogenannten Tatsachen in dem seltsamen Abenteuer beim Erzählen stark entstellt worden waren. Nach dem Abend, an dem er der Erzählung gelauscht hatte, war er einmal bei Dyson zu Besuch gewesen und hatte dort zu einer ernsthaften kleinen Rede betreffs der Notwendigkeit akkurater Beobachtungen ausgeholt und betont, wie töricht es war, beim Betrachten der Dinge ein Kaleidoskop, wie er sich ausdrückte, anstatt eines Teleskops zu benutzen, Bemerkungen, denen sein Freund mit einem höchst sardonischen Lächeln gelauscht hatte. »Mein Lieber«, hatte Dyson schließlich erwidert, »ich darf wohl sagen, daß ich ganz genau begreife, worauf Sie hinauswollen. Doch wird es Sie erstaunen zu hören, daß ich Sie für den Visionär halte, während ich ein nüchterner und ernsthafter Beobachter des Menschenlebens bin. Sie sind im Kreis herumgegangen, und während Sie sich weit weg in einem goldenen Land der neuen Philosophie wähnen, wohnen Sie in Wirklichkeit in einem metaphysischen Clapham, einem Kleinbürgervorort drei Schritte von hier. Ihre Skepsis hat sich selbst besiegt und ist zur monströsen Leichtgläubigkeit geworden. Sie sind tatsächlich genau in der Lage der Fledermaus oder Eule, ich weiß im Augenblick nicht, wie die Fabel genau geht, welche die Existenz der Sonne am Mittag leugnete. Und es würde mich sehr erstaunen, wenn Sie nicht eines Tages höchst zerknirscht zu mir kommen, Ihre vielfältigen Irrtümer bekennen und den demütigen Entschluß fassen, in Zukunft die Dinge in ihrem wahren Licht zu sehen.« Diese Tirade hatte Mr. Phillipps nicht weiter beeindruckt; er hielt Dyson für einen hoffnungslosen Fall und ging nach Hause, um sich an ein paar primitiven Steinwerkzeugen zu ergötzen, die ein Freund ihm aus Indien geschickt hatte. Er entdeckte, daß seine Wirtin die ganze Sammlung, als sie diese in ihrer rohen Formlosigkeit auf dem Tisch hatte liegen sehen, in die Mülltonne geworfen und statt dessen das Mittagessen auf den Tisch gestellt hatte. So verging der Nachmittag mit übelriechenden Ausgrabungen. Mrs. Brown hatte

– nachdem diese Steine äußerst wertvolle Messer genannt worden waren – ihn in seiner Hörweite als den »armen Mr. Phillipps« bezeichnet, und Wut und Gestank bescherten ihm einige unangenehme Stunden. Es war vier Uhr, ehe er sein Rettungswerk beendete. Unter dem überwältigenden Eindruck der Düfte verrottender Kohlblätter entschied Phillipps, daß er noch einen Spaziergang machen mußte, um Appetit aufs Abendessen zu bekommen. Im Gegensatz zu Dyson ging er rasch, den Blick aufs Pflaster gerichtet, gedankenverloren und ohne sich um das Leben ringsum zu kümmern; und er hätte nicht sagen können, welche Straßen er durchschritten hatte, als er plötzlich den Blick hob und sich am Leicester Square fand. Das Gras und die Blumen gefielen ihm, und er hieß die Gelegenheit willkommen, ein paar Minuten auszuruhen; als er sich umsah, entdeckte er eine Bank, auf der nur eine Person saß, eine Dame, und die ganz an einem Ende, so daß Phillipps sich am anderen niedersetzen konnte, um die Ereignisse des Nachmittags noch einmal zornig an sich vorbeiziehen zu lassen. Er hatte bei seiner Annäherung an die Bank bemerkt, daß die Dame sorgfältig gekleidet war und allem Anschein nach jung; das Gesicht konnte er nicht sehen, da es, scheinbar in Betrachtung der Sträucher, abgewandt war und darüber hinaus halb verdeckt von ihrer Hand – doch täte man Mr. Phillipps unrecht, wenn man annehmen würde, er hätte sich seinen Sitzplatz in der Hoffnung auf eine Liebesaffäre gewählt. Er hatte einfach die Gesellschaft einer einzigen Dame der von fünf schmutzigen Kindern vorgezogen, und wie er nun dasaß, versank er sofort in tiefes Nachdenken über seine Mißgeschicke. Er hatte schon überlegt, ob er die Wohnung wechseln sollte, doch als er nun den Fall in all seinen Aspekten in Berufung gehen ließ, sagte ihm sein ruhigeres Urteil, daß alle Zimmerwirtinnen einander doch im Grunde so sehr ähnelten wie ihre Gummibäume, und daß es keine große Wahl zwischen ihnen gab. Doch beschloß er, mit Mrs. Brown nach diesem Auftritt einmal sehr ruhig und zugleich mit großer Strenge zu reden, ihr das Unhaltbare ihres Benehmens darzulegen und der Hoffnung auf Besserung Ausdruck zu verleihen. Mit diesem Entschluß wollte Phillipps sich gerade von der Bank erheben und davongehen, als er zu seinem höchsten Ärger ein unterdrücktes Schluchzen hörte, ganz offenbar von der Dame, die immer noch die Sträucher und Blumenbeete betrachtete. Er umklammerte verzweifelt seinen Spazierstock und hätte sich im nächsten Moment schon in vollem Rückzug befunden, wenn die Dame ihm nun nicht ihr Gesicht zugewandt und mit einer stummen Bitte seine Aufmerksamkeit in Anspruch genommen hätte. Es war ein Mädchen mit einem weniger schönen als reizvollen und eigenartigen Gesicht, das offensichtlich bittersten Kummer hatte. Und Mr. Phillipps setzte sich wieder hin und verwünschte sein Geschick. Die junge Dame schaute ihn mit entzückenden glänzendbraunen Augen an, die keine Spur von Tränen erkennen ließen, obwohl sie ein Taschentuch in der Hand hielt; sie biß sich die Lippen und schien mit irgendeiner überwältigenden Besorgnis zu kämpfen, und ihre ganze Haltung war eine einzige Bitte um Beistand. Phillipps saß auf der Kante der Bank und blickte unsicher zu ihr hin. Er fragte sich, was nun wohl kommen würde, und sie schaute ihn immer noch an ohne ein Wort.

»Nun, gnädige Frau«, sagte er endlich. »ich habe Ihre Geste so verstanden, daß Sie mit mir sprechen wollen. Kann ich irgend etwas für Sie tun? Obwohl dies, wenn Sie mir die Bemerkung gestatten, sehr unwahrscheinlich sein dürfte.«

»Oh, Sir«, sagte sie mit leiser, fast flüsternder Stimme, »bitte seien Sie nicht böse mit mir. Ich bin in einer Lage, da ich mir kaum zu helfen weiß, ich dachte, Ihrem Gesicht nach dürfte ich Sie um Ihre Anteilnahme, wenn nicht gar um Ihre Hilfe bitten.«

»Wollen Sie die Freundlichkeit haben, mir zu sagen, worum es sich handelt?« sagte Phillipps. »Vielleicht – eine Tasse Tee?«

»Ich wußte, ich habe mich nicht getäuscht«, erwiderte die Dame. »Diese Einladung zeugt von einem großzügigen Wesen. Aber Tee hat, ach! keine Kraft, mich zu trösten. Wenn Sie es mir erlauben, will ich versuchen, meinen Kummer zu erklären.«

»Daran wäre mir viel gelegen.«

»Ich werde es tun, und ich will versuchen, mich dabei kurz zu fassen, trotz der zahlreichen Verwicklungen, die mich, so jung ich bin, vor dem erzittern lassen, was mir als das tiefe und furchtbare Rätsel unserer Existenz erscheint. Aber der Kummer, der mich jetzt zuinnerst aufwühlt, ist nur allzu leicht zu benennen: Ich habe meinen Bruder verloren.«

»Ihren Bruder verloren! Wie kann das zugehen?«

»Ich sehe, ich muß Sie mit ein paar Einzelheiten behelligen. Mein Bruder also, der einige Jahre älter ist als ich, ist Tutor an einer Privatschule im äußersten Norden von London. Mangelnde Mittel haben ihn der Vorteile eines Universitätsstudiums beraubt, und ohne das äußerliche Zeugnis eines akademischen Grades durfte er nicht auf eine Stellung hoffen, die seinem Wissen und seiner Begabung angemessen gewesen wäre. So war er gezwungen, den altsprachlichen Unterricht an Dr. Saundersons Highgate Academy für die Söhne von Gentlemen zu übernehmen, und er hat sich seiner Pflichten auch zur vollen Zufriedenheit seines Prinzipals während einiger Jahre entledigt. Meine eigene Lebensgeschichte braucht Sie nicht zu bekümmern; es genügt, wenn ich Ihnen sage, daß ich den letzten Monat als Gouvernante bei einer Familie in Tooting gewesen bin. Mein Bruder und ich sind uns immer sehr zugetan gewesen, und obwohl Umstände, die ich hier nicht erläutern muß, uns eine Zeitlang trennten, haben wir einander doch nie aus den Augen verloren. Wir haben beschlossen, daß wir keine Woche ohne ein Treffen vorübergehen lassen wollten, es sei denn, daß einer von uns unfähig wäre, von einem Krankenlager aufzustehen. Vor einiger Zeit haben wir wegen seiner zentralen Lage, und weil er so bequem zu erreichen ist, diesen Platz hier als Treffpunkt gewählt. Und tatsächlich hatte mein Bruder nach einer Woche voller unerquicklicher Mühen manchmal wenig Lust, spazierenzugehen, so daß wir oft zwei oder drei Stunden auf dieser Bank hier verbracht haben, wo wir von unserer Zukunft sprachen und von glücklicheren Tagen, als wir Kinder waren. Zu Anfang des Frühjahrs war es kühl und feucht; trotzdem genossen wir die kleine Ruhepause, und ich glaube, wir sind oft für ein Liebespaar gehalten worden, wie wir eng beieinander saßen und eifrig redeten. Samstag auf Samstag haben wir uns hier getroffen, und obwohl der Arzt ihm sagte, er sei verrückt, ließ mein Bruder sich von seiner Influenza nicht abhalten, herzukommen. Das ist einige Zeit her. Am letzten Samstag hatten wir einen langen und glücklichen Nachmittag zusammen. Wir trennten uns fröhlicher als sonst, in Erwartung einer erträglichen Woche, und nahmen uns vor, daß unsere nächste Begegnung noch heiterer sein sollte. Ich kam hier zur vereinbarten Zeit an, um vier Uhr, und setzte mich hin und hielt nach meinem Bruder Ausschau, den ich jeden Augenblick vom Tor an der Nordseite des Platzes her auf mich zukommen zu sehen erwartete. Fünf Minuten vergingen, und er war noch nicht da; ich dachte, er hätte seinen Zug verpaßt, und die Vorstellung, daß unsere Unterhaltung sich um zwanzig Minuten oder vielleicht um eine halbe Stunde verkürzen würde, stimmte mich traurig. Ich hatte so gehofft, daß wir heute glücklich zusammen sein würden. Plötzlich – ich kann nicht sagen, aus welchem Impuls heraus – drehte ich mich um, und wie kann ich Ihnen mein Erstaunen beschreiben, als ich meinen Bruder langsam von der Südseite des Platzes her sich nähern sah, begleitet von einer anderen Person! Mein erster Gedanke, ich erinnere mich noch, war so etwas wie ein kleiner Ärger über diesen Mann, wer immer er sein mochte, der sich in unsere Begegnung drängte. Ich fragte mich, wer das wohl sein könnte, denn mein Bruder hatte, wie ich sagen darf, keine persönlichen Freunde. Dann, als ich die sich nähernden Gestalten weiter betrachtete, stieg ein anderes Gefühl in mir auf; es war eine Empfindung von haarsträubender Furcht, der Furcht eines Kindes im Dunkeln, ganz und gar unvernünftig und an Vernunftgründen nicht interessiert, aber schrecklich –

sie griff wie die kalte klammernde Hand eines Toten nach meinem Herzen. Aber ich überwand das Gefühl und sah meinen Bruder stetig an, während ich darauf wartete, daß er etwas sagte, und betrachtete auch seinen Begleiter genauer. Da bemerkte ich, daß dieser Mann meinen Bruder eher führte als daß die beiden bloß nebeneinander Arm in Arm gegangen wären; es war ein großgewachsener Mann, gewöhnlich gekleidet. Er trug eine hohe Melone und, trotz der Wärme des Tages, einen schlichten schwarzen Mantel, ganz zugeknöpft, und die Hosen waren, wie ich sah, unauffällig schwarz-grau gestreift. Auch das Gesicht war ganz gewöhnlich, und tatsächlich kann ich mich gar nicht an irgendeinen besonderen Zug oder eine Eigenart seiner Mimik erinnern; denn obwohl ich ihn anblickte, als er auf mich zukam, machte das Gesicht eigenartigerweise keinerlei besonderen Eindruck auf mich, es war, als sähe ich eine kunstvoll gefertigte Maske. Sie gingen an mir vorüber, und zu meinem unaussprechlichen Erstaunen hörte ich die Stimme meines Bruders zu mir sprechen, obwohl seine Lippen sich nicht bewegten und sein Blick den meinen nicht suchte. Es war eine Stimme, die ich nicht beschreiben kann, obwohl ich sie kannte, doch drangen die Worte an mein Ohr wie mit plätscherndem Wasser und dem Laut eines zwischen Steinen dahinfließenden seichten Baches vermengt. Ich hörte also die Worte: ›Ich kann nicht bleiben‹ und einen Augenblick lang schienen Himmel und Erde mit Donnergeräusch aufeinanderzustoßen, und ich wurde aus dieser Welt in eine dahinter geschleudert, in eine Leere ohne Beginn und Ende. Denn als mein Bruder an mir vorüberging, sah ich die Hand, die ihn am Arm festhielt und ihn zu leiten schien, und in einem einzigen Augenblick des Entsetzens erkannte ich, daß dies ein formloses Ding war, das viele Jahre im Grab zerfallen war. Das Fleisch war in Streifen von den Knochen abgeschält und hing dürr und körnig herunter, und die Finger, die den Arm meines Bruders umspannten, waren ungestalte Klauen, einer davon nur noch ein Stumpf, dessen Ende weggefault war. Als ich wieder zu mir kam, sah ich die beiden durch jenes Tor hinausgehen. Ich blieb einen Moment bewegungslos, und dann rann es mir wie Feuer ins Herz, ich wußte, kein Schrecken konnte mich zurückhalten, ich mußte meinem Bruder folgen und ihn retten, und wenn sich die ganze Hölle gegen mich erhob. Ich rannte hinaus und schaute den Gehsteig entlang, und sah die beiden in der Menschenmenge. Ich lief über die Straße und sah sie in jene Seitenstraße einbiegen, und einen Augenblick später war ich an der Ecke angelangt. Vergeblich schaute ich nach rechts und links, denn weder mein Bruder noch sein seltsamer Wächter waren zu sehen; zwei ältere Herren kamen mir Arm in Arm entgegen, und ein Telegrammbote schritt pfeifend aus. Ich blieb einen Moment entsetzt stehen, und dann neigte ich den Kopf und kehrte zu diesem Platz zurück, wo Sie mich gefunden haben. Nun, Sir, erstaunt es Sie, daß ich voller Kummer bin? Ach, sagen Sie mir doch, was mit meinem Bruder geschehen ist, ich werde noch wahnsinnig!«

Mr. Phillipps, der dieser Geschichte mit beispielhafter Geduld gelauscht hatte, zögerte einen Moment, ehe er sprach.

»Mein liebes gnädiges Fräulein«, sagte er endlich, »Sie haben es verstanden, nicht nur in mir als Mann Anteilnahme zu erwecken, sondern auch als Wissenschaftler. Als Mitmensch bedauere ich Sie zutiefst; Sie müssen sehr unter dem gelitten haben, was Sie sahen, oder besser: was Sie zu sehen glaubten. Denn als wissenschaftlicher Beobachter habe ich die Pflicht, Ihnen die reine Wahrheit zu sagen, die Sie, abgesehen davon, daß es die Wahrheit ist, auch trösten wird. Darf ich Sie bitten, Ihren Bruder zu beschreiben?«

»Gewiß«, sagte die junge Dame eifrig. »Ich kann ihn ganz genau beschreiben. Mein Bruder sieht recht jung aus; er ist blaß, hat einen kleinen schwarzen Backenbart und trägt eine Brille. Er hat einen ziemlich schüchternen, fast ängstlichen Gesichtsausdruck und blickt ständig nervös um sich. Denken Sie, denken Sie nach! Sicherlich haben Sie ihn schon einmal gesehen. Vielleicht kommen Sie oft in dieses Viertel hier – Sie mögen ihn an einem Samstag gesehen haben. Ich habe mich

vielleicht darin getäuscht, daß ich ihn in jene Seitenstraße einbiegen sah, er ist vielleicht weitergegangen, und Sie sind ihm
begegnet. O sagen Sie mir doch, Sir, haben Sie ihn nicht gesehen?«

»Ich fürchte, ich achte beim Gehen nicht auf alle Einzelheiten, die mir begegnen«, sagte Phillipps, der ahnungslos an
seiner eigenen Mutter vorbeigegangen wäre, »aber ich bin
sicher, Ihre Beschreibung ist bewundernswert genau. Und
würden Sie mir nun die Person beschreiben, die, wie Sie sagten, Ihren Bruder am Arm festhielt?«

»Das kann ich nicht! Ich sagte Ihnen doch, sein Gesicht
schien mir ohne Ausdruck, ohne einen hervorstechenden
Zug. Es war wie eine Maske.«

»Ganz genau; Sie können nicht beschreiben, was Sie nie
gesehen haben. Ich muß kaum ausdrücklich sagen, welcher
Schluß hier zu ziehen ist – Sie sind Opfer einer Halluzination
geworden. Sie haben erwartet, Ihren Bruder zu sehen. Sie
waren geängstigt, weil Sie ihn nicht sahen, und unbewußt
machte sich nun zweifellos Ihre Phantasie an die Arbeit, bis
Sie am Ende eine Projektion Ihrer eigenen morbiden Gedanken sahen: eine Vision Ihres abwesenden Bruders. Und dazu
eine verworrene Ansammlung von Schrecknissen, zusam-
mengefaßt in einer Figur, die Sie nicht beschreiben können.
Natürlich ist Ihr Bruder auf die eine oder andere Art daran
gehindert worden, sich wie üblich mit Ihnen zu treffen. Ich
rechne fest damit, daß Sie in ein, zwei Tagen von ihm hören
werden.«

Die Dame sah Mr. Phillipps ernsthaft an, und dann schien
eine Sekunde lang fast so etwas wie Heiterkeit in ihren Augen
zu funkeln, doch verdüsterte sich ihr Gesicht traurig bei den
dogmatischen Schlußfolgerungen, zu welchen der Wissenschaftler so unwiderstehlich gelangte.

»Ach«, sagte sie, »Sie wissen es nicht. Ich kann dem Zeugnis meiner eigenen wachen Sinne nicht mißtrauen. Außerdem
habe ich vielleicht selbst noch Schrecklicheres erlebt. Ich er-
kenne die Logik Ihrer Erklärung an, aber eine Frau hat Einge-

bungen, die sie niemals täuschen, Intuitionen. Glauben Sie mir, ich bin nicht hysterisch. Fühlen Sie meinen Puls, er geht ganz ruhig.«

Sie streckte ihre Hand mit einer zierlichen Geste aus und mit einem Blick, der Phillipps trotz seines innerlichen Sträubens begeisterte. Die ihm entgegengereckte Hand war weich und weiß und warm, und als er in einer gewissen Verwirrung seine Finger auf die violett schimmernde Ader legte, fühlte er sich vom Anblick dieses liebenden Kummers stark bewegt.

»Nein«, sagte er, als er ihr Handgelenk losließ, »Sie sind, wie Sie sagen, offenbar ganz Sie selbst. Trotzdem muß Ihnen klar sein, daß Lebende keine Totenhände haben. So etwas gibt es nicht. Es ist natürlich äußerstenfalls denkbar, daß Sie tatsächlich Ihren Bruder mit einem anderen Herrn gesehen haben und daß wichtige Geschäfte ihn daran hinderten, bei ihnen stehen zu bleiben. Und was die wunderbare Hand betrifft, so mag das irgendeine Deformität gewesen sein – ein Unfall, ein abgeschossener Finger oder dergleichen.«

Die Dame schüttelte traurig den Kopf.

»Wie ich sehe, sind Sie ein entschiedener Rationalist«, sagte sie. »Haben Sie nicht zugehört, als ich sagte, ich hätte selbst noch Schrecklicheres erlebt? Auch ich war eine Skeptikerin, aber nach dem, was ich erfahren habe, kann ich nicht länger so tun, als zweifelte ich.«

»Gnädige Frau!« entgegnete Phillipps. »Niemand kann mich dazu bringen, meinen Glauben zu verleugnen. Nie werde ich glauben und nie werde ich so tun, als glaubte ich, daß zwei und zwei fünf ist. Und ich werde unter keinen Umständen die Existenz zweiseitiger Dreiecke zugeben.«

»Sie sind etwas voreilig«, antwortete die Dame. »Aber darf ich fragen, ob Sie je von Professor Gregg gehört haben, der großen Autorität in Fragen der Ethnologie und verwandter Gebiete?«

»Ich habe sehr viel mehr als nur von Professor Gregg gehört«, sagte Phillipps. »Ich habe ihn immer als einen unserer schärfsten und klarsichtigsten Köpfe betrachtet, und seine letzte Veröffentlichung, die *Einführung in die Ethnologie*, ist mir als ganz meisterhafte Leistung erschienen. Tatsächlich hatte ich kaum das Buch in Händen, als ich von dem schrecklichen Unfall erfuhr, der Greggs Laufbahn abbrach. Er hatte, glaube ich, ein Haus im Westen von England für den Sommer gemietet, und man nimmt an, daß er dort in den Fluß gestürzt ist. Soweit ich weiß, ist seine Leiche nie gefunden worden.«

»Sir, ich bin sicher, daß Sie ein verschwiegener Mann sind. Das erkennt man im Gespräch mit Ihnen, und schon Ihre Erwähnung jenes kleinen Werkes gibt mir die Gewißheit, daß Sie kein oberflächlicher Charakter sind. Mit einem Wort – ich fühle, daß ich mich auf Sie verlassen kann. Sie scheinen der Ansicht zu sein, daß Professor Gregg tot ist. Ich habe keinen Grund zu einer solchen Annahme.«

»Was?« rief Phillipps erstaunt und peinlich berührt. »Wollen Sie damit andeuten, daß hinter dem Ganzen eine Unsauberkeit steckt? Ich kann es nicht glauben. Gregg war ein Mann von vollkommen integerem Wesen, privat von großer wohltätiger Güte. Und obwohl ich selber von allem Trug frei bin, glaube ich, daß er ein aufrichtiger und frommer Christ war. Sie wollen doch nicht unterstellen, daß irgendeine ehrenrührige Geschichte ihn gezwungen hat, heimlich das Land zu verlassen?«

»Wieder haben Sie es allzu eilig«, erwiderte die Dame. »Von all dem habe ich nichts gesagt. In aller Kürze also muß ich Ihnen mitteilen, daß Professor Gregg sein Haus eines Morgens verließ, bei voller körperlicher und geistiger Gesundheit. Er kehrte nie zurück, aber man fand seine Uhr mit Kette, eine Geldbörse mit drei goldenen Sovereigns und etwas Silber sowie einen Ring, den er stets zu tragen pflegte, auf einem wilden und unwegsamen Bergeshang, viele Meilen vom Fluß entfernt. Diese Gegenstände lagen neben einem bizarr geformten Kalksteinfelsen; sie waren in eine Art grobes Pergament eingeschlagen und mit einer Darmschnur zum Päckchen geschnürt. Man öffnete dieses Päckchen, und die Innenseite des Pergaments trug eine mit irgendwelchem roten Farbstoff ausgeführte Beschriftung; die Zeichen ließen sich nicht entziffern, doch schien es eine degenerierte Form der Keilschrift zu sein.«

»Sie reizen mein Interesse aufs Höchste«, sagte Phillipps. »Wären Sie so freundlich, mit Ihrer Geschichte fortzufahren? Der Umstand, den Sie eben erwähnt haben, scheint mir durchaus unverständlich, und ich bin auf eine Erklärung begierig.«

Die junge Dame schien einen Augenblick lang nachzusinnen, und dann fuhr sie fort mit dem

ROMAN VOM SCHWARZEN SIEGEL.

Ich muß Ihnen nun doch Näheres von meinem Leben berichten. Ich bin die Tochter eines Ingenieurs, Stephen Lally mit Namen, der das Unglück hatte, plötzlich zu Beginn seiner Laufbahn zu sterben, ehe er ein hinreichendes Guthaben erworben hatte, um seiner Frau und ihren beiden Kindern ein Auskommen zu sichern. Meiner Mutter gelang es, den kleinen Haushalt mit Mitteln durchzubringen, die unglaublich gering gewesen sein müssen. Wir lebten in einem entlegenen Dorf, weil da die meisten Lebensnotwendigkeiten billiger waren als in der Stadt, doch selbst dort wurden wir mit strengster Sparsamkeit erzogen. Mein Vater war ein kluger und gebildeter Mann und hinterließ eine kleine, doch erlesene Bibliothek der besten griechischen, lateinischen und englischen Autoren, und diese Bücher waren das einzige Mittel, das wir hatten, uns zu vergnügen. Mein Bruder lernte, wie ich mich erinnere, Latein aus den *Meditationen* von Descartes, und ich hatte anstatt der Märchen und Kindergeschichten, die man gewöhnlich zu lesen bekommt, als Kind nichts Reizvolleres als eine Übersetzung der *Gesta Romanorum*. So wuchsen wir auf, stille und lernbegierige Kinder, und schließlich fand mein Bruder seinen Lebensunterhalt, wie ich es Ihnen beschrieben habe. Ich wohnte weiterhin zu Hause; meine arme Mutter war nun pflegebedürftig und brauchte meine ständige Obhut, und vor etwa zwei Jahren starb sie nach vielen Monaten schmerzhafter Krankheit. Ich befand mich in einer schlimmen Lage. Die schäbigen Möbel reichten kaum, um die Schulden zu bezahlen, die ich zu machen gezwungen gewesen war, und die Bücher schickte ich meinem Bruder, da ich wußte, wie kostbar sie ihm waren. Ich war vollkommen allein. Es war mir klar, wie kärglich das Gehalt meines Bruders war, und obwohl ich nach London kam in der Hoffnung, dort eine Anstellung zu finden – wir vereinbarten, daß er mir das nötige Geld geben würde –, schwor ich mir, daß es nur für einen Monat sein sollte und daß ich dann, wenn ich keine Arbeit finden würde, eher verhungern wollte, als ihn der armseligen paar Pfund zu berauben, die er sich für den Notfall erspart hatte. Ich nahm ein kleines Zimmer in einem entlegenen Vorort, das billigste, das ich finden konnte. Ich lebte von Brot und Tee und verbrachte die Zeit mit vergeblichen Antworten auf Zeitungsanzeigen und noch vergeblicheren Gängen zu Adressen, die ich mir notiert hatte. Ein Tag folgte dem anderen, eine Woche der anderen, immer noch war ich erfolglos, und endlich neigte sich die von mir selbst gesetzte Frist ihrem Ende zu. Ich sah das grimme Schicksal eines langsamen Hungertodes vor mir. Meine Wirtin war auf ihre Art recht gutmütig; sie wußte, wie gering meine Mittel waren, und ich bin sicher, daß sie mich nicht auf die Straße gesetzt hätte. Es blieb also mir übrig, fortzugehen und dann zu versuchen, an einem ruhigen entlegenen Ort zu sterben. Es war Winter, und ein dichter weißer Nebel zog sich am frühen Nachmittag zusammen, der im weiteren Verlauf des Tages immer dichter wurde; es war Sonntag, wie ich mich erinnere, und die Leute aus dem Haus waren bei einer Gebetsversammlung. Gegen drei schlich ich mich hinaus und ging davon, so rasch ich konnte, denn ich war durch meine elende Ernährung geschwächt. Der weiße Nebel hüllte alle Straßen in Schweigen ein, und auf den kahlen Zweigen der Bäume lag eine dicke Eisschicht, und Eiskristalle glitzerten an den Staketenzäunen und auf dem grausam kalten Boden zu meinen Füßen. Ich ging weiter und bog vollkommen zufällig rechts und links ab, ohne mir die Mühe zu machen, nach den Straßennamen zu schauen, und alles, was ich von meinem Umherwandern an diesem Sonntagnachmittag noch weiß, erscheint mir wie die Splitter eines schlimmen Traumes. Verwirrt stolperte ich voran wie durch eine Vision, über Straßen, die halb noch der Stadt zugehörten und halb schon Landstraßen waren. Graue Felder, die sich in der Wolkenwelt des Nebels verloren, lagen auf der einen Seite, und auf der anderen behagliche Villen, wo man innen an den Wänden den flackernden Widerschein des Kaminfeuers sah. Doch alles blieb unwirklich: Backsteinmauern und helle Fenster, verwischte Bäume und neblig leuchtende Landschaft, die Gaslaternen, die anfingen, die weißen Schatten zu bestirnen, die Fluchtlinien der Eisenbahnschienen unten zwischen den tief in den Boden einschneidenden Mauern, das Grün und Rot der Signale – all dies waren nur Augenblicksbilder, die in meinem müden Kopf, in meinen vom Hunger abgestumpften Sinnen aufblitzten. Hie und da hörte ich einen raschen Schritt auf der eisenhart gefrorenen Straße, und dick vermummte Männer kamen an mir vorüber, die schnell ausschritten, um sich warmzuhalten, und gewiß die Vorfreude auf ein glühendes Feuer am heimischen Herd genossen, wo die Vorhänge an den überfrorenen Fensterscheiben fest zugezogen waren und wo Familie und Freunde sie willkommen hießen; doch als der frühe Abend dunkelte und die Nacht herankam, wurden die Passanten weniger und weniger, und ich durchschritt eine leere Straße nach der anderen. Im weißen Schweigen stolperte ich weiter, verlassen, als ginge ich durch eine untergegangene Stadt, und als ich immer schwächer und erschöpfter wurde, legte sich mir etwas vom Schrecken des Todes erstickend ums Herz. Plötzlich, als ich um eine Ecke bog, sprach mich jemand unter der Laterne höflich an, und ich hörte die Stimme fragen, ob ich so freundlich sein könnte, den Weg zur Avon Road zu zeigen. Der plötzliche Schock menschlicher Rede ließ mich zusammenbrechen – meine Kräfte verließen mich, ich stürzte auf den Gehsteig hin und weinte und schluchzte und lachte hysterisch. Ich war ausgegangen, um zu sterben, und als ich über die Schwelle des Hauses gegangen war, das mich geschützt hatte, da sagte ich allen Hoffnungen und allen Erinnerungen Lebwohl; die Tür schlug mit Donnerhall hinter mir zu, und ich hatte das Gefühl, daß ein eiserner Vorhang zwischen mir und meinem kurzen bisherigen Leben gefallen war und daß ich nun noch eine kleine Strecke in einer düsteren umschatteten Welt zu gehen hatte; ich betrat die Bühne zum ersten Akt des Todes. Dann kam meine Wanderung durch den Nebel, die Weiße, die alles einhüllte, die veröketen Straßen und die dumpfe Stille – bis es mir beim Klang dieser Stimme schien, als wäre ich gestorben und das Leben wäre nun zurückgekehrt. Nach einigen Momenten war ich in der Lage, meine Gefühle zu bezähmen, und als ich mich erhob, sah ich vor mir einen Herrn mittleren Alters von angenehmem Äußeren, gut und korrekt gekleidet. Er schaute mich mit dem Ausdruck tiefen Mitleids an, doch ehe ich noch hervorstammeln konnte, daß ich mich in dieser Gegend nicht auskannte (denn in der Tat hatte ich nicht die geringste Ahnung, wohin ich gekommen war), begann er zu sprechen.

»Mein liebes gnädiges Fräulein«, sagte er, »Sie scheinen in irgendeiner furchtbaren Krisis zu stecken. Sie können sich gar nicht vorstellen, wie sehr Sie mich erschreckt haben. Doch darf ich mich nach dem Grund Ihrer Verzweiflung erkundigen? Ich versichere Ihnen, daß Sie zu mir Vertrauen haben dürfen.«

»Es ist sehr freundlich von Ihnen«, antwortete ich, »aber ich fürchte, es läßt sich nichts tun. Meine Lage scheint hoffnungslos.«

»Ach Unsinn, Unsinn! Sie sind viel zu jung, um so daherzureden. Kommen Sie, lassen Sie uns hier weitergehen, und Sie müssen mir dabei von Ihren Schwierigkeiten erzählen. Vielleicht kann ich Ihnen helfen.«

Es lag etwas sehr Beruhigendes und Überzeugendes in seiner Art, und als wir weitergingen, erzählte ich ihm in Umrissen meine Geschichte und sprach von der Verzweiflung, die mich fast zu Tode bedrückt hatte.

»Sie hatten unrecht, so zur Gänze zu kapitulieren«, sagte er, als ich still war. »Ein Monat ist eine allzukurze Zeit, um sich in London zurechtzufinden. London, das lassen Sie mich Ihnen nur sagen, Miss Lally, liegt nicht offen und zugänglich da, es ist eine Festung mit Wall und Graben und seltsamen Sperren. Wie in allen großen Städten sind die Lebensbedingungen äußerst künstlich und kompliziert – es werden keine Palisaden mehr errichtet, um den Mann oder die Frau abzuwehren, welche die Festung erobern wollen, aber es gibt tiefgestaffelte subtile Hindernisse, Minen und Fallgruben, die man nur mit seltenem Geschick überwinden kann. Sie mit Ihrem schlichten Gemüt glaubten, Sie müßten nur laut rufen, damit die Mauern zu Nichts zerfielen, aber für solche verblüffenden Siege ist die Zeit vorbei. Nur Mut! Sie werden bald das Geheimnis des Erfolgs lernen.«

»Ach je, Sir«, erwiderte ich, »ich bezweifle nicht, daß Ihre Schlußfolgerungen richtig sind, doch im Augenblick bin ich am Verhungern. Sie haben von einem Geheimnis gesprochen: sagen Sie es mir, um Himmelswillen, wenn Sie ein wenig Mitleid mit mir haben.«

Er lachte freundlich. »Das ist das Allerseltsamste. Die das Geheimnis kennen, können es nicht mitteilen, auch wenn sie wollten; es ist wirklich so unaussprechlich wie die wahre Geheimlehre der Freimaurer. Aber ich darf Ihnen sagen, daß Sie zumindest die äußerste Hülle des Mysteriums durchstoßen haben«, und wieder lachte er.

»Bitte scherzen Sie nicht mit mir!« sagte ich. »Was habe ich getan, *que sais-je*? Ich bin von solcher Unwissenheit, daß ich nicht einmal weiß, wo meine nächste Mahlzeit herkommen soll.«

»Verzeihen Sie. Sie fragen, was Sie getan haben? Sie sind mir begegnet. Kommen Sie, lassen Sie uns das Wortgefecht beenden. Wie ich höre, haben Sie selbst für Ihre Erziehung gesorgt – die einzige Form von Erziehung, die nicht unendlich schlimme Wirkungen zeitigt. Und ich brauche eine Gouvernante für meine beiden Kinder. Ich bin seit einigen Jahren Witwer; mein Name ist Gregg. Ich biete Ihnen die Stelle an, und sollen wir sagen: hundert Pfund im Jahr?«

Ich konnte meinen Dank nur hervorstammeln, und Mr. Gregg schob mir seine Karte und, als Unterpfand der Abmachung, eine Banknote in die Hand, verabschiedete sich und bat mich, ihn in ein, zwei Tagen aufzusuchen.

So verlief meine erste Begegnung mit Professor Gregg, und ist es ein Wunder, daß die Erinnerung an meine Verzweiflung und an den kalten Hauch, der mich aus dem Tor des Todes angeweht hatte, ihn mir als meinen zweiten Vater erscheinen ließ? Noch ehe die Woche endete, hatte ich meine neuen Pflichten aufgenommen; der Professor hatte ein altes Herrenhaus, einen Ziegelbau in einem westlichen Vorort von London, gemietet, und hier, zwischen freundlichen Rasenflächen und Obstgärten, begann beim ruhigen Wispern der alten Ulmen, die ihre Äste über dem Dach schwenkten, das neue Kapitel meines Lebens. Da Sie mit den Forschungsgebieten des Professors vertraut sind, wird es Sie nicht überraschen, zu hören, daß das Haus von Büchern überquoll, und Vitrinen mit seltsamen und oft sogar abstoßend häßlichen Gegenständen füllten jeden erdenklichen Winkel in den großen niedrigen Räumen. Gregg war ein Mann, dessen ganzes Denken nur auf den Erwerb von Wissen gerichtet war, und bald hatte auch ich etwas von seiner Begeisterung abbekommen und bemühte mich, seine Forschungsleidenschaften nachzuvollziehen. Nach ein paar Monaten war ich vielleicht mehr seine Sekretärin als die Gouvernante seiner beiden Kinder, und manche Nacht habe ich im Schein der Lampe am Schreibtisch gesessen, während er im düster funkelnden Licht des Kaminfeuers auf und ab ging und mir den Grundriß seiner *Einführung in die Ethnologie* diktierte. Doch bei diesen eher nüchternen und präzisen Studien spürte ich stets etwas Verborgenes, eine Sehnsucht und ein Begehren nach einem Gegenstand, der ungenannt blieb, und manchmal brach er plötzlich mitten in dem, was er sagte, ab und verfiel in ein tiefes Sinnen, verzaubert, wie es mir schien, von irgendeiner fernen Aussicht auf abenteuerliche Entdeckungen. Das Buch war endlich beendet, und wir bekamen nach und nach die Fahnen von der Setzerei, die mir zur ersten Korrektur anvertraut wurden und dann zur endgültigen Bearbeitung an den Professor gingen. Die ganze Zeit über wurde sein Überdruß an der Arbeit, mit der er da beschäftigt war, immer größer, und mit dem erleichterten Lachen eines Schuljungen, der in die Ferien geht, überreichte er mir eines Tages ein Exemplar seines Buches. »Da!« sagte er. »Ich habe mein Wort gehalten. Ich habe versprochen, das Buch zu schreiben, und jetzt ist es fertig. Jetzt habe ich die Freiheit, seltsameren Dingen zu leben; ich gestehe es, Miss Lally, mich lockt der Ruhm eines Kolumbus. Sie werden mich, ich hoffe es, eines Tages als den Erforscher neuer Gebiete sehen.«

»Aber«, sagte ich, »es gibt nicht mehr viel Neues zu entdekken. Sie sind ein paar hundert Jahre zu spät geboren.«

»Ich glaube, da irren Sie sich«, erwiderte er; »es gibt immer noch, verlassen Sie sich darauf, seltsame unentdeckte Länder und Kontinente von merkwürdigen Ausmaßen! Ach, Miss Lally, glauben Sie mir: Wir stehen inmitten von ehrfurchtgebietenden Mysterien und Sakramenten, und noch ist nicht klar, was wir einmal sein werden. Das Leben, glauben Sie mir, ist keine einfache Sache, besteht nicht aus Hirnwindungen und Netzen von Adern und Muskeln, die man mit dem Skalpell bloßlegen kann; der Mensch ist das Geheimnis, das zu erforschen ich mich anschicke, und ehe ich ihn entdecken kann, muß ich über sehr unruhige Meere fahren und durch die Ozeane und Nebel von vielen Jahrtausenden. Sie kennen den Mythos vom untergegangenen Atlantis. Wie, wenn er wahr wäre, und ich dazu bestimmt, der Entdecker dieses wunderbaren Landes zu werden?«

Ich spürte die kochende Erregung hinter seinen Worten, und in seinem Gesicht las ich den heißen Eifer des Jägers; vor mir stand ein Mann, der sich zu einem Duell mit dem Unbekannten berufen fühlte. Ein Freudengefühl durchblitzte mich, als ich daran dachte, daß ich in gewisser Weise mit ihm an diesem Abenteuer teilnehmen würde, und auch in mir brannte das Jagdfieber, ohne daß ich innehielt und darüber nachdachte, was wir aus dem Dunkel holen wollten.

Am nächsten Morgen holte mich Professor Gregg in sein privates Arbeitszimmer, wo an einer Wand ein vielfächriger Schrank stand. Hier waren alle Schubladen säuberlich beschriftet, und die Ergebnisse jahrelanger Mühen waren in wenigen Kubikfuß geordnet und untergebracht.

»Hier«, sagte er, »ist mein Leben; hier sind all die Fakten, die ich unter so großen Anstrengungen gesammelt habe, und doch ist all dies nichts. Nein, nichts, gemessen an dem, was ich nun versuchen will. Sehen Sie dies hier!« – und er führte mich zu einem alten Sekretär, einem bizarren und ausgeblichenen Möbelstück, das in einer Zimmerecke stand. Er schloß die vordere Klappe auf und öffnete eine der Schubladen.

»Ein paar Papierfetzen«, fuhr er fort und deutete in die Schublade, »und ein schwarzer Stein, grob mit seltsamen Zeichen und Kratzern übersät – das ist alles, was diese Schublade enthält. Hier, sehen Sie, haben wir einen alten Briefumschlag mit der dunkelroten Marke von vor zwanzig Jahren, da habe ich mir auf der Rückseite mit Bleistift ein paar Zeilen notiert; hier ist eine Manuskriptseite, hier einige Ausschnitte aus obskuren Lokalzeitungen. Und wenn Sie mich nach dem Thema der Sammlung fragen, hört sich das nach gar nichts Außergewöhnlichem an. Eine Magd auf einem Bauernhof, die verschwindet und von der man nie mehr etwas gehört hat, ein Kind, das angeblich in einen alten Bergwerksschacht in den Hügeln gefallen ist, ein Mann, ermordet mit dem Hieb einer seltsamen Waffe. Das sind die schwachen Fährten, denen ich folge. Ja, wie Sie sagen werden, es gibt für all das naheliegende Erklärungen – das Mädchen ist vielleicht nach London ausgerückt oder nach Liverpool oder New York; das Kind liegt vielleicht wirklich auf dem Grund des alten Schachts, und die Schriftzeichen auf dem Stein mögen dem müßigen

Zeitvertreib eines Vagabunden entstammen. Ja, ja, das alles gebe ich zu; aber ich weiß, daß ich den wahren Schlüssel habe. Sehen Sie!« Und er hielt mir ein Stück gelbes Notizpapier hin.

»Schriftzeichen auf einem Kalksteinfelsen in den Grauen Hügeln«, las ich, und dann war ein Wort ausradiert, wohl der Name der Grafschaft, und es folgte ein etwa fünfzehn Jahre zurückliegendes Datum. Darunter war eine Anzahl grob-schlächtiger Zeichen gemalt, etwa wie Keile oder Dolche ge-formt, so seltsam und fremd wie das hebräische Alphabet.

»Jetzt das Siegel«, sagte Professor Gregg, und er gab mir den schwarzen Stein in die Hand, ein Ding, etwa zwei Zoll lang und ähnlich geformt wie ein altmodischer Pfeifenstopfer, nur viel größer.

Ich hielt es ins Licht, und sah zu meiner Überraschung die Zeichen auf dem Papier hier wiederholt.

»Ja«, sagte der Professor, »es sind dieselben. Die Zeichen auf dem Kalksteinfelsen wurden vor fünfzehn Jahren ge-macht, mit einem roten Farbstoff. Und die Charaktere auf dem Siegel sind mindestens viertausend Jahre alt. Vielleicht viel älter.«

»Ist es keine Fälschung?«

»Nein, mit der Möglichkeit habe ich gerechnet. Ich bin nicht gewillt, mein Leben einem schlechten Scherz zu wid-men. Ich habe die Sache überaus sorgfältig geprüft. Außer mir weiß nur noch eine weitere Person von der Existenz dieses schwarzen Siegels. Außerdem gibt es noch andere Gründe, über welche ich jetzt nichts sagen kann.«

»Aber was bedeutet das alles?« fragte ich. »Ich kann nicht verstehen, zu welcher Schlußfolgerung all dies führt.«

»Meine liebe Miss Lally, das ist eine Frage, die ich gerne noch eine kleine Weile unbeantwortet lassen möchte. Viel-leicht werde ich niemals sagen können, welche Geheimnisse hier ihrer Lösung harren – ein paar vage Andeutungen, die Umrisse von Dorftragödien, ein paar Zeichen, mit roter Erde auf einen Felsen gemalt, und ein altes Siegel. Ist das nicht eine seltsame Ausgangsbasis? Ein halbes Dutzend Beweisstücke, und selbst um die zusammenzubekommen, hat es zwanzig Jahre gebraucht – und wer weiß, was für eine Fata Morgana oder welcher neue Kontinent dahinter liegt? Ich richte den Blick über tiefe Wasser, Miss Lally, und der Streif Land auf der anderen Seite mag am Ende nur Dunst sein. Doch ich glaube immer noch, daß es anders ist, und ein paar Monate werden zeigen, ob ich recht habe oder nicht.«

Er ließ mich allein, und allein versuchte ich, das Geheimnis zu ergründen und dachte nach, zu welchem Ziel derart exzentrische Fetzchen und Schnipsel an Beweismaterial führen könnten. Ich bin selbst nicht ohne eine gewisse Phantasie, und ich hatte allen Grund, den soliden Intellekt des Professors zu achten – und doch sah ich im Inhalt der Schublade nur das Spielmaterial zu Phantasterei und mühte mich vergebens, herauszubekommen, welche Theorie sich auf den mir vorgelegten Fragmenten errichten ließe. Tatsächlich konnte ich in dem, was ich gesehen und gehört hatte, nur das erste Kapitel eines melodramatischen Romans entdecken. Und doch brannte tief in mir die Neugier, und einen Tag um den anderen musterte ich eifrig das Gesicht von Professor Gregg, um vielleicht einen Hinweis zu erhaschen, was jetzt geschehen sollte.

Es war eines Abends nach dem Essen, als das Signal kam.

»Ich hoffe, Sie können Ihre Vorbereitungen ohne große Mühe treffen«, sagte er plötzlich zu mir. »Wir werden in einer Woche aufbrechen.«

»Tatsächlich!« sagte ich erstaunt. »Wohin gehen wir?«

»Ich habe ein Haus auf dem Lande gemietet, im Westen von England, nicht weit von Caermaen – einem ruhigen kleinen Städtchen, einstmals eine bedeutende Stadt und Hauptquartier einer römischen Legion. Es ist sehr langweilig dort, aber die Landschaft ist reizvoll und die Luft gesund.«

Ich entdeckte ein Funkeln in seinen Augen und erriet, daß diese plötzliche Ortsveränderung in irgendeiner Beziehung zu unserem Gespräch vor einigen Tagen stehen mußte.

»Ich nehme nur ein paar Bücher mit«, sagte Professor Gregg, »das ist alles. Der ganze Rest bleibt hier und wartet auf unsere Rückkehr. Ich habe Ferien«, fuhr er fort und lächelte mir zu. »Und ich habe nichts dagegen, eine Weile meine alten Knochen und Steine und den ganzen Kram los zu sein! Wissen Sie was«, sagte er dann, »ich habe mich dreißig Jahre lang mit Fakten abgeplagt; es ist Zeit für Phantasien.«

Die Tage vergingen rasch; ich konnte sehen, daß der Professor vor unterdrückter Erregung beinahe zitterte, und traute meinen Augen kaum, als ich beim Verlassen des alten Herrenhauses die eifrige Begierde seines Blicks wahrnahm. Wir brachen am Mittag auf, und in der Abenddämmerung kamen wir an einer kleinen Eisenbahnstation auf dem Lande an. Ich war müde und aufgeregt, und die Fahrt über die Landsträßchen schien wie ein Traum. Zuerst die verlassenen Straßen eines vergessenen Dorfes, während ich Professor Greggs Stimme von der augusteischen Legion erzählen hörte, von den Schlachten und dem ungeheuerlichen Prunk, der den römischen Adlern folgte; dann der breite Fluß in voller Flut, in dessen gelben Wassern der letzte Nachglanz des Lichts trübe glitzerte; die weiten Wiesen, die bleichenden Kornfelder und der tief zwischen den Hecken liegende Weg, der sich am Hang zwischen den Bergen und dem Wasser dahinwand. Endlich stieg unsere Straße an, und die Luft wurde feiner. Ich schaute hinab und sah den reinen weißen Nebel dem Umriß des Flusses folgen und ihn einhüllen wie ein Bahrtuch, und sah ein verschwimmendes Schattenland, halb eingebildete schwellende Hügel und hängende Wälder, und halbgeformte höhere Hänge dahinter, und in der Ferne die Grelle des Hochofenfeuers auf dem Berg, das abwechselnd zu einer leuchtenden Flammensäule wurde und zu einem stumpf glühenden Punkt verblaßte. Wir fuhren langsam eine Auffahrt hoch, und dann überkam mich der kühle Atem, der Duft des großen Waldes, der über uns lag; ich schien durch seine tiefsten Tiefen zu wandern und spürte den Laut des rinnenden Wassers, den Geruch der grünen Blätter und den Atem der Sommernacht.

Die Kutsche hielt endlich an. Ich konnte, als ich einen Augenblick auf der Veranda mit ihren Säulen wartete, kaum die Form des Hauses erkennen; und der Rest des Abends schien ein Traum von seltsamen Dingen, umschlossen von der tiefen Stille des Waldes und des Tals und des Flusses.

Am nächsten Morgen sah ich, als ich nach dem Erwachen aus dem Erkerfenster eines großen altmodischen Schlafzimmers hinausschaute, unter einem grauen Himmel eine Landschaft daliegen, die immer noch ganz Geheimnis war. Das schöne lange Tal, durch das sich drunten der Fluß schlang, in der Mitte meines Blickfeldes von den Pfeilern und Bögen einer mittelalterlichen Steinbrücke überquert, auf der anderen Seite die klar herüberblickenden Hänge und die Wälder, die ich letzte Nacht nur schattenhaft gesehen hatte, alles schien von einem Zauber erfüllt, und der weiche Atem des Luftzuges, der zum geöffneten Fenster hereinseufzte, war wie kein anderer Wind. Ich schaute über das Tal hinweg und weiter in die Ferne, ein Hügel folgte dem anderen wie Welle auf Welle, und hier erhob sich eine schwachblaue Rauchsäule still aus dem Kamin eines alten grauen Bauernhofs in die Morgenluft, dort war ein zerklüfteter Gipfel mit dunklen Tannen bekrönt, und in der Ferne sah ich den weißen Strich einer Straße, die emporstieg und in eine unbekannte Landschaft verschwand. Die Grenze aber für all dies war die große Mauer eines Bergmassivs, das sich breit im Westen lagerte und wie eine Burg mit einem steilen Anstieg und einem scharf gegen den Himmel stehenden gewölbten Erdhügel endete.

Ich sah Professor Gregg auf dem Terrassenweg unter den Fenstern auf und ab gehen, und es war offensichtlich, wie er das Gefühl der Freiheit genoß und den Gedanken, daß er eine Weile seiner trockenen Arbeit Lebwohl gesagt hatte. Als ich mich zu ihm gesellte, lag ein Triumph in seiner Stimme, als er auf den Schwung des Tales, den Bogen des Flusses zeigte, die sich unter den herrlichen Hügeln dahinzogen.

»Ja«, sagte er, »es ist eine eigenartig schöne Landschaft; und mir zumindest erscheint sie voller Geheimnis. Sie haben die Schublade, die ich Ihnen gezeigt habe, nicht vergessen, Miss Lally? Nein, und Sie werden erraten haben, daß ich nicht nur der Kinder und der frischen Luft wegen hierhergekommen bin?«

»Ich glaube, soviel habe ich schon erraten«, sagte ich, »aber Sie müssen bedenken, daß ich nicht einmal die grobe Richtung Ihrer Forschungen kenne, und was die Verbindung zwischen Ihrer Untersuchung und diesem wunderschönen Tal angeht – die vermag ich nicht zu raten.«

Er lächelte mich seltsam an. »Sie dürfen nicht glauben, daß ich nur aus Geheimnis geheimnisvoll tue«, sagte er. »Ich äußere mich nicht klar, weil es bis jetzt gar nichts zu sagen gibt, nichts Klares meine ich, nichts, was man schwarz auf weiß festhalten könnte, so gewiß und langweilig und untadelig wie ein Blaubuch der Regierung. Und dann habe ich noch einen anderen Grund. Vor vielen Jahren fiel mir zufällig ein kleiner Abschnitt in einer Zeitungsmeldung auf und ließ in einem einzigen Augenblick die schweifenden Gedanken und halbgeformten Ideen vieler müßiger und nachdenklicher Stunden zu einer bestimmten Hypothese zusammenschießen. Ich sah sofort, daß ich hier auf dünnem Eis ging; meine Theorie war höchst bizarr und abenteuerlich, und um nichts in der Welt hätte ich auch nur andeutungsweise etwas darüber veröffentlicht. Aber ich dachte, daß ich in der Gesellschaft von Wissenschaftlern, wie ich selbst einer bin, von Männern, welche die Geschichte der großen Entdeckungen kennen und wissen, daß das Gaslicht, das heute in jeder Ginkneipe leuchtet und glüht, einmal eine wilde Hypothese war – ich dachte, unter solchen Männern könnte ich von meinem Traum reden (sagen wir: von Atlantis, vom Stein der Weisen, was Sie wollen) ohne die Gefahr, mich lächerlich zu machen. Ich sollte mich sehr täuschen; meine Freunde schauten mich ausdruckslos an, und dann einander, und ich konnte in den Blicken, die sie wechselten, eine Art Mitleid erkennen und auch so etwas wie anmaßende Verächtlichkeit. Einer davon besuchte mich am anderen Tag und machte eine Andeutung, ich müsse überarbeitet sein und leide wohl an einer gewissen geistigen Erschöpfung. »Mit anderen Worten«, sagte ich, »Sie glauben, ich werde langsam verrückt. Ich glaube es nicht.« – und ich wies ihm einigermaßen erregt die Tür. Seit diesem Tag habe ich mir geschworen, daß ich das Wesen meiner Theorie keiner lebenden Seele auch nur mit einem Flüstern mitteilen würde; niemandem als Ihnen habe ich je den Inhalt dieser Schublade gezeigt. Schließlich und endlich jage ich vielleicht doch nur einem Regenbogenglanz hinterher; es hat mich vielleicht das Spiel des Zufalls irregeführt; aber wie ich hier in dem mystischen Schweigen zwischen den Wäldern und wilden Bergen stehe, da bin ich mir sicherer denn je, daß ich die Fährte habe, daß ich auf der richtigen Spur bin. Kommen Sie, es ist Zeit, hineinzugehen.«

Für mich lag in all dem etwas Verwunderliches und Aufregendes; ich wußte, wie Professor Gregg bei seiner gewöhnlichen Arbeit vorging – Schritt um Schritt und jeden Zoll seines Wegs genau überprüfend; niemals verstieg er sich zu einer Behauptung ohne unanfechtbare Beweise. Doch ahnte ich – mehr aus seiner Miene und der Vehemenz seines Tonfalls als aus seinen eigentlichen Worten –, daß seine Gedanken ständig um die Vision eines fast Unglaublichen kreisten; und ich, die ich trotz meines guten Teils an Phantasie durchaus Skeptikerin war und auf eine Andeutung des Wundersamen fast beleidigt reagierte, konnte nicht umhin, mich zu fragen, ob er hier nicht einer Manie verfallen war und bei diesem einen Thema alle wissenschaftliche Methodik seines sonstigen Lebens brüsk ignorierte.

Aber wenn auch das Bild dieses Geheimnisses meine Gedanken beschäftigte, so ergab ich mich doch vollkommen dem Zauber der Landschaft. Über dem verblichenen Haus am Hang begann der große Wald; von den gegenüberliegenden Hügeln aus gesehen eine lange dunkle Linie, die sich über dem Fluß viele Meilen von Norden nach Süden erstreckte, um im Norden dann in eine noch wildere Landschaft überzugehen, öde und schroffe Berge und zerklüftetes Brachland, ein unbegangenes und fremdes Terrain, den Engländern unbekannter als das Innerste Afrikas. Allein der Zwischenraum, den ein paar steile Wiesen bildeten, trennte das Haus vom Wald, und die Kinder folgten mir entzückt durch die langen Alleen des Gebüschs, zwischen glatten glänzenden Buchenwänden hindurch, zum höchsten Punkt im Wald, wo man auf der einen Seite über den Fluß und das sich hebende und senkende Hügelland hinweg zur großen westlichen Gebirgsmauer sah, und auf der anderen über die Wogen der Myriaden von Bäumen hinweg, über ebene Wiesen und das leuchtendgelbe Meer zur schwach sich abzeichnenden Küste drüben. Ich saß oft an diesem Punkt der alten Römerstraße, während die beiden Kinder umherrannten und Heidelbeeren suchten, die hie und da an den Wegrainen wuchsen. Hier unter dem tiefblauen Himmel, wo die großen Wolken wie alte Galeonen mit geblähten Segeln vom Meer zu den Hügeln rollten, wie ich dem Flüstern des großen alten Waldes lauschte, lebte ich nur der schlichten Freude, und an seltsame Dinge dachte ich erst wieder, wenn wir ins Haus zurückkehrten und Professor Gregg entweder in dem kleinen Raum vergraben fanden, den er sich als Arbeitszimmer eingerichtet hatte, oder ihn auf der Terrasse auf und ab gehen sahen, den geduldigen und enthusiastischen Blick des entschlossenen Forschers in den Augen.

Eines Morgens, etwa acht oder neun Tage nach unserer Ankunft, sah ich aus dem Fenster und fand die ganze Landschaft verwandelt. Die Wolken hatten sich tief herabgesenkt und den Berg im Westen verborgen, und ein Südwind trieb den Regen in schwankenden Säulen das Tal empor, und der kleine Bach, der unterhalb des Hauses aus dem Hügel hervorsprudelte, tobte nun als rötlicher Schwall zum Fluß hinunter. Wir sahen uns gezwungen, warm und trocken zu Hause sitzen zu bleiben, und als ich mich um meine Schüler gekümmert hatte, setzte ich mich in eine Art Damenzimmer, wo sich in einem altväterischen Bücherschrank noch die Ruinen einer einstigen Bibliothek befanden. Ich hatte die Fächer schon ein- oder zweimal gemustert, aber die Auswahl hatte mich nicht weiter interessieren können: Predigtsammlungen aus dem achtzehnten Jahrhundert, ein altes Buch über das Beschlagen von Pferden, ein Band »Gedichte«, verfaßt von »Autoren der besseren Stände«, Prideaux' *Connection* und ein einzelner Band einer Pope-Ausgabe, das beschreibt etwa den Umfang der Bibliothek, und es konnte nur wenig Zweifel geben, daß alles von Wert oder Interesse schon lange entfernt worden war. Jetzt aber fing ich in meiner Verzweiflung noch einmal an, die muffigen Schafs- und Kalbslederbände zu untersuchen, und fand zu meiner Freude einen schönen alten Quartband aus der Druckerei der Stephani, der die drei Bücher *De Situ Orbis* von Pomponius Mela enthielt und Werke anderer antiker Geographen. Ich konnte genügend Latein, um mich durch einen gewöhnlichen Satz hindurchzufinden, und war bald gefesselt von der eigenartigen Mischung aus Tatsachen und Hirngespinsten: Licht fiel auf einen kleinen Umkreis der Welt, und dahinter lagen Nebel und Schatten und Monstrositäten. Als ich flüchtig die klar gedruckten Seiten durchsah, wurde ich auf eine Kapitelüberschrift bei Solinus aufmerksam und las die Worte:

»MIRA DE INTIMIS GENTIBUS LIBYAE. DE LAPIDE HEXECONTHALITO

Die Wunder der Völkerschaften, welche die inneren Zonen Libyens bewohnen, und von dem Stein, welcher Sechzigstein genannt wird.«

Der seltsame Titel zog mich an, und ich las weiter:

»Gens ista avia et secreta habitat, in montibus horrendis foeda mysteria celebrat. De hominibus nihil alii illi praeferunt quam figuram, ab humano ritu prorsus exulant, oderunt deum lucis. Stridunt potius quam loquuntur; vox absona nec sine horrore auditur. Lapide quodam gloriantur, quem Hexeconthaliton vocant; dicunt enim hunc lapidem sexaginta notas ostendere. Cuius lapidis nomen secretum ineffabile colunt: quod Ixaxar.«

»Dieses Volk«, übersetzte ich vor mich hin, »haust an entlegenen und geheimen Orten und feiert gräßliche geheime Riten in wilden Bergen. Mit den Menschen haben jene nichts gemein außer den Gesichtszügen, und die Gebräuche der Menschen sind ihnen vollkommen fremd. Sie hassen die Sonne. Sie zischen eher als daß sie sprechen; die mißtönende Stimme kann man nicht ohne Entsetzen vernehmen. Sie rühmen sich eines gewissen Steines, den sie den Sechzigstein nennen, denn sie sagen, er zeige sechzig Zeichen. Und dieser Stein hat einen geheimen unaussprechlichen Namen, nämlich Ixaxar.«

Ich mußte über die seltsamen Zusammenhanglosigkeiten lachen und dachte mir, ein solcher Text würde gut in die Reisen Sindbads des Seefahrers passen oder in einen anderen Winkel der Märchen aus Tausendundeiner Nacht. Als ich im Lauf des Tages Professor Gregg sah, erzählte ich ihm von meinem Fund im Bücherschrank und dem phantastischen Unsinn, den ich gelesen hatte. Zu meiner Überraschung sah er mit dem Ausdruck wachen Interesses auf.

»Das ist wirklich sehr eigenartig«, sagte er. »Ich habe es nie für der Mühe wert gehalten, die antiken Geographen durchzugehen, und ich habe wohl einiges versäumt dabei. Ah, das ist der Abschnitt? Ich beraube Sie nur ungern Ihres Lesevergnügens, aber ich glaube wirklich, das Buch muß ich Ihnen entführen.«

Am nächsten Tag rief mich der Professor in sein Arbeitszimmer. Ich fand ihn am Tisch sitzen und im Licht, das durch das Fenster fiel, mit dem Vergrößerungsglas etwas sehr aufmerksam betrachten.

»Ah, Miss Lally!« begann er, »ich möchte mich Ihrer Augen bedienen. Diese Lupe ist recht gut, aber doch nicht wie meine alte, die in London geblieben ist. Würden Sie wohl das Objekt selber untersuchen und mir sagen, wieviele Zeichen hier eingeritzt sind?«

Er gab mir den Gegenstand aus seiner Hand, und ich sah, daß es das schwarze Siegel war, welches er mir in London gezeigt hatte. Mein Herz begann bei dem Gedanken schneller zu schlagen, daß ich nun etwas erfahren sollte. Ich nahm das

Siegel, hielt es ins Licht und zählte eins nach dem anderen die grotesken dolchförmigen Schriftzeichen.

»Ich komme auf zweiundsechzig«, sagte ich endlich.

»Zweiundsechzig? Unsinn, das ist unmöglich. Ah, ich sehe, was Sie gemacht haben – Sie haben das und das hier mitgezählt!« Und er deutete auf zwei Markierungen, die ich in der Tat mit den anderen zusammen als Schriftzeichen angeschaut hatte.

»Ja, ja«, fuhr Professor Gregg fort, »das sind aber ganz offensichtlich nur zufällige Kratzer, das habe ich sofort gesehen. Ja, dann stimmt es. Haben Sie vielen Dank, Miss Lally.«

Ich war im Hinausgehen ziemlich enttäuscht, daß ich nur gerufen worden war, um die Zeichen auf dem schwarzen Siegel zu zählen, als plötzlich die Erinnerung an das in mir aufblitzte, was ich gelesen hatte.

»Aber Professor Gregg!« rief ich atemlos, »das Siegel, das Siegel! Das ist ja der Stein Hexeconthalithos, von dem Solinus schreibt, es ist Ixaxar!«

»Ja«, sagte er, »das nehme ich an. Oder es ist ein bloßer Zufall. Man darf sich in diesen Dingen nie allzusicher sein, wissen Sie. Am Zufall stirbt der Wissenschaftler!«

Ich ging, verwirrt von dem, was ich gehört hatte, hinaus und war so weit entfernt davon wie je, einen Ariadnefaden durch dieses Labyrinth seltsamer Indizien zu erkennen. Drei Tage lang hielt das schlechte Wetter an, von prasselndem Regen zu einem dichten Nebel wechselnd, der in feinen Tröpfchen in der Luft hing, und wir schienen in eine weiße Wolke eingeschlossen zu sein, welche die ganze Welt vor uns verhüllte. Die ganze Zeit blieb Professor Gregg in seinem Zimmer verborgen, anscheinend nicht Willens, vertrauliche oder auch nur gewöhnliche Mitteilungen zu machen, und ich hörte ihn mit raschem, ungeduldigem Schritt auf und ab gehen, als wäre er sozusagen der Tatenlosigkeit überdrüssig. Der vierte Morgen war schön, und beim Frühstück sagte der Professor knapp:

»Wir brauchen noch etwas Hilfe im Haushalt – einen fünfzehn- oder sechzehnjährigen Jungen, wissen Sie? Es gibt eine Menge von Tätigkeiten, die den Hausmädchen die Zeit stehlen und die ein Junge viel besser erledigen könnte.«

»Die Mädchen haben sich bei mir in keiner Weise beklagt«, sagte ich. »Tatsächlich hat Anne gesagt, hier gebe es viel weniger zu tun als in London, weil so wenig Staub da ist.«

»Ach ja, es sind brave Mädchen. Aber ich glaube, mit einem Jungen dazu stünden wir uns viel besser. Tatsächlich ist es das, was mich während der letzten beiden Tage so beschäftigt hat.«

»Sie beschäftigt?« fragte ich erstaunt, denn normalerweise kümmerte sich der Professor nie auch nur im Geringsten um Haushaltsangelegenheiten.

»Ja«, sagte er. »Das Wetter, wissen Sie. Ich konnte in diesem geradezu schottischen Nebel nicht gut ausgehen, ich kenne die Gegend nicht sehr gut, und ich hätte mich verlaufen. Aber jetzt, heute morgen, werde ich den Jungen holen.«

»Aber woher wissen Sie denn, daß es hier in der Gegend so einen Jungen gibt, wie Sie ihn haben wollen?«

»Ach, da habe ich keine Zweifel. Ich muß vielleicht eine Meile oder im äußersten Fall zwei gehen, aber ich finde sicher genau den Jungen, den ich benötige.«

Ich dachte, der Professor scherze, doch obwohl sein Tonfall etwas Scherzhaftes hatte, war etwas Grimmiges, Entschlossenes in seinem Gesicht, das mich verblüffte. Er holte seinen Spazierstock und stand nun an der Tür, sinnend vor sich hin sehend, und als ich durch die Diele kam, rief er mich:

»Übrigens, Miss Lally, eines wollte ich Ihnen noch sagen. Sie haben wohl schon gehört, daß manche dieser Dorfburschen nicht besonders intelligent sind. Es wäre etwas hart, von Idioten zu reden – man nennt sie gewöhnlich ›beschränkt‹ oder dergleichen... Ich hoffe, es wird Ihnen nichts ausmachen, wenn der Junge sich als nicht allzu helle herausstellt – er wird natürlich vollkommen harmlos sein, und schließlich braucht man zum Stiefelputzen ja auch keine besonderen Geisteskräfte.«

Damit war er fort und schritt die Straße entlang, die zum Wald führte. Ich blieb vollkommen perplex zurück. Dann mischte sich in mein Erstaunen zum ersten Mal ein plötzliches Erschrecken, eine Angst, von der ich nicht wußte, woher sie kam, und die ich mir selbst nicht erklären konnte – und doch fühlte ich einen Augenblick lang etwas wie die Kälte des Todes um mein Herz, und die ungestalte, formlose Angst vor dem Unbekannten, die schlimmer ist als selbst der Tod. Ich versuchte, aus der balsamischen Luft, die vom Meer her wehte, Mut zu schöpfen, und aus dem Sonnenschein nach dem Regen, doch die mystischen Wälder schienen sich um mich her zu verdüstern, und das Bild des zwischen den Schilfufern sich windenden Flusses und des Silbergraus der alten Brücke erschuf in mir Symbole einer unbestimmten Angst, wie sich ein Kind aus harmlosen und vertrauten Dingen Schreckbilder erschafft.

Zwei Stunden später kam Professor Gregg zurück. Ich ging ihm entgegen, als er die Straße herunterkam, und fragte leise, ob es ihm gelungen sei, einen Jungen zu finden.

»O ja«, antwortete er, »ich habe ohne Schwierigkeiten einen gefunden. Er heißt Jervase Cradock, und ich glaube, er wird sich sehr nützlich machen. Sein Vater ist schon viele Jahre tot, und die Mutter, mit der ich gesprochen habe, schien nur allzufroh über die Aussicht auf ein paar Shilling extra jeden Samstagabend. Wie ich erwartet habe, ist er nicht besonders klug, hat gelegentlich Anfälle, sagt die Mutter, aber da man ihm nicht gerade das Porzellan anvertrauen wird, tut das nichts zur Sache, nicht wahr? Und er ist in keiner Weise gefährlich, wissen Sie, nur etwas schwachsinnig.«

»Wann kommt er?«

»Morgen früh um acht Uhr. Anne wird ihm zeigen, was er zu tun hat und wie er es tun soll. Zuerst wird er abends immer noch heimgehen, aber schließlich mag es sich als bequemer herausstellen, daß er hier schläft und nur sonntags nach Hause geht.«

Ich wußte auf all dies nichts zu sagen. Professor Gregg

sprach in ruhigem, sachlichem Tonfall, was ja auch der ganzen Sache durchaus angemessen war, und doch konnte ich mein Erstaunen über diesen Vorgang nicht unterdrücken. Ich wußte, daß in Wirklichkeit keinerlei Hilfe im Haushalt gebraucht wurde, und die Vorhersage des Professors, daß der Junge, den er einstellen würde, vielleicht ein wenig »beschränkt« sein könnte, hatte sich so präzise erfüllt, daß es mir höchst bizarr erscheinen mußte. Am nächsten Morgen hörte ich von dem Hausmädchen, daß der junge Cradock um acht gekommen war und daß sie versucht hatte, ihm eine Arbeit anzuweisen. »Er scheint mir nicht ganz da, glaub' ich, Miss«, war Annes Kommentar, und später am Tag sah ich ihn dem alten Mann helfen, der im Garten arbeitete. Er war etwa vierzehn, mit schwarzem Haar und ziemlich dunkler Haut, und ich erkannte sogleich an der eigenartigen Leere seines Blicks, daß er geistig zurückgeblieben war. Er grüßte mich mit einer unbeholfenen Geste, als ich vorüberging. Ich hörte, wie er dem Gärtner mit einer merkwürdigen, harschen Stimme antwortete, die meine Aufmerksamkeit erregte; es war, als spräche jemand tief unter der Erde, und er formte manche Laute mit einem seltsamen Zischen, ähnlich dem leisen Kratzen, mit dem die Nadel eines Phonographen über den Zylinder fährt. Ich hörte, daß er sich eifrig bemüht zeigte, zu tun, was er vermochte, und fügsam gehorchte, und Morgan, der Gärtner, der seine Mutter kannte, versicherte mir, daß er ganz harmlos war. »Er war immer irgendwie seltsam«, sagte er, »und kein Wunder, wenn man denkt, was seine Mutter durchgemacht hat, eh er geboren wurde. Ich hab seinen Vater gut gekannt, Thomas Cradock, und das war ein sehr guter Arbeiter. Der hat es dann auf der Lunge gehabt von der Arbeit in den nassen Wäldern, das hat er nie weggekriegt, und eines Tages ist er plötzlich gestorben. Und sie sagen, Mrs. Cradock war wie von Sinnen, jedenfalls hat Mr. Hillyer von Ty Coch sie ganz zusammengekauert da drüben in den Grauen Hügeln gefunden, da hat sie geweint und geschrien wie eine verlorene Seele. Und Jervase, der ist etwa acht Monate später gekommen, und wie gesagt, der war immer etwas seltsam und sie sagen, als er kaum laufen konnte, da hat er schon die anderen Kinder ans Schreien gebracht aus Angst vor den Lauten, die er von sich gegeben hat. «

Ein Wort in der Geschichte hatte irgendeine Erinnerung in mir ausgelöst, und mit abwesender Neugier fragte ich den alten Mann, wo denn die Grauen Hügel wären.

»Da droben«, sagte er mit derselben Geste, die er zuvor gemacht hatte; »Sie gehen am Wirtshaus ›Zum Fuchs und den Hunden‹ vorbei und durch den Wald, und dann an den alten Ruinen vorüber. Es ist gut fünf Meilen weg von hier, und es ist ein merkwürdiger Ort. Der ärmste Boden zwischen hier und Monmouth, sagen sie, aber gut für die Schafweide. Ja, das war eine traurige Sache für die arme Mrs. Cradock. «

Der alte Mann wandte sich seiner Arbeit zu, und ich schlenderte den Weg zwischen den vom Alter gichtig gekrümmten Spalierbäumen entlang und dachte über die Geschichte nach – ich tastete nach dem Punkt, der sich mit einer Erinnerung berührte. In einem Augenblick kam es mir. Ich hatte die Worte »Graue Hügel« auf dem vergilbten Notizzettel gesehen, den Professor Gregg aus der Schublade in seinem Sekretär geholt hatte. Wieder durchzuckten mich Neugier und Furcht; ich dachte an die seltsamen Zeichen, die nach der Inschrift auf dem Kalksteinfelsen abgemalt worden waren, und dann wieder an ihre Übereinstimmung mit der Inschrift auf dem uralten Siegel und an die phantastischen Fabuliereien des lateinischen Geographen. Es war mir nun zweifellos, daß ich – falls nicht doch der Zufall all diese bizarren Vorfälle mit seltsamem Geschick inszeniert hatte – Zeugin von Dingen werden sollte, die weitab vom gewöhnlichen Betrieb und Gewühl des Lebens lagen. Tag um Tag beobachtete ich Professor Gregg. Er verfolgte mit wütendem Eifer seine Fährte, er magerte ab vor Erregung, und an den Abenden, wenn die Sonne am Rand der Berge zerfloß, schritt er auf der Terrasse auf und ab, den Blick gesenkt, während der Nebel weiß im Tal aufstieg und die Abendstille ferne Stimmen nah erklingen ließ, und der blaue Rauch in einer geraden Säule aus dem rautenförmigen Schornstein des grauen Bauernhauses aufstieg, gerade wie ich es am ersten Morgen hier gesehen hatte. Ich habe Ihnen schon gesagt, daß ich zur Skepsis neige, doch obwohl ich nur wenig oder gar nichts begriff, hatte ich doch Angst – vergeblich sagte ich mir die altbekannten Dogmen der Wissenschaft vor, daß alles Leben materiell ist und daß es im System der Dinge keinen unentdeckten Bezirk mehr gibt, nicht einmal jenseits der fernsten Sterne, wo das Übernatürliche seinen Halt finden könnte. Doch fuhr dabei in mir der Gedanke auf, daß die Materie ebenso wahrhaft entsetzlich und unbekannt ist wie der Geist, daß die Wissenschaft erst auf der Schwelle zögert und spielt und kaum mehr als einen Blick von dem Wunder im Inneren erhascht.

Es gab einen Tag, der unter den anderen wie ein grellrotes Leuchtsignal hervorstach und Böses vorankündigte. Ich saß auf einer Bank im Garten und sah dem jungen Cradock beim Jäten zu, als ich plötzlich wegen eines rauhen, würgenden Lautes erschrak, wie der Schrei eines leidenden wilden Tieres, und unaussprechlich erschüttert war, den unglücklichen Jungen direkt vor mir stehen zu sehen, wie sein ganzer Körper in kurzen Schüben zitterte und schütterte, als gingen elektrische Schläge durch ihn hindurch. Seine Zähne knirschten, Schaum bildete sich auf seinen Lippen, und sein Gesicht schwoll an und rötete sich, eine scheußlich verzerrte Maske des Menschentums. Ich schrie vor Entsetzen, und Professor Gregg kam herbeigelaufen; und wie ich auf Cradock deutete, stürzte der Junge mit einem konvulsivischen Zucken aufs Gesicht und lag auf der feuchten Erde, wo sich sein Leib wie eine verletzte Blindschleiche wand, und ein unvorstellbares Gemenge von Lauten barst rasselnd und zischend von seinen Lippen – er schien etwas in einer infamen Sprache hervorzustoßen, mit Worten – es schienen Worte zu sein – die zu einer Zunge hätten gehören können, die seit ungezählten Zeitaltern tot war, tief unter dem Nilschlamm begraben oder im Innersten des mexikanischen Urwaldes. Einen Augenblick lang ging mir der Gedanke durch den Kopf, als mir die Ohren noch schmerzhaft klangen von dem infernalischen Geräusch: »Gewiß ist dies genau die Sprache der Hölle«, und dann schrie ich und schrie wieder und lief davon, bis in die tiefste Seele erschauernd! Ich hatte Professor Greggs Gesicht gesehen, als er sich über den elend zusammengebrochenen Jungen beugte und ihn emporzog, und das Leuchten des Triumphes, das in seinen Zügen stand, entsetzte mich. Als ich bei heruntergelassenen Jalousien auf meinem Zimmer saß und das Gesicht in den Händen verborgen hielt, hörte ich drunten schwere Schritte. Später sagte man mir, Professor Gregg habe Cradock in sein Arbeitszimmer getragen und die Türe abgeschlossen. Ich hörte undeutliches Stimmengemurmel, und ich zitterte bei dem Gedanken, was sich nur ein paar Fuß entfernt von der Stelle, an der ich saß, begeben mochte; ich sehnte mich danach, in die Wälder und den Sonnenschein zu entfliehen, doch ängstigte mich der Gedanke, was ich unterwegs vielleicht hätte sehen müssen. Und endlich, während ich nervös dastand, die Hand auf der Türklinke, hörte ich Professor Greggs Stimme fröhlich rufen: »Es ist nun alles gut, Miss Lally«, sagte er. »Der arme Bursche ist drüber hinweg, und ich habe abgemacht, daß er vom morgigen Tag an hier schläft. Vielleicht kann ich etwas für ihn tun.«

»Ja«, sagte er später, »das war ein sehr schmerzlicher Anblick, und es überrascht mich nicht, daß Sie erschrocken sind. Wir können hoffen, daß gute Nahrung ihn vielleicht ein wenig aufbaut, aber ich fürchte, wirklich geheilt wird er nie werden«; und er setzte eine konventionelle traurige Miene auf, wie jemand, der von einer hoffnungslosen Krankheit spricht, doch entdeckte ich darunter jenes Entzücken, das in ihm aufjauchzte und darum rang, sich Ausdruck zu verschaffen. Es war, als blickte man auf die glatte Meeresoberfläche hinab, klar und reglos, und sähe doch in der Tiefe tobende Strudel und einen Sturm kämpfender Wogen. Es war für mich nun in der Tat ein qualvolles Problem, daß dieser Mann, der mich mit solcher Generosität vor der Bitternis des Todes gerettet und sich in all seiner Lebensart so voller Güte, Mitleid und freundlicher Rücksicht gezeigt hatte, dies eine Mal so offensichtlich auf der Seite der Dämonen stand und ein entsetzliches Vergnügen an dem Leiden eines gepeinigten Mitgeschöpfs fand. Ganz allein rang ich mit diesem Dilemma und suchte eine Lösung zu finden, doch ohne auf die geringste Spur zu stoßen, von Geheimnissen und Widersprüchen geplagt, sah ich nichts, was mir helfen konnte, und fing an, mich zu fragen, ob ich nicht vielleicht um einen zu hohen Preis dem weißen Nebel der Vorstadt entronnen war. Ich deutete dem Professor gegenüber etwas von meinen Gedanken an; ich sagte genug, um ihn wissen zu lassen, daß ich mich in größter innerer Unruhe befand, doch einen Moment später bereute ich es, als ich sah, wie sich sein Gesicht schmerzlich verzog.

»Meine liebe Miss Lally«, sagte er, »Sie wollen uns doch sicherlich nicht verlassen? Nein, nein, das würden Sie nicht tun. Sie wissen nicht, wie sehr ich mich auf Sie stütze, wie zuversichtlich ich weiterarbeite in der Gewißheit, daß Sie hier sind und über meine Kinder wachen. Sie, Miss Lally, sind meine Flankendeckung. Denn ich darf Ihnen sagen, daß die Sache, mit der ich befaßt bin, nicht völlig ungefährlich ist. Sie haben wohl nicht vergessen, was ich Ihnen am ersten Morgen hier gesagt habe. Ein alter und fester Entschluß hindert mich daran, zu sprechen, ehe ich nicht nur eine ingeniöse Theorie oder eine vage Ahnung vortragen kann, sondern unwiderlegliche Tatsachen berichten, so gewiß wie ein mathematischer Beweis. Bitte überdenken Sie es, Miss Lally, keinen Augenblick wollte ich Sie hier wider Ihren Willen zurückhalten, und doch sage ich Ihnen offen: es ist meine Überzeugung, daß hier, inmitten dieser Wälder, Ihre Pflicht liegt.«

Ich war nicht ungerührt von seiner Eloquenz und von der Erinnerung daran, daß mir dieser Mann schließlich zum Lebensretter geworden war, und ich gab ihm die Hand mit dem Versprechen, daß ich ihm loyal und ohne Fragen dienen wollte. Ein paar Tage später kam der Pfarrer unserer Kirche zu Besuch – der kleinen Kirche, grau, streng, von altertümlicher Eigenart, die direkt am Ufer des Flusses stand und die Gezeiten schwellen und sinken sah. Professor Gregg konnte ihn leicht überreden, zum Abendessen bei uns zu bleiben. Mr. Meyrick kam aus einer alten landbesitzenden Familie, deren Herrenhaus etwa sieben Meilen entfernt in den Hügeln lag. Und so, in der Landschaft eingewurzelt, war der Pfarrer ein lebendes Kompendium all der alten dahinschwindenden Bräuche und Überlieferungen der Gegend. Sein liebenswürdiges, etwas einsam-wunderliches Wesen nahm Professor Gregg für ihn ein, und beim Käse, als ein rarer Burgunder seine stummen Zauberformeln gesprochen hatte, begannen die beiden Männer zu glühen wie der Wein und sprachen von philologischen Problemen mit dem Eifer von Kleinbürgern, die den Adelskalender diskutieren. Der Pfarrer ließ sich über die Aussprache des walisischen »ll« aus und gab Geräusche von sich wie das Gurgeln seiner heimatlichen Bäche, als Professor Gregg ihn unterbrach.

»Übrigens!« sagte er, »mir ist kürzlich ein sehr merkwürdiges Wort untergekommen. Sie kennen meinen Hausburschen, den armen Jervase Cradock. Nun, er hat die Gewohnheit, mit sich selbst zu reden, und vorgestern ging ich hier durch den Garten und hörte ihn. Er war sich offensichtlich meiner Anwesenheit nicht bewußt. Vieles von dem, was er sagte, konnte ich nicht richtig hören, doch ein Wort prägte sich mir deutlich ein. Es war ein so seltsames Lautgemisch, halb aus Sibilanten, halb aus Gutturalen, und etwa so eigenartig wie das Doppel-L, das Sie uns demonstriert haben. Ich weiß nicht, ob ich Ihnen eine Vorstellung davon geben kann, wie es klang. ›Ischakschar‹ kommt dem vielleicht am nächsten, aber das K sollte eher wie ein griechisches Chi oder ein spanisches J lauten. Was heißt denn das im Walisischen?«

»Walisisch?« sagte der Geistliche. »Ein solches Wort gibt es nicht im Walisischen, auch keines, das ihm irgendwie im Entferntesten ähnelt. Ich kann das Bücherwalisisch, wie man sagt, und auch die gesprochenen Dialekte so gut wie nur einer, aber ein solches Wort gibt es nicht von Anglesea bis Usk.

Außerdem spricht keiner von den Cradocks auch nur ein Wort Walisisch, die Sprache stirbt hierherum aus.«

»Wirklich! Das ist außerordentlich interessant, Mr. Meyrick. Ich muß gestehen, das Wort schien mir auch nicht walisisch zu klingen. Aber ich dachte, es könnte eine regionale Verfallsform sein.«

»Nein, ein solches Wort oder ein ähnliches habe ich nie gehört. Tatsächlich«, fügte er mit einem launigen Lächeln hinzu, »würde ich sagen, wenn es dieses Wort in irgendeiner Sprache gibt, dann muß es die er Elfen sein – der Tylwydd Têg, wie wir sie nennen.«

Das Gespräch wandte sich einer neu entdeckten römischen Villa in der nahen Umgebung zu, und bald danach verließ ich das Zimmer und setzte mich alleine hin, um staunend über dieses seltsame Zusammenkommen so verschiedener Beweispunkte nachzudenken. Als der Professor von dem seltsamen Wort gesprochen hatte, war sein funkelnder Blick zu mir herübergegangen – und obwohl er ihn äußerst grotesk ausgesprochen hatte, erkannte ich doch den Namen des Steins mit den sechzig Zeichen wieder, den Solinus erwähnte; das schwarze Siegel, in irgendeiner geheimen Schublade des Arbeitszimmers eingeschlossen, auf dem eine verschwundene Rasse für immer Zeichen eingegraben hatte, die kein Mensch lesen konnte, Zeichen, die, soweit ich wußte, der Schleier furchtbarer Taten sein mochten, die vor langer Zeit geschehen und die vergessen worden waren, ehe noch die Hügel hier ihre jetzige Gestalt annahmen.

Als ich am nächsten Morgen hinunterging, fand ich Professor Gregg auf der Terrasse, in seinem endlosen Hin- und Hergehen begriffen.

»Schauen Sie, die Brücke dort!« sagte er, als er mich sah. »Sehen Sie die ehrwürdige gotische Form, die Winkel zwischen den Bögen und das silbrige Grau der Steine in der Stille des Morgenlichts. Ich muß gestehen, es mutet mich symbolisch an, es ist wie das Bild zu einer mystischen Allegorie des Übergangs von einer Welt in eine andere.«

»Professor Gregg«, sagte ich ruhig, »es ist Zeit, daß ich etwas von dem erfahre, was geschehen ist und was noch geschehen soll.«

Er machte Ausflüchte, doch ich stellte ihm dieselbe Frage abends noch einmal, und da antwortete er mir mit flammender Erregung. »Begreifen Sie es immer noch nicht?« rief er. »Aber ich habe Ihnen schon eine Menge gesagt, ja, und eine Menge gezeigt. Sie haben nahezu alles gehört, was ich gehört habe, und gesehen, was ich sah, oder doch zumindest« – und seine Stimme wurde kalt – »genug, um vieles klar zutage liegen zu lassen. Die Dienstboten haben Ihnen zweifellos gesagt, daß der arme Cradock vorletzte Nacht wieder einen Anfall gehabt hat; er weckte mich mit Schreien jener Stimme, die Sie im Garten gehört haben, und ich ging zu ihm. Gott behüte, daß Sie je sehen sollten, was ich in dieser Nacht sah. Aber all das ist nutzlos, meine Zeit hier neigt sich dem Ende entgegen. Ich muß in drei Wochen wieder in London sein, um eine Vortragsreihe vorzubereiten, zu der ich meine ganze Bibliothek brauche. In einigen wenigen Tagen wird alles vorbei sein. Und ich brauche mich nicht länger auf Andeutungen zu beschränken und mich nicht der Gefahr der Lächerlichkeit preisgeben, als sei ich ein Wahnsinniger oder ein Scharlatan! Nein, dann kann ich deutlich reden, und man wird mir mit Gefühlen lauschen, wie sie vielleicht noch nie ein Mann in der Brust seiner Mitmenschen erweckt hat.«

Er machte eine Pause und schien vor Freude über eine große und wunderbare Entdeckung förmlich zu erstrahlen.

»Aber all das liegt in der Zukunft – der nahen Zukunft, gewiß, aber doch eben der Zukunft«, fuhr er schließlich fort. »Es bleibt noch etwas zu tun; Sie erinnern sich, daß ich sagte, meine Untersuchungen seien nicht ganz ungefährlich? Ja, es gilt, einer gewissen Gefahr ins Auge zu sehen – wie groß sie ist, wußte ich nicht, als ich damals davon sprach, und bis zu einem bestimmten Grad ist es mir auch jetzt noch dunkel. Aber es wird ein seltsames Abenteuer sein, das letzte von allen, das letzte Glied in der Beweiskette.«

Er ging beim Sprechen im Zimmer hin und her, und ich hörte in seiner Stimme freudige Erregung und Niedergeschlagenheit miteinander ringen – oder vielleicht sollte ich sagen: Erregung und Ehrfurcht, die ehrfürchtige Scheu eines Mannes, der auf unbekannte Meere hinausfährt, und ich dachte an seine Anspielung auf Kolumbus in der Nacht, als er mir sein Buch vorlegte. Der Abend war ein wenig kühl, und im Arbeitszimmer, wo wir nun waren, war ein Holzfeuer im Kamin entzündet worden. Die flackernde Flamme und der Lichtschein an den Wänden erinnerten mich an die alten Zeiten. Ich saß still in einem Sessel neben dem Kamin, dachte über alles nach, was ich gehört hatte, und versuchte immer noch vergeblich, den geheimen Ursachen auf die Spur zu kommen, die sich vor mir unter all der Phantasmagorie verbargen, die ich gesehen hatte – als mir plötzlich das Gefühl bewußt wurde, daß irgendeine Veränderung in diesem Zimmer stattgefunden hatte, und irgend etwas an seinem Anblick unvertraut war. Eine Zeitlang sah ich mich um und versuchte vergeblich, die Änderung zu bestimmen, von der ich wußte, daß sie geschehen war; der Tisch am Fenster, die Stühle, das verblichene Sofa waren alle wie eh und je. Plötzlich, wie einem eine langgesuchte Erinnerung aufblitzt, wußte ich, was nicht stimmte. Ich saß mit dem Gesicht zum Schreibtisch des Professors, der auf der anderen Seite des Kamins stand, und auf dem Schreibtisch stand eine verstaubte Büste von William Pitt, die ich noch nie dort gesehen hatte. Und dann fiel mir der eigentliche Ort dieses Kunstgegenstandes ein: im entferntesten Winkel des Zimmers an der Tür stand ein alter, in den Raum hineinragender Schrank, und auf diesem, fünfzehn Fuß vom Boden, hatte die Büste gestanden, und dort hatte sie zweifellos seit dem Beginn des Jahrhunderts schon Staub gefangen.

Ich war völlig verblüfft und saß in wirren Gedanken schweigend da. Es gab, soweit ich wußte, keine Leiter im Haus, denn ich hatte schon nach einer gefragt, weil ich an den Vorhängen in meinem Zimmer etwas ändern wollte, und selbst ein hochgewachsener Mann, der auf einen Stuhl gestiegen war, hätte die Büste unmöglich herunterholen können. Sie war nicht vorne an der Kante des Schranks aufgestellt gewesen, sondern hinten gegen die Wand geschoben; und Professor Gregg war eher unterdurchschnittlich groß.

»Wie um Himmelswillen haben Sie es fertiggebracht, Pitt dort herunterzuholen?« sagte ich endlich.

Der Professor sah mich seltsam an und schien ein wenig zu zögern.

»Man hat offenbar doch eine Trittleiter für Sie aufgetrieben. Oder vielleicht hat der Gärtner eine kurze Leiter von draußen hereingebracht.«

»Nein, ich habe keinerlei Leiter hier gehabt. Also, Miss Lally«, fuhr er mit unbeholfen gemimter Heiterkeit fort, »da haben Sie ein kleines Rätsel, ein Problem in der Manier des unnachahmlichen Holmes. Da sind die Tatsachen, klar und deutlich; verwenden Sie Ihren Scharfsinn auf die Lösung des Rätsels. Um Gottes willen!« rief er und die Stimme brach ihm, »reden Sie nicht mehr davon! Ich sage Ihnen, ich habe das Ding nicht angerührt!« Und er verließ das Zimmer mit einem Gesicht, in dem das Entsetzen geschrieben stand, und seine Hand zitterte und schlug die Tür hinter ihm ins Schloß.

Ich schaute mich mit unklarer Überraschung im Zimmer um; es war mir durchaus nicht begreiflich, was geschehen war, und ich stellte fruchtlose Überlegungen an und fragte mich, welche dunklen Wasser ich mit einer müßigen Bemerkung aufgerührt hatte, da es doch nur um den trivialen Ortswechsel eines Dekorationsgegenstands ging. »Es geht hier um irgendeine Schrulle, eine kleine Eigenart, der ich in die Quere gekommen bin«, dachte ich; »der Professor ist vielleicht in bestimmten Alltagsdingen sehr skrupulös und abergläubisch, und mit meiner Frage habe ich uneingestandene Ängste berührt, wie wenn man vor den Augen einer nüchternen schottischen Hausfrau eine Spinne tötet oder Salz verschüttet.« Ich vertiefte mich in diesen nachsichtigen Verdacht und fing an, mich ein wenig an meiner eigenen Unabhängigkeit von solch absurden Ängsten zu ergötzen, als mir die Wahrheit bleischwer aufs Herz sank und ich mit kaltem Schrecken erkannte, daß irgendeine furchtbare Kraft hier am Werk gewesen sein mußte. Die Büste war schlicht unerreichbar gewesen. Ohne Leiter hätte sie niemand berühren können.

Ich ging in die Küche und sprach, so ruhig ich konnte, mit dem Hausmädchen.

»Wer hat die Büste oben vom Schrank heruntergeholt, Anne?« fragte ich sie. »Professor Gregg hat gesagt, er habe sie nicht angerührt. Haben Sie eine alte Trittleiter im Geräteschuppen oder sonstwo gefunden?«

Das Mädchen sah mich verständnislos an.

»Ich hab nichts gemacht damit«, sagte sie. »Ich hab sie da gefunden, wo sie jetzt steht, neulich morgens, als ich Staub gewischt hab. Jetzt fällt es mir ein, es war Mittwochmorgen, weil es war der Morgen nach der Nacht, als es Cradock schlecht ging. Mein Zimmer ist neben seinem, wissen Sie, Miss«, sagte das Mädchen kläglich, »und es war furchtbar, wie er gerufen hat und Namen geschrien, die ich nicht verstanden habe. Ich hab richtig Angst bekommen, und dann kam der Herr, und ich hörte ihn sprechen. Und er hat Cradock ins Arbeitszimmer mitgenommen und ihm etwas gegeben.«

»Und am nächsten Morgen war die Büste verstellt?«

»Ja, Miss, es war ein komischer Geruch im Arbeitszimmer, als ich morgens kam und die Fenster aufgemacht hab, ein übler Geruch, und ich hab mich gefragt, was das wohl sein kann. Wissen Sie, Miss, ich bin vor langer Zeit einmal im Zoo in London gewesen mit meinem Vetter Thomas Barker, an einem freien Nachmittag, als ich bei Mrs. Prince in Stanhope Gate war. Und wir sind ins Schlangenhaus gegangen, um die Schlangen zu sehen, und es war genau derselbe Geruch, mir ist richtig schlecht geworden damals, und Barker hat mich hinausführen müssen. Und genau so hat es im Arbeitszimmer gerochen, wie gesagt, und ich hab mich gewundert, wo das herkommt, und dann sehe ich diese Büste, wo ›Pitt‹ draufsteht, auf dem Schreibtisch vom Herrn, und ich hab mich gefragt, wer hat das denn getan und warum? Und als ich beim Abstauben war, da hab ich die Büste angesehen, und es war da eine große Stelle, wo der Staub weg war, weil ein Flederwisch war da sicher seit Jahren und Jahren nicht dran, und das war nicht wie Fingerabdrücke, sondern wie eine große, breite Stelle. Also bin ich mit der Hand drübergefahren, ohne groß an etwas zu denken, und an dieser Stelle war es ganz klebrig und schleimig, als wäre eine Schnecke drübergekrochen. Merkwürdig, nicht, Miss? Und ich frage mich, wer das wohl war und wie das Zeug dahinkam?«

Das gutgemeinte Geplapper der Dienstbotin verstörte mich vollends. Ich legte mich auf mein Bett und biß mir auf die Lippen, um nicht laut aufzuschreien in der Qual meiner Unruhe und Angst. Tatsächlich war ich fast wahnsinnig vor Furcht – ich glaube, wäre es heller Tag gewesen, dann wäre ich zu Fuß geflohen und hätte allen Mut und meine ganze Dankesschuld Professor Gregg gegenüber vergessen; es wäre mir gleich gewesen, ob ich dann langsam hätte verhungern müssen, solange ich nur diesem Netz blinder und panischer Angst entkam, das sich jeden Tag ein wenig mehr um mich zusammenzuziehen schien. Wüßte ich nur, dachte ich, wüßte ich nur, wovor ich mich fürchten mußte, dann könnte ich mich dagegen schützen, aber hier in diesem einsamen Haus, umringt von den uralten Wäldern und den hohen Hügeln, scheint der Schreck sinnlos aus jedem Dickicht hervorzuspringen, und das Fleisch fröstelt einem bei dem halbbegriffenen Geflüster von gräßlichen Dingen. Vergebens versuchte ich, meine Skepsis zu Hilfe zu holen und mit kühlem gesundem Menschenverstand meinen Glauben an eine natürliche Ordnung der Dinge zu stützen, denn die Luft, die zum offenen Fenster hereinwehte, war wie mystisches Atmen, in der Dunkelheit spürte ich die Stille langsam und traurig gehen wie ein Requiem, und ich beschwor Bilder von seltsamen Gestalten herauf, die sich rasch im Schilf sammelten, neben dem ziehenden Wasser des Flusses.

Am Morgen spürte ich von dem Augenblick an, da ich das Frühstückszimmer betrat, daß das mir unbekannte Abenteuer sich einer Entscheidung näherte. Der Professor sah ernst und entschlossen drein und schien kaum unsere Stimmen zu vernehmen, wenn wir sprachen.

»Ich breche zu einer recht langen Wanderung auf«, sagte er, als die Mahlzeit zu Ende war. »Sie dürfen nicht groß auf mich warten oder sich Sorgen machen, wenn ich zum Abendessen nicht zurück sein sollte. Ich bin ja in letzter Zeit wie töricht geworden, ein tüchtiger Gang wird mir guttun. Vielleicht verbringe ich sogar irgendwo die Nacht in einem kleinen Gasthaus, wenn ich eins finde, das sauber und gemütlich aussieht.«

Ich hörte mir das an und wußte aus meiner Erfahrung mit Professor Greggs Lebensweise, daß es ihn nicht wegen irgendeiner gewöhnlichen Erledigung oder zum Vergnügen hinauszog. Ich wußte nicht, ich ahnte nicht im entferntesten, wohin er wollte, noch hatte ich irgendeinen Begriff von seinem Vorhaben, aber die ganze Angst der Vornacht kam wieder, und als er lächelnd auf der Terrasse stand, zum Aufbruch bereit, flehte ich ihn an, zu bleiben und alle seine Träume vom unerforschten Kontinent zu vergessen.

»Nein, nein, Miss Lally«, antwortete er, immer noch lächelnd, »jetzt ist es zu spät. *Vestigia nulla retrorsum*, das ist, wissen Sie, das Motto aller wahren Forscher, obwohl ich hoffe, daß das in meinem Falle nicht buchstäblich wahr wird. Aber Sie tun wirklich Unrecht daran, sich so zu ängstigen; ich betrachte meine kleine Expedition als etwas ganz Gewöhnliches, nicht aufregender als ein Tag unterwegs mit dem Geologenhammer. Es besteht natürlich ein Risiko, aber das trifft auf die banalste Exkursion auch zu. Ich kann es mir leisten, unbekümmert aufzubrechen – ich tue nichts Riskanteres, als jeder kleine Cockney hundertmal bei jedem Wochenendausflug. Also, da müssen Sie doch ein zuversichtlicheres Gesicht machen! Nun leben Sie wohl, spätestens bis morgen.«

Er marschierte in raschem Schritt den Weg hinunter, und

ich sah ihn das Tor öffnen, das den Eingang in den Wald bezeichnete, und dann verschwand er im Dämmer der Bäume.

Der ganze weitere Tag verging drückend, mit einer seltsamen Dunkelheit in der Luft, und wieder fühlte ich mich wie gefangen inmitten der alten Wälder, eingeschlossen in einem uralten Land voll Geheimnis und Ängstigung, als wäre alles hier schon vor langer Zeit von den Lebenden draußen vergessen worden. Ich hoffte und fürchtete mich, und als die Abendessensstunde kam, wartete ich auf den Schritt des Professors in der Diele und auf seine Stimme, die triumphierend einen mir unbekannten Sieg verkünden würde... Ich setzte eine gelassene Miene auf, um ihn freudig willkommen zu heißen, aber die Nacht kam mit ihrem Dunkel, und er war nicht zurück.

Am Morgen, als das Mädchen an meine Tür klopfte, rief ich sie herein und fragte, ob der Herr zurückgekommen sei; und als sie erwiderte, sein Schlafzimmer stehe offen und leer, spürte ich den alten Würgegriff der Verzweiflung. Trotzdem dachte ich immer noch, er hätte vielleicht angenehme Gesellschaft gefunden und würde zum Mittagessen zurücksein oder vielleicht am Nachmittag, und ich machte einen Spaziergang mit den Kindern in den Wald und tat mein Bestes, mit ihnen zu spielen und zu lachen und die Gedanken an Geheimnisse und verhüllte Schrecken zu verdrängen. Stunde um Stunde wartete ich, und meine Gedanken umdüsterten sich; wieder kam die Nacht und sah mich warten, und endlich, als ich dabei war, das Ende meiner Abendmahlzeit mit allen Mitteln hinauszuzögern, hörte ich Schritte draußen und die Stimme eines Mannes.

Das Mädchen kam herein und sah mich seltsam an. »Bitte, Miss«, fing sie an, »Mr. Morgan, der Gärtner, würde Sie gerne einen Augenblick sprechen, wenn es Ihnen nichts ausmacht.«

»Bitte führen Sie ihn herein«, antwortete ich und preßte meine Lippen fest zusammen.

Der alte Mann trat langsam ins Zimmer, und das Mädchen schloß die Tür hinter ihm.

»Setzen Sie sich doch, Mr. Morgan«, sagte ich. »Was wollen Sie mir denn sagen?«

»Also, Miss, Mr. Gregg, der hat mir gestern morgen etwas für Sie gegeben, gleich bevor er aufgebrochen ist; und er hat mir ganz besonders gesagt, ich soll es Ihnen nicht vor acht Uhr heute abend geben, falls er nicht vorher nach Hause gekommen ist, und wenn er vorher kommt, soll ich es ihm gleich wieder persönlich in die Hand geben. Also, jetzt, wo Mr. Gregg nicht da ist, da gebe ich Ihnen das Päckchen wohl am besten gleich.«

Er zog etwas aus der Tasche und überreichte es mir, indem er sich halb von seinem Stuhl erhob. Ich nahm es stumm. Da ich sah, daß Morgan im Zweifel war, was er nun tun sollte, dankte ich ihm, sagte ihm Gute Nacht, und er ging hinaus. Ich blieb alleine im Zimmer mit dem Päckchen in der Hand – einem Päckchen in Papier, das säuberlich versiegelt und an mich adressiert war; die Instruktionen, die Morgan wiederholt hatte, waren in der großen, lockeren Handschrift des Professors auf die Verpackung geschrieben. Ich erbrach die Siegel, das Herz zog sich mir zusammen, innen fand ich einen Umschlag, der ebenfalls an mich adressiert war, aber offen, und ich zog den Brief heraus.

»Meine liebe Miss Lally« – begann er – »im Stil der alten Logiklehrbücher gesagt: *Wenn* Sie dies lesen, dann kann das nur bedeuten, daß ich einen Fehler gemacht habe, und ich fürchte: einen Fehler, der diese Zeilen zu einem Lebewohl werden läßt. Es ist so gut wie gewiß, daß weder Sie noch sonst jemand mich je wieder sehen werden. Ich habe mein Testament im Hinblick auf eine solche Eventualität gemacht, und ich hoffe, Sie werden das, was Ihnen dort als kleine Erinnerung zufällt, annehmen und ebenso meinen aufrichtigen Dank dafür, wie Sie Ihr Schicksal mit dem meinen verbunden haben. Das, was mir zugestoßen ist, ist über alles menschliche Ermessen hinaus monströs und schrecklich, aber Sie haben ein Anrecht darauf, zu wissen, was es ist – wenn Sie wollen. Wenn Sie in die linke Schublade meines Toilettentischs sehen, werden Sie den Schlüssel zu meinem Sekretär finden; er ist entsprechend bezeichnet. Hinten im Sekretär liegt ein großer Umschlag, versiegelt und an Sie adressiert. Ich rate Ihnen, ihn sogleich ins Feuer zu werfen – Sie werden nachts besser schlafen, wenn Sie das tun. Doch wenn Sie die ganze Geschichte dessen, was geschehen ist, unbedingt wissen müssen, so steht sie für Sie niedergeschrieben.«

Der Brief war mit fester Hand signiert. Ich wandte das Blatt wieder um und las die Wörter eines nach dem anderen, verstört und kreidebleich, mit eiskalten Händen und einem würgenden Schwindelgefühl. Die Totenstille im Zimmer und der Gedanke an die dunklen Wälder und Hügel, die mich auf allen Seiten einschlossen, bedrückten mich, so daß ich, hilflos und meiner selbst kaum mehr Herrin, nicht wußte, wohin ich mich um Rat wenden sollte. Endlich beschloß ich, daß ich – mochte dieses Wissen mich auch alle Tage meines Lebens verfolgen – wissen mußte, was die seltsamen Schrecknisse zu bedeuten hatten, die mich so lange geplagt hatten in ihrer grauen fürchterlichen Verschwommenheit, wie die Dämmerungsschatten in den Wäldern. Ich folgte sorgfältig Professor Greggs Anweisungen, brach nicht ohne Zögern das Siegel des Umschlags auf und breitete sein Manuskript vor mir aus. Dieses Manuskript führe ich beständig mit mir, und ich sehe schon, ich kann Ihnen Ihren unausgesprochenen Wunsch, seinen Inhalt zu erfahren, nicht verweigern. Dies also war es, was ich an jenem Abend las, am Schreibtisch sitzend, die Lampe neben mir. –

Die junge Dame, die sich Miss Lally nannte, fuhr fort und verlas die

NIEDERSCHRIFT VON PROF. WILLIAM GREGG MITGLIED DER ROYAL SOCIETY, usw.

Es ist schon viele Jahre her, daß sich der erste schwache Umriß jener Theorie, welche nun fast, wenn auch noch nicht ganz, auf beweisbare Tatsachen zurückgeführt worden ist, in meinen Gedanken zu bilden begann. Meine vielfältige Lektüre, die auch manch Vergessenes und Veraltetes einschloß, hatte viel zur Vorbereitung beigetragen, und als ich später mich stärker spezialisierte und mich den unter der Bezeichnung Ethnologie zusammengefaßten Studien widmete, überraschten mich gelegentlich Fakten, die nicht mit der orthodoxen wissenschaftlichen Meinung zusammenstimmten, und Entdeckungen, die etwas anzudeuten schienen, das trotz all unserer Forschungen immer noch verborgen lag. Insbesondere kam ich zu der Überzeugung, daß ein großer Teil der Märchen und des sogenannten Volksaberglaubens der ganzen Welt nur eine übertriebene Beschreibung von Dingen ist, die sich wirklich ereignet haben. Besonders interessierten mich in dieser Hinsicht die Geschichten von den Elfen, den »guten Leutchen« des keltischen Kulturkreises. Hier dachte ich, die Übergangszone von Übertreibung und Ausschmückung entdecken zu können, die phantastische Einkleidung, die kleinen Leute in Grün und Gold, die ihre Spiele in den Blumen trieben, und ich glaubte, eine deutliche Analogie zwischen dem Namen, den man diesem (angeblich imaginären) Volk gegeben hatte, und der Beschreibung ihrer Erscheinung und ihrer Bräuche entdecken zu können. Ebenso, wie unsere fernen Vorfahren die furchterregenden Wesen »gut« nannten, eben weil sie Angst vor ihnen hatten, gaben sie ihnen auch ein reizendes Aussehen, im Bewußtsein, daß das Gegenteil die Wahrheit war. Auch die Literatur hatte sich schon früh an die Arbeit gemacht und kräftig an dieser Verwandlung mitgearbeitet, so daß die verspielten Elfen Shakespeares schon sehr weit entfernt sind vom eigentlichen Original und der wahre Horror sich als schelmischer Schabernack verkleidet. In den älteren Geschichten aber, in jenen, bei denen sich die ums Feuer Sitzenden bekreuzigten, betreten wir eine andere Bühne, und ich sah einen ganz anderen Geist in gewissen Berichten von Kindern und Männern und Frauen, die auf seltsame Art vom Angesicht der Erde verschwanden. Ein Bauer auf dem Feld sah sie vielleicht noch, wie sie auf einen grünen runden Hügel zugingen, doch dann wurden sie nie mehr gesehen. Es gibt Geschichten von Müttern, die ein Kind in ruhigem Schlaf verließen, die Tür des Bauernhauses nur rasch mit einem Stück Holz zustemmten und zurückkehrten, um nicht mehr das dicke rosige kleine Angelsachsenkind vorzufinden, sondern eine dürre magere Kreatur mit dunkler Haut und durchdringenden schwarzen Augen, das Kind einer anderen Rasse. Und es gab noch finsterere Mythen, die Angst vor Hexe und Zauberer, das düsterrote böse Licht des Hexensabbats, das Flüstern, wie sich die Dämonen mit den Töchtern der Menschen verbanden. Und ebenso, wie wir die gräßlichen »guten Leutchen« in gutmütige, wenn auch neckische Elfen verwandelt haben, so haben wir den schwarzen Unflat der Hexe und ihrer Gefährten unter der volkstümlichen *diablerie* von alten Weibern und Besenstielen und einer komischen Katze mit aufgesträubtem Schwanz versteckt. So haben die Griechen die greulichen Furien Eumeniden, die Wohlgesinnten, genannt. Und so sind die nördlichen Nationen ihrem Beispiel gefolgt. Ich setzte meine Untersuchungen fort, stahl meinen anderen und wichtigeren Arbeiten hier eine Stunde ab und da, und ich stellte mir die Frage: Angenommen, diese Traditionen beruhen auf Wahrheit, wer waren die Dämonen, von deren Anwesenheit beim Sabbat berichtet wird? Ich brauche nicht zu betonen, daß ich das, was man die übernatürliche Hypothese des Mittelalters nennen mag, beiseite schob und zu dem Schluß kam, daß Elfen und Teufel ein und demselben Geschlecht angehörten und den gleichen Ursprung hatten. Die ausschmückende Phantasie und das groteske Fabulieren alter Zeiten hatten zweifellos viel übertrieben und verzerrt, doch glaubte ich fest daran, daß unter all diesen grellen Bildern ein schwarzer Untergrund von Wahrheit lag. Was manche der angeblichen Wunder betraf, so zögerte ich. Während ich nur mit äußerstem Widerwillen den Phänomenen des modernen Spiritismus zubilligen wollte, daß sie ein Körnchen Wirklichkeit enthalten, wollte ich doch nicht gänzlich bestreiten, daß das Fleisch des Menschen dann und wann, einmal vielleicht in zehn Millionen Fällen, die Hülle von Kräften ist, die uns magisch erscheinen; Kräfte, die – weit davon entfernt, aus geistigen Höhen zu stammen und die Menschen dorthin emporzuheben – tatsächlich Überbleibsel aus den tiefsten Wesenstiefen sind. Die Amöbe und die Schnecke besitzen Kräfte, die wir nicht besitzen; und ich hielt es für denkbar, daß eine Theorie der Regression manche Dinge erklären könnte, die sonst völlig unerklärlich scheinen. Das war meine Position: Ich sah gute Gründe, anzunehmen, daß vieles an den traditionellen Überlieferungen, ein großer Teil der frühesten und noch nicht korrumpierten Traditionen bezüglich der sogenannten Elfen, Tatsachenberichte waren. Ich dachte, daß das rein übernatürliche Element an diesen Überlieferungen sich mit der Hypothese erklären ließ, daß eine Rasse, die aus dem großen allgemeinen Gang der Evolution herausgefallen war, vielleicht bestimmte Kräfte als Überbleibsel vergangener Epochen behalten haben mochte, die uns schlechthin als Mirakel erscheinen mußten. So hatte ich mir meine Theorie geformt. Als ich von da aus weiter suchte, boten sich mir bestätigende Indizien von allen Seiten an, in den Funden in einem Grabhügel oder einem Hünengrab, in einer Lokalzeitung, die über ein Archäologentreffen in der Provinz berichtete, an allen möglichen Stellen in der allgemeinen Literatur. Unter anderem, so erinnere ich mich, fiel mir bei Homer die Wendung von den »artikuliert sprechenden Menschen« auf, als hätte der Autor Menschen gekannt oder von Menschen reden hören, deren Sprache so roh geformt war, daß man sie kaum als artikuliert bezeichnen konnte. Zu meiner Hypothese von einer weit hinter den anderen zurückgebliebenen Rasse paßte es gut, daß ein solches Volk sich in Lauten äußern würde, die sich nur wenig von unartikulierten Tiergeräuschen unterschieden.

So stand es, und ich war überzeugt, daß meine Konjektur zumindest nicht weit von der Wahrheit entfernt war, als mir eines Tages eine kleine Meldung in der Lokalzeitung einer ländlichen Gegend auffiel. Es war ein kurzer Bericht über etwas, was allem Anschein nach bloß eine der üblichen schmierigen Dorftragödien war. Ein junges Mädchen war aus ungeklärten Gründen verschwunden, und der Klatsch beschäftigte sich lüstern damit, ihren Ruf zu zerstören. Doch konnte ich zwischen den Zeilen lesen, daß all dieser Klatsch rein hypothetisch war und wahrscheinlich nur erfunden, um etwas zu erklären, was sonst ganz rätselhaft blieb. Ein Weglaufen nach London oder Liverpool, ein unentdeckter Leichnam mit einem Gewicht um den Hals auf dem Grunde eines modrigen Waldtümpels, ein Mord vielleicht – das waren die Theorien der Nachbarn des armen Mädchens. Doch als ich mit müßiger Neugier die Meldung durchlas, durchfuhr mich mit der Gewalt eines elektrischen Schlags ein Gedanke: Was, wenn das verborgene und furchtbare Geschlecht der Hügelbewohner immer noch existierte und immer noch entlegene Orte und einsame Bergeshöhen unsicher machte, um dann und wann die Untaten der mittelalterlichen Märchen zu wiederholen, unverändert und unveränderlich wie die turanischen Shelta oder die Basken in den Pyrenäen? Der Gedanke, sage ich, überfiel mich wie mit Gewalt. Ich rang nach Luft und klammerte mich mit beiden Händen an den Armlehnen meines Stuhles fest, seltsam verwirrt zwischen Entsetzen und Genugtuung. Es war, als hätte einer meiner Kollegen von den Naturwissenschaften bei einem Gang durch einen ruhigen englischen Wald plötzlich der schleimigen, widerlichen Gegenwart eines Ichthyosaurus gegenübergestanden, jenem Urbild der Geschichten von schrecklichen Lindwürmern, die von tapferen Rittern erlegt wurden – oder als hätte er die Sonne vom Flug eines Pterodaktyls verdunkelt gesehen, dem Drachen der Sage. Doch als ein entschlossener Forscher fand ich mich durch diesen Gedanken in ein geradezu leidenschaftliches Entzücken versetzt – ich schnitt die Meldung aus und legte sie in eine Schublade meines alten Sekretärs, entschlossen, daß dies nur das erste Belegstück einer Sammlung von höchster und merkwürdigster Bedeutsamkeit sein sollte. Ich saß an diesem Abend noch lange da und träumte von den Ergebnissen, zu denen ich kommen wollte; auch trug die nüchterne Überlegung zunächst nichts dazu bei, mein Selbstvertrauen zu dämpfen. Und doch, als ich anfing, den Fall unparteiisch durchzudenken, sah ich, daß ich vielleicht doch auf unsicherem Fundament baute; vielleicht war es so, wie der Lokalklatsch wollte; ich fing an, die Affäre eher mißtrauisch zu betrachten. Doch ich beschloß, die Augen offenzuhalten, und genoß den Gedanken, daß ich allein wachsam war und auf der Hut, während die große Menge der Forscher und Denker gleichgültig und ahnungslos beiseitestand und vielleicht die zwingendsten Hinweise unbeachtet ließ.

Mehrere Jahre vergingen, ehe ich dem Inhalt der Schublade etwas hinzufügen konnte, und der zweite Fund war tatsächlich nicht besonders wertvoll, da es sich um eine bloße Wiederholung des ersten Falles handelte, nur an einem anderen fernen Ort. Und doch war etwas gewonnen, denn im zweiten wie im ersten Falle ereignete sich die Tragödie in einer öden und einsamen Gegend, und dies schien meine Theorie zu stützen. Das dritte Beweisstück schien mir aussagekräftiger. Wieder zwischen entlegenen Hügeln, weit entfernt von irgendeiner größeren Straße, war ein alter Mann erschlagen aufgefunden worden, und das Mordwerkzeug lag neben ihm. Hier gab es in der Tat alle möglichen Gerüchte und Vermutungen, denn die tödliche Waffe war ein primitives Steinbeil, dessen Heft mit Darmstreifen an den hölzernen Griff gebunden war. Man trug die extravagantesten und unwahrscheinlichsten Hypothesen vor. Freilich, dachte ich mir spöttisch, gingen die wildesten Erklärungsversuche weit am Ziel vorbei; und ich machte mir die Mühe, einen Briefwechsel mit dem ansässigen Arzt aufzunehmen, der bei der gerichtlichen Untersuchung als Zeuge aufgetreten war. Dieser, ein Mann nicht ohne Scharfsinn, war perplex. »Es täte nicht gut, hier auf dem Lande von solchen Dingen zu reden«, schrieb er mir, »doch offen gesagt, Professor Gregg, es gibt hier ein unheimliches Rätsel. Ich habe mir das Steinbeil aushändigen lassen und war neugierig genug, es zu erproben. An einem Sonntagnachmittag, als meine Familie und die Dienstboten alle fort waren, nahm ich es mit in den Garten hinter meinem Haus, und da, durch die Pappelhecken vor allen Blicken geschützt, stellte ich einige Experimente an. Ich mußte feststellen, daß ich vollkommen unfähig war, das Ding zu handhaben. Ob es da eine besondere Balance gibt, eine spezielle Gewichtung, zu der es ständiger Übung bedarf, oder ob ein wirkungsvoller Hieb nur mit einem bestimmten Griff, einer bestimmten Muskelspannung geführt werden kann – ich weiß es nicht. Aber ich versichere Ihnen, daß ich mit einer sehr geringen Meinung von meinen athletischen Fähigkeiten wieder ins Haus ging. Es war, wie wenn ein Unerfahrener sich beim Hammerwerfen versucht; die aufgewendete Kraft schien sich gegen einen selbst zu kehren, und ich fand mich zurückprallen, während das Beil harmlos zu Boden fiel. Bei einer anderen Gelegenheit versuchte ich das Experiment mit einem geschickten Holzfäller aus der Gegend, doch auch dieser Mann, der seit vierzig Jahren mit seiner Axt umgeht, konnte mit dem Steinwerkzeug nichts anfangen. Und jeder Streich ging ihm auf geradezu absurde Weise daneben. Kurz, wenn es nicht so lächerlich wäre, würde ich sagen, daß seit viertausend Jahren niemand mehr einen wirksamen Hieb mit dieser Waffe hat ausführen können, die ganz ohne Zweifel zur Ermordung des alten Mannes benutzt wurde.« Dies war, wie man sich vorstellen kann, eine kostbare Neuigkeit für mich; und als ich später die ganze Geschichte hörte und erfuhr, daß der unglückselige Alte davon geschwatzt hatte, was man auf einer gewissen öden Bergeshöhe des Nachts sehen könnte, und unerhörte Wunderdinge angedeutet hatte – und daß man ihn dann eines Morgens kalt und starr auf eben jenem Berghang gefunden hatte, da war ich voll Genugtuung, denn ich hatte das Gefühl, daß ich nun über bloße Vermutungen schon weit hinausgekommen war. Der nächste Schritt aber war von noch größerer Bedeutung. Ich hatte seit vielen Jahren ein ungewöhnliches Steinsiegel in meinem Besitz – ein Stück stumpfschwarzen Stein, zwei Zoll lang vom Griff bis zur Stempelfläche, und das Stempelende bildete ein grobes Sechseck mit einem Durchmesser von etwa eineinviertel Zoll. Insgesamt wirkte es wie ein stark vergrößerter altmodischer Pfeifenstopfer. Es war mir von einem Vertrauensmann im Osten zugesandt worden, der schrieb, man hätte es nahe der Stätte gefunden, wo das antike Babylon gelegen war. Doch die in dem Siegel eingravierten Zeichen blieben mir unerträglich rätselhaft. Irgendwie an Keilschrift erinnernd, zeigten sie doch erstaunliche Unterschiede, die mir auf den ersten Blick auffielen, und alle Versuche, die Inschrift zu entziffern, bei denen ich die an den bekannten Keilschriftzeugnissen gewonnene Methode zugrundelegte, waren vergeblich. Ein solches Rätsel kränkte meinen Stolz. Hin und wieder nahm ich in einem müßigen Moment das schwarze Siegel aus dem Schrank und betrachtete es mit solcher Hartnäckigkeit, daß mir jedes Schriftzeichen vertraut war und daß ich die Inschrift ohne den geringsten Fehler aus dem Gedächtnis hätte nachzeichnen können. Man stelle sich also meine Überraschung vor, als ich eines Tages von einem Korrespondenten im Westen Englands einen Brief mit einer Beilage erhielt, die mir buchstäblich die Sprache verschlug. Ich sah, sorgfältig auf ein großes Papier gemalt, genau die Zeichen des schwarzen Siegels, ohne irgendeine Veränderung. Und über dieser Inschrift hatte mein Freund notiert: »Schriftzeichen auf einem Kalksteinfelsen in den Grauen Hügeln, Monmouthshire. Mit rotem Lehm vor kurzer Zeit ausgeführt.« Ich las den Brief. Mein Freund schrieb: »Ich schicke Ihnen die beigefügte Inschrift mit dem nötigen Vorbehalt. Ein Schäfer, der eine Woche zuvor an dem Felsen vorüberkam, schwört, daß da noch kein Zeichen irgendeiner Art zu sehen war. Die Inschrift ist, wie ich notiert habe, dadurch entstanden, daß man mit etwas rötlichem Lehm über den Stein gefahren ist; die Zeichen haben eine durchschnittliche Höhe von einem Zoll. Sie sehen mir aus wie eine stark abgeänderte Keilschrift, aber das ist natürlich unmöglich. Es ist entweder ein Jux oder, was wahrscheinlicher ist, ein Gekritzel von Zigeunern, die hier in dieser einsamen Gegend recht zahlreich sind. Die haben, wie Sie wissen, viele verschiedene Hieroglyphen, die sie benutzen, um einander Nachrichten zu hinterlassen. Ich war zufällig vor zwei Tagen an diesem Felsen, im Zusammenhang mit einem recht schmerzlichen Vorfall, der sich hier ereignet hat.«

Wie man sich vorstellen kann, schrieb ich meinem Freund sogleich, dankte ihm für die Abschrift und erkundigte mich beiläufig, was es denn mit dem erwähnten Vorfall auf sich habe. Um es kurz zu machen: Ich erfuhr, daß eine Frau namens Cradock, die einen Tag zuvor ihren Mann verloren hatte, aufgebrochen war, um einem Verwandten, der etwa fünf Meilen entfernt wohnte, die traurige Nachricht zu überbringen. Sie nahm eine Abkürzung, die an den Grauen Hügeln vorbeiführte. Mrs. Cradock, damals noch eine ganz junge Frau, kam nie am Haus ihres Vetters an. Spät in der Nacht ging ein Farmer, der ein paar Schafe vermißte, die wohl von der Herde fortgelaufen waren, durch die Grauen Berge, mit einer Laterne und mit seinem Hund. Ein Geräusch erregte seine Aufmerksamkeit, das er als eine Art Heulen beschrieb, traurig und erbarmungswürdig anzuhören. Von diesem Laut geleitet fand er die unglückliche Mrs. Cradock neben dem Kalksteinfelsen am Boden kauern, wo sie ihren Oberkörper hin und her wiegte und so herzzerreißend lamentierte und weinte, daß der Farmer, wie er sagte, sich zuerst die Ohren zuhalten mußte, um nicht davonzulaufen. Die Frau ließ sich nach Hause führen. Eine Nachbarin kam und kümmerte sich um sie. Die ganze Nacht ließ sie nicht ab zu weinen, wobei sie in ihre Klage Worte einer unverständlichen Sprache mischte, und als der Arzt kam, erklärte er sie für wahnsinnig. Sie lag eine Woche lang zu Bett, wobei sie abwechselnd heulte wie – so sagten die Leute – jemand, der in alle Ewigkeit verdammt und verloren ist, und in einer tiefen Ohnmacht lag. Man nahm an, daß der Kummer über den Tod ihres Mannes ihr den Geist verwirrt hatte, und eine Zeitlang rechnete der Arzt nicht damit, daß sie überleben würde. Ich brauche nicht zu betonen, wie sehr mich dieser Bericht interessierte. Ich ließ mir von meinem Freund von Zeit zu Zeit alle weiteren Einzelheiten des Falles berichten. So hörte ich, daß die Frau im Lauf von sechs Wochen nach und nach wieder zu sich fand und einige Monate später einen Sohn gebar, der den Namen Jervase erhielt. Unglücklicherweise stellte er sich als schwachsinnig heraus. Das waren die Tatsachen, die dem Dorf bekannt waren – mir aber war, während ich erblaßte bei dem Gedanken an die Ungeheuerlichkeiten, die hier zweifellos begangen worden waren, all dies beinahe schon so etwas wie ein endgültiger Beweis, und ich ließ mich zu einer entsprechenden Andeutung dieser Wahrheit gegenüber einigen befreundeten Wissenschaftlern hinreißen. Im Augenblick, da ich es ausgesprochen hatte, bereute ich es bitter, daß ich das große Geheimnis meines Lebens preisgegeben hatte. Doch ich mußte mit Empörung sowohl wie Erleichterung feststellen, daß ich nichts zu fürchten hatte, weil meine Freunde sich ganz offen über mich lustigmachten und mich für verrückt hielten. Ich war natürlicherweise ärgerlich, doch gleichzeitig lachte ich vor mich hin und fühlte mich unter diesen Dummköpfen so sicher, als hätte ich mein Geheimnis dem Wüstensand erzählt.

Nun aber, da ich schon soviel wußte, entschloß ich mich, alles herauszufinden, und ich konzentrierte all meine Anstrengungen auf die Entzifferung des schwarzen Siegels. Viele Jahre lang war dieses Rätsel der alleinige Gegenstand meiner Mußestunden – denn der größte Teil meiner Zeit war natürlich anderen Pflichten gewidmet. Ich konnte mir nur dann und wann eine freie Woche stehlen. Wollte ich Ihnen die ganze Geschichte dieser seltsamen Untersuchung erzählen, so wäre das überaus ermüdend, denn es wäre nur der Bericht von einer langen und langweiligen Reihe von Mißerfolgen. Mit den Kenntnissen, die ich bereits von verschiedenen alten Schriften besaß, war ich gut ausgerüstet für die Jagd, wie ich meine große Untersuchung bei mir selber immer nannte. Ich stand im Briefwechsel mit Wissenschaftlern in ganz Europa, ja in der ganzen Welt, und ich konnte nicht glauben, daß in unseren Tagen irgendein Schriftzeichen, wie alt und rätselhaft auch immer, lange dem Scheinwerferlicht standhalten konnte, das ich darauf richten würde. Tatsächlich aber dauerte es volle vierzehn Jahre, bis mir Erfolg beschieden war. Mit jedem Jahr wurden meine akademischen Pflichten größer und meine freie Zeit geringer. Dies warf mich zweifellos auch zurück, und doch erstaunt mich im nachhinein der Umfang meiner Nachforschungen hinsichtlich des schwarzen Siegels. Mein Arbeitszimmer wurde zum Mittelpunkt einer Informationsflut, die mir aus der ganzen Welt Transkripte alter Schriften zutrug. Nichts, so war ich fest entschlossen, sollte mir entgehen. Die leiseste Andeutung sollte begrüßt und verfolgt werden. Aber als ich einer Fährte nach der anderen nachging und nie zu einem Ergebnis kam, fing ich im Lauf der Jahre an, am Erfolg zu verzweifeln, und ich fragte mich, ob das schwarze Siegel das einzige Artefakt sein mochte, das eine Rasse hinterlassen hatte, welche ohne eine weitere Spur aus der Geschichte verschwunden war – untergegangen war, kurz gesagt, wie es von Atlantis erzählt wird, in einer großen Katastrophe, so daß ihre Geheimnisse in Ozeantiefen ertrunken oder in den Eingeweiden der Berge begraben waren. Der Gedanke kühlte meine Leidenschaft ein wenig ab, und wenn ich auch nicht nachließ, arbeitete ich doch nicht mehr mit derselben Glaubensgewißheit weiter. Ein Zufall war meine Rettung. Ich hielt mich in einer großen Stadt im Norden Englands auf und ergriff die Gelegenheit, das recht bedeutende Museum zu besuchen, das vor einiger Zeit dort eingerichtet worden war. Der Kurator gehörte zu meinen Korrespondenten, und als wir zusammen die mineralogischen Vitrinen durchsahen, erregte einer der Ausstellungsgegenstände meine Aufmerksamkeit – ein Stück schwarzen Steins, viereckig, mit einer Seitenlänge von vielleicht vier Zoll, dessen Anblick mich ein wenig an das schwarze Siegel erinnerte. Ich hob es beiläufig auf und wandte es in den Händen hin und her, als ich zu meinem Erstaunen bemerkte, daß die Unterseite Schriftzeichen trug. Ich sagte meinem Freund, dem Kurator, ganz ruhig, daß mich dieses Objekt interessiere und daß ich ihm sehr zu Dank verpflichtet wäre, wenn er mir gestatten würde, es ein paar Tage lang mit in mein Hotel zu nehmen. Er erhob natürlich keine Einwände, und ich eilte auf mein Zimmer, wo ich feststellte, daß mich mein erster Eindruck nicht getäuscht hatte. Es waren zwei Inschriften, eine in gewöhnlicher Keilschrift, die andere in den Charakteren des schwarzen Siegels, und ich wußte, daß meine Aufgabe hiermit gelöst war. Ich fertigte eine genaue Kopie der beiden Inschriften an, und als ich in meine Londoner Bibliothek zurückgekehrt war und das Siegel vor mir liegen hatte, konnte ich im Ernst meinem großen Problem zu Leibe rücken. Die Inschrift auf dem Museumsobjekt hatte, wiewohl sie in sich durchaus bedeutsam war, mit meiner Suche nichts zu tun, doch die Übersetzung machte mich zum Herrn des Geheimnisses des schwarzen Siegels. Ich mußte bei meinen Kalkulationen natürlich hier und dort hypothetisch vorgehen – manchmal war ich mir bei einem bestimmten Ideogramm nicht sicher, und ein wiederholt auf dem Siegel vorkommendes Schriftzeichen machte mich viele Nächte lang ratlos. Aber endlich lag das Geheimnis in klarer Sprache vor mir, und ich las den Schlüssel zu der entsetzlichen Verwandlung in der Nacht der Hügel. Das letzte Wort war kaum auf Englisch niedergeschrieben, als ich mit zitternden und ungelenken Fingern das Blatt Papier in winzige Fetzen zerriß und diese in der Röte des Kaminfeuers aufflammen und schwarz zerfallen sah, und selbst dann noch zerdrückte ich die grauen Aschenstreifen zu feinstem Pulver. Niemals seitdem habe ich diese Worte niedergeschrieben. Nie werde ich die Sätze schreiben, die mir sagen, wie sich der Mensch zum Schleim, aus dem er kam, hinabschleudern läßt und wie man ihn zwingen kann, das Fleisch des Reptils und der Schlange anzulegen. Es gab nur noch eines zu tun. Ich *wußte* zwar, doch nun wollte ich *sehen*, und nach einiger Zeit konnte ich ein Haus in der Nachbarschaft der Grauen Hügel mieten, nicht weit von dem Häuschen, wo Mrs. Cradock und ihr Sohn Jervase wohnten. Ich brauche die scheinbar unerklärlichen Ereignisse nicht im Detail aufzuzeichnen, die hier, da ich dies schreibe, geschehen sind. Ich wußte, daß ich in Jervase Cradock etwas vom Blut des »Kleinen Volkes« finden würde, und

ich fand später heraus, daß er mehr als einmal seine Verwandten an einsamen Orten dieser einsamen Landschaft getroffen hatte. Als ich eines Tages in den Garten geholt wurde
und ihn dort in einem Anfall die furchtbare Sprache des
schwarzen Siegels sprechen oder zischen hörte, da siegte,
fürchte ich, mein wissenschaftliches Triumphgefühl über
das Mitleid. Ich hörte aus seinen Lippen die Geheimnisse der
Unterwelt hervorbrechen, und jenes Wort des Grauens,
»Ischakschar«, dessen Bedeutung, Sie müssen entschuldigen, ich hier nicht preisgeben werde.

Doch einen Zwischenfall kann ich nicht unerwähnt lassen.
In der öden Tiefe der Nacht erwachte ich vom Geräusch dieser gezischten Silben, die mir so vertraut waren; und als ich
ins Zimmer des elenden Jungen trat, fand ich ihn zuckend
mit Schaum vor dem Mund sich auf dem Bett winden, wie er
versuchte, dem Würgegriff der Dämonen zu entkommen.
Ich nahm ihn mit hinunter in mein Zimmer und zündete die
Lampen an, während er sich auf dem Boden wälzte und die
Macht in seinem Fleisch anrief, ihn zu verlassen. Ich sah seinen Körper anschwellen und sich aufblähen wie eine
Schweinsblase, während das Gesicht vor meinen Augen
schwarz wurde; und als dann die Krise eintrat, tat ich, was
nach den Anweisungen des Siegels nötig war, ließ alle Skrupel fahren und wurde ein Mann der Wissenschaft, der einen
Vorgang beobachtet. Doch was ich sah, war schrecklich –
fast jenseits menschlicher Vorstellungskraft und des
schlimmsten Alptraums; etwas schob sich aus dem Leib dort
auf dem Boden hervor und streckte sich aus, ein schleimiger
schwankender Tentakel reckte sich durch den Raum und ergriff die Büste auf dem Schrank, um sie auf meinen Schreibtisch zu stellen.

Als es vorüber war und mir nur noch blieb, die ganze
Nacht ruhelos auf und ab zu gehen, blaß und schaudernd,
während mir der Schweiß aus allen Poren strömte, versuchte
ich vergeblich, mir vernünftige Erklärungen zurechtzulegen;
ich sagte mir – was ja auch stimmte –, daß ich nichts eigent-

lich Übernatürliches gesehen hatte, daß das Vorstrecken und Zurückziehen der Fühlkörper einer Schnecke nur in kleinerem Maßstab ein Beispiel desselben Phänomens war, das ich beobachtet hatte. Und doch brach das Grauen durch alle diese vernünftigen Gedankengänge, und ich war wie gebrochen und ekelte mich vor mir selber wegen der Rolle, die ich in dieser Nachtszene gespielt hatte.

Es gibt wenig mehr zu sagen. Ich gehe nun zu der endgültigen Begegnung und Prüfung, denn ich habe mich entschieden, nichts auszulassen und will das »Kleine Volk« von Angesicht zu Angesicht sehen. Ich werde das schwarze Siegel und das Wissen um seine Geheimnisse zum Schutze bei mir haben, und wenn ich unglücklicherweise nicht von meinem Gang zurückkehren sollte, dann ist es nicht notwendig, hier ein Bild meines furchtbaren Schicksals heraufzubeschwören.

Miss Lally machte am Ende der Auslassungen von Professor Gregg eine kleine Pause und setzte die Geschichte dann mit den folgenden Worten fort:

Das war die fast unglaubliche Niederschrift, die der Professor hinterließ. Als ich mit der Lektüre fertig war, war es schon spät nachts, doch am nächsten Tag in der Frühe nahm ich Morgan mit. Wir suchten die Grauen Hügel nach irgendeiner Spur des verschollenen Professors ab. Ich will Sie nicht mit einer Beschreibung der wilden Einsamkeit dieser Gegend langweilen, einer Landschaft vollkommener Einöde: Kahle grüne Hügel, von denen hie und da graue Kalksteinblöcke aufragten, im Lauf der Zeit zu phantastischen Abbildern von Mensch und Tier geformt. Endlich fanden wir nach Stunden ermüdender Suche, was ich Ihnen sagte: Uhr und Kette, Börse und Ring, eingewickelt in ein Stück grobes Pergament. Als Morgan den Darmzwirn zerschnitt, der das Päckchen zusammenschnürte, und ich das Eigentum des Professors sah, brach ich in Tränen aus. Doch der Anblick der grauenhaften Zeichen des schwarzen Siegels auf dem Pergament erfüllte mich mit stummem Entsetzen. Ich glaube, ich begriff zum ersten Mal das furchtbare Schicksal, das meinem einstigen Arbeitgeber zugefallen war.

Ich muß nur noch hinzufügen, daß Professor Greggs Rechtsanwalt meine Darstellung dessen, was sich ereignet hatte, als Märchen abtat und es ablehnte, die Dokumente, die ich ihm vorlegte, auch nur anzusehen. Er war für die Bekanntmachung verantwortlich, die in der Presse erschien und besagte, daß Professor Gregg ertrunken war, und daß sein Leichnam ins Meer hinausgespült worden sein mußte.

Miss Lally hörte zu reden auf und sah Mr. Phillipps mit einem sozusagen fragenden Blick an. Er seinerseits war in tiefes Sinnen versunken; und als er aufschaute und sah, wie sich die abendliche Menge auf dem Platz zu drängen begann, Männer und Frauen, die zu Essensverabredungen eilten, und Menschenmassen, die bereits vor den Music Halls Schlange standen, da schien all das Geräusch und Gedränge des wirklichen Lebens irreal und flüchtig, ein Traumbild am Morgen nach dem Erwachen.

»Ich danke Ihnen«, sagte er endlich, »für Ihre hochinteressante Geschichte – hochinteressant für mich, weil ich vollkommen überzeugt bin davon, daß sie durchaus wahr ist.«

»Sir«, sagte die Dame mit recht energischer Empörung, »Sie kränken mich; fast ist es eine Beleidigung. Glauben Sie, ich würde meine Zeit und die Ihre damit verschwenden, auf einer Bank am Leicester Square Fabeln zu spinnen?«

»Verzeihen Sie, Miss Lally, Sie haben mich da ein wenig mißverstanden. Noch ehe Sie begannen, wußte ich, daß Sie mir alles in gutem Glauben erzählen würden. Aber Ihre Mitteilung hat einen viel höheren Wert als nur den der *bona fides*. Die außerordentlichsten Einzelheiten Ihres Berichts befinden sich in vollkommener harmonischer Übereinstimmung mit den allerneuesten wissenschaftlichen Theorien. Professor Lodge würde, da bin ich sicher, eine Mitteilung von Ihnen höchlichst zu schätzen wissen; ich habe von Anfang an seine kühne Hypothese zur Erklärung der sogenannten Wunder des Spiritismus höchst reizvoll gefunden, aber Ihre Geschichte hebt die ganze Angelegenheit aus dem Bereich der bloßen Hypothese heraus!«

»Ach, Sir, all dies hilft mir nicht weiter. Sie vergessen: Ich habe meinen Bruder unter den verwirrendsten und furchterregendsten Umständen verloren. Ich frage Sie noch einmal – haben Sie ihn auf dem Weg hierher nicht gesehen? Seinen schwarzen Backenbart, seine Brille, seinen nervösen Blick nach rechts und links – denken Sie nach, ruft Ihnen das nicht etwas ins Gedächtnis zurück?«

»Es tut mir leid. Ich muß sagen, ich habe niemanden dergleichen gesehen«, sagte Phillipps, der den verschwundenen Bruder schon ganz vergessen hatte. »Aber lassen Sie mich Ihnen noch ein paar Fragen stellen! Ist Ihnen aufgefallen, ob Professor Gregg –«

»Sie verzeihen, Sir, ich bin schon zu lange hiergeblieben. Meine Herrschaft wird mich erwarten. Ich danke Ihnen für Ihre Anteilnahme. Leben Sie wohl.«

Ehe Mr. Phillipps sich von seinem Erstaunen über diesen abrupten Aufbruch erholt hatte, war Miss Lally schon seinen Blicken entschwunden und in der Menge untergetaucht, die sich nun um die Eingänge des *Empire* drängte. Er schritt in nachdenklicher Stimmung nach Hause und trank zuviel Tee. Um zehn Uhr hatte er sich die dritte Kanne aufgegossen und den Plan einer kleinen Schrift skizziert, die den Titel *Protoplasmatische Regression* tragen sollte.

Die Begegnung im Strand

Mr. Dyson sann bei verschiedenen Gelegenheiten immer wieder einmal der sonderbaren Geschichte nach, der er im Café de la Touraine gelauscht hatte. Zunächst einmal war er zutiefst davon überzeugt, daß in der lehrreichen Geschichte von Mr. Smith und dem Black Gulf Cañon die Worte der Wahrheit nur mit äußerster Sparsamkeit verteilt gewesen waren – und zweitens gab es da die unabweisbare Tatsache der Gebärden auf dem Gehsteig, zu rasend, als daß sie hätten gespielt sein können. Die Vorstellung, daß jemand durch London gehen sollte, bedrängt von der Angst, einem jungen Mann mit Brille zu begegnen, erschien Dyson herrlich lächerlich; er durchforschte sein Gedächtnis nach irgendwelchen Präzedenzfällen in der Sensationsliteratur, doch ohne Erfolg. Er sah verschiedentlich in das kleine Café hinein, in der Hoffnung, Mr. Wilkins dort zu finden, und er hielt scharf Ausschau unter den vielen bebrillten Herren auf der Straße, da er kaum Zweifel hatte, daß er das Gesicht des Individuums wiedererkennen würde, das er aus der Reformbäckerei hatte herausstürzen sehen. Alle seine schweifenden Wanderungen und Nachforschungen schienen jedoch zu keinem Ergebnis zu führen, und Dyson brauchte sein ganzes beträchtliches Vertrauen in die ihm eigenen detektivischen Fähigkeiten und in seine Nase für das Geheimnisvolle, um in seinem Unternehmen nicht müde zu werden. Tatsächlich hatte er ja nun zwei Fälle zu bearbeiten – und jeden Tag, wie er durch menschenwimmelnde oder verlassene Straßen ging und in obskuren Vierteln umherstrich und an Straßenecken wartete, war er mehr als überrascht, daß sich ihm die Fäden der Affäre mit der Goldmünze beharrlich entzogen; während der einfallsreiche Wilkins und der junge Mann mit der Brille, den jener fürchtete, von den Trottoirs der Stadt verschwunden schienen.

Eines Abends brütete er über diesen Problemen in einer

Gastwirtschaft im Strand, und die störrische Beharrlichkeit, mit welcher sich die Personen, die er so glühend zu sehen wünschte, aus seinem Gesichtskreis fernhielten, machte das Bier, das in einem Glas bescheidener Größe vor ihm stand, noch eine Spur bitterer. Wie es sich traf, war er allein in seinem Sitzabteil, und sprach, ohne nachzudenken, den Refrain seiner Überlegungen laut vor sich hin. »Wie bizarr!« sagte er. »Ein Mann geht durch die Straßen voll Angst vor einem schüchtern aussehenden jungen Mann mit einer Brille. Und doch, es war da eine ungeheure Leidenschaft am Werk, das könnte ich schwören.« Mit Gedankenschnelle fuhr, ehe er noch den Satz beendet hatte, ein Kopf um die Holzwand herum, die ihn vom nächsten Abteil trennte, und zog sich wieder zurück. Während Dyson sich noch wunderte, was dies bedeuten mochte, schwang der Türflügel auf und ein glatter, bartloser und lächelnder Herr trat ein.

»Sie werden mich entschuldigen, Sir«, sagte er höflich, »daß ich Ihren Gedankengang störe, doch Sie haben soeben eine Bemerkung gemacht.«

»Das habe ich«, sagte Dyson; »ich habe einer törichten Sache nachgerätselt und laut gedacht dabei. Da Sie gehört haben, was ich sagte, und daran interessiert scheinen, können Sie mir vielleicht weiterhelfen?«

»Ich bin mir nicht ganz sicher; es ist ein seltsames Zusammentreffen. Man muß vorsichtig sein. Ich nehme an, Sir, Sie wären nicht abgeneigt, der Gerechtigkeit zum Sieg zu verhelfen?«

»Gerechtigkeit«, erwiderte Dyson, »ist ein Begriff von so unbestimmter Bedeutung, daß ich zögere, Ihnen darauf eine Antwort zu geben. Aber dies ist vielleicht nicht ganz der richtige Ort für eine solche Diskussion; möchten Sie mich in meine Wohnung begleiten?«

»Sehr freundlich von Ihnen. Ich darf mich vorstellen, mein Name ist Burton. Bedauerlicherweise habe ich keine Karte bei mir. Wohnen Sie in der Nähe?«

»Zehn Minuten zu Fuß.«

Mr. Burton zog seine Uhr hervor und schien eine rasche Berechnung anzustellen.

»Ich muß zum Zug«, sagte er. »Aber es gibt noch eine spätere Verbindung. Also komme ich gerne mit, wenn Sie nichts dagegen haben. Ich bin sicher, wir sollten uns ein wenig unterhalten. In diese Richtung?«

Die Theater füllten sich, als sie den Strand überquerten, die Straße war voller Stimmen. Dyson sah sich mit liebevollem Blick um. Die glitzernden Reihen der Gaslaternen, dazwischen hier und da die blendende Helle einer elektrischen Lampe, die Droschken, die mit lautem Geklingel hin und her sausten, die vollbeladenen Autobusse und der eilige Eifer, mit dem die Passanten nach Ost und West ausschritten, ergaben ein faszinierendes Bild. Das anmutige Spitzdach von St. Mary le Strand auf der einen Seite, die letzte Röte des Sonnenuntergangs auf der anderen erfüllten ihn mit so inniger Dankbarkeit wie die Stechginsterblüte den großen Linné. Mr. Burton bemerkte seinen zärtlichen Blick, als sie die Straße überquerten.

»Ich sehe, daß Sie die malerischen Aspekte Londons lieben«, sagte er. »Für mich beinhaltet diese große Stadt genauso wie, ich sehe es wohl, für Sie das verliebte Studium des ganzen Lebens. Doch wie wenige gibt es, die durch den Schleier der scheinbaren Schäbigkeit und Monotonie blicken können! Ich habe in einer Zeitung, die angeblich die höchste Auflage in der ganzen Welt hat, einen Vergleich zwischen London und Paris gelesen, einen Vergleich, der preisgekrönt gehört als Meisterstück alberner Dummheit. Kann man sich vorstellen, daß ein Mensch von normaler Intelligenz die Boulevards unseren Londoner Straßen vorzieht? Daß er nach der brachialen Zerstörung unserer wunderbaren Stadt ruft, damit die tödliche Uniformität dieses übertünchten Grabes namens Paris auch hier in London entsteht? Ist es nicht schlechthin unglaublich?«

»Mein lieber Herr«, sagte Dyson, der Burton mit großem Interesse betrachtete, »ich pflichte Ihren Bemerkungen aufs Nachdrücklichste bei, aber Ihr Erstaunen kann ich eigentlich nicht teilen. Wissen Sie, wieviel man George Eliot für *Romola* bezahlt hat? Wissen Sie, wie hoch die Auflage von *Robert Elsmere* war? Und lesen Sie regelmäßig *Tit Bits*? Für mich ist es im Gegenteil ein Anlaß zu beständiger Überraschung und Dankbarkeit, daß London nicht schon vor zwanzig Jahren boulevardisiert worden ist. Ich rühme mir diese herrlich gezackte und gebrochene Dächersilhouette, wie sie gegen das Grün und das ersterbende Blau und die leicht geröteten Wolken des Sonnenuntergangs steht, aber viel mehr erstaunt mich, daß es sie noch gibt. Und was St. Mary le Strand betrifft, so ist der Erhalt dieser Kirche nichts weniger als ein Wunder. Ein Gebäude von exquisiter Schönheit gegen eine vierspurige Omnibusfahrbahn! Der Ausgang ist doch eigentlich vorbestimmt. Haben Sie den Leserbrief von dem Mann gelesen, der vorschlug, daß das ganze geheimnisvolle System, der uralte Plan der Berechnung des Osterfeiertags, glatt abgeschafft werden soll, weil es ihm nicht paßt, daß sein Sohn schon am fünfundzwanzigsten März Schulferien hat? Doch lassen Sie uns weitergehen.«

Sie hatten an einer Straßenecke auf der Nordseite des Strand innegehalten und die glänzende Fülle und Widersprüchlichkeit der Szenerie genossen. Dyson wies mit einer Geste den Weg, und sie schlenderten die vergleichsweise leere Straße entlang, hielten sich dann ein wenig rechts und kamen so zu Dysons Wohnung am Rand von Bloomsbury. Mr. Burton nahm in einem bequemen Sessel am offenen Fenster Platz, während Dyson die Kerzen anzündete und Whisky, Soda und Zigaretten hervorholte.

»Es heißt, diese Zigaretten seien sehr gut«, sagte er. »Ich selbst kann es nicht beurteilen. Ich bin im Grunde der Meinung, daß es nur einen Tabak gibt, und das ist Shag. Ich kann Sie wohl nicht dazu verführen, eine Pfeife davon zu versuchen?«

Mr. Burton lehnte das Angebot lächelnd ab und nahm sich eine Zigarette aus der Dose. Als er sie zur Hälfte geraucht hatte, sagte er mit einem leichten Zögern:

»Es ist wirklich sehr liebenswürdig von Ihnen, Mr. Dyson, mich einzuladen. In der Tat sind die Dinge, um die es geht, viel zu ernst, als daß man sie in einer Wirtschaft bereden sollte, wo es – wie Sie selbst bemerken mußten – auf jeder Seite unfreiwillig oder absichtlich Lauschende gehen mag. Ich glaube, die Bemerkung, die ich Sie machen hörte, betraf die Seltsamkeit dessen, daß jemand durch London geht und dabei große Angst vor einem jungen Mann mit Brille hat.«

»Ja, so war es.«

»Nun – wollen Sie mir vielleicht anvertrauen, welche Umstände zu diesem Gedankengang geführt haben?«

»Gewiß, es war folgendermaßen.« Und er erzählte kurz sein Abenteuer in der Oxford Street, wobei er die Leidenschaft von Mr. Wilkins' Gebärden hervorhob, doch von der Erzählung im Café gar nichts sagte. »Er sagte mir, er lebe in ständiger Furcht davor, diesem Mann zu begegnen; und ich verließ ihn, als ich glaubte, er habe sich hinreichend beruhigt, um sich wieder um sich selbst kümmern zu können«, sagte Dyson und beschloß seinen Bericht.

»Tatsächlich!« sagte Mr. Burton. »Und Sie haben diese geheimnisvolle Persönlichkeit wirklich gesehen?«

»Ja.«

»Und könnten Sie den Mann beschreiben?«

»Nun, er sah mir ziemlich jung aus, blaß und nervös. Er trug einen kurzen schwarzen Backenbart und hatte eine ziemlich große Brille auf.«

»Aber das ist geradezu wunderbar! Sie setzen mich in Erstaunen. Denn ich muß Ihnen sagen, daß ich großes Interesse an dieser Sache habe, und zwar aus folgendem Grund. Ich habe durchaus keine Angst davor, einem dunkelhaarigen jungen Mann mit Brille zu begegnen, aber den Verdacht, daß eine Person, auf welche diese Beschreibung paßt, es sehr gerne vermiede, mich zu treffen. Und die Beschreibung, die Sie von dem Mann geben, paßt genau. Ein nervöser Seitenblick nach rechts und links – ist es nicht so? Und wie Sie sagen, trägt er eine auffallende Brille und hat einen kleinen schwarzen Backenbart. Es kann doch sicherlich nicht zwei ganz identisch aussehende Personen geben – die eine Ursache von Angst, die andere, sollte ich meinen, sehr ängstlich darauf bedacht, sich verborgen zu halten. Aber haben Sie den Mann seither gesehen?«

»Nein, das habe ich nicht – und ich habe ziemlich scharf nach ihm Ausschau gehalten. Aber natürlich mag er London verlassen haben, vielleicht sogar England.«

»Wohl kaum. Das glaube ich nicht. Nun, Mr. Dyson, muß fairerweise ich Ihnen meine Geschichte erzählen, nachdem ich die Ihre gehört habe. Ich muß Ihnen also erklären, daß ich einen Handel, eine Art Agentur für alle möglichen Kuriositäten und kostbaren Dinge betreibe. Ein eigenartiges Geschäft, nicht wahr? Natürlich ist mir das nicht an der Wiege gesungen worden – es hat sich nach und nach so ergeben. Ich bin immer schon ein großer Freund von Kostbarkeiten und Raritäten gewesen, und als ich zwanzig war, hatte ich schon ein halbes Dutzend Sammlungen angelegt. Es ist nicht allgemein bekannt, wie häufig Bauernknechte auf seltene Dinge stoßen. Sie wären erstaunt, würde ich Ihnen erzählen, was ich schon eine Pflugschar ans Tageslicht habe fördern sehen. Ich habe zu jener Zeit auf dem Lande gelebt, und alles aufgekauft, was mir die Landarbeiter von den Höfen brachten, und ich besaß die seltsamste Kollektion von Plunder, wie Freunde meine Sammlung nannten. Aber so habe ich gelernt, die Witterung solcher Geschäfte aufzunehmen, und das bedeutet schon alles. Später kam es mir, daß ich aus meinem Wissen auch Profit ziehen und so mein Einkommen vermehren könnte. Seit diesen frühen Tagen bin ich an den meisten Orten der Welt gewesen, und es sind einige sehr wertvolle Dinge durch meine Hände gegangen. Ich mußte schwierige und delikate Verhandlungen führen. Sie haben vielleicht vom Opal des Großkhan gehört, im Osten der »Stein von tausendundeiner Farbe« genannt? Nun, vielleicht war es mein größter Triumph, diesen Stein zu erobern. Ich selbst nenne ihn den Stein von tausendundeiner Lüge, denn ich versichere Ihnen, ich mußte einen ganzen Zyklus von Märchen erfinden, ehe der Radschah, dem er gehörte, einwilligte, das Ding zu verkaufen. Ich finanzierte wandernde Märchenerzähler, die Geschichten verbreiteten, in denen der Opal eine unheilvolle Rolle spielte; ich mietete mir einen Heiligen, einen großen Asketen, der in der Sprache asiatischer Symbolik gegen den Edelstein Prophezeiungen ausstieß; kurz, ich erreichte es, daß der Radschah nicht mehr ein noch aus wußte vor Furcht. Sie sehen also, daß mein Geschäft viel Raum für diplomatische Kniffe läßt. Ich muß stets auf der Hut sein. Oft war mir bewußt, daß ich jeden Schritt genau bedenken und jedes Wort wägen mußte, wenn ich noch länger leben wollte. Letzten April erfuhr ich von der Existenz einer überaus wertvollen antiken Gemme. Sie befand sich in Süditalien und im Besitz von Personen, die ihren wahren Wert nicht kannten. Es ist immer meine Erfahrung gewesen, daß man mit Ignoranten am schwierigsten verhandelt. Ich habe Bauern getroffen, die glaubten, ein Shilling aus der Zeit von George dem Ersten sei ein Fund von fast unschätzbarem Wert. Alle Niederlagen, die ich einstecken mußte, wurden mir von solchen Leuten beigebracht. Dies bedenkend, war mir klar, daß der Erwerb jener Gemme ein besonderes diplomatisches Geschick erforderte. Vielleicht hätte ich sie in meinen Besitz bringen können, wenn ich eine Summe geboten hätte, die dem wahren Wert annähernd entsprochen hätte, aber ich brauche Ihnen nicht zu sagen, daß ein solches Vorgehen nicht sehr geschäftsmäßig gewesen wäre. Tatsächlich bezweifele ich, ob es wirklich zum Erfolg geführt hätte, denn die Habgier solcher Leute wird durch das Angebot einer solchen ihnen enorm erscheinenden Summe nur gereizt, und die tumbe Schläue, die bei ihnen die Stelle der Intelligenz vertritt, sagt ihnen, daß ein Gegenstand, für den soviel geboten wird, mindestens das Doppelte wert sein muß. Natürlich, wenn es um eine gewöhnliche Kuriosität geht – einen alten Krug, eine geschnitzte Truhe, eine merkwürdige Messinglaterne –, ist es einem am Ende gleichgültig. Die Habgier des Besitzers überlistet sich selbst, der Sammler lacht und geht weiter, denn er weiß, daß solche Objekte durchaus nicht einzigartig sind. Doch diese Gemme strebte ich mit Leidenschaft zu besitzen, und da ich nicht mehr als den hundertsten Teil ihres Wertes zu geben bereit war, wußte ich, daß alle meine – sagen wir: diplomatischen Fähigkeiten, all mein Einfallsreichtum gefordert waren. Ich muß leider gestehen, daß ich zu dem Schluß kam, die Operation nicht ganz allein durchführen zu können, und ich beschloß, meinen Assistenten ins Vertrauen zu ziehen, einen jungen Mann namens William Robbins, der mir durchaus fähig erschien. Meine Idee war, daß Robbins als eine Art schäbiger Juwelier auftreten sollte, als wandernder Edelsteinhändler. Er konnte ein wenig Italienisch schwatzen und würde in die fragliche Stadt reisen und dort versuchen, einen Blick auf die Gemme zu werfen, hinter welcher wir her waren – vielleicht indem er ein paar unbedeutende Juweliersartikel zum Verkauf anbot, aber dies war dem Gang der Dinge zu überlassen. Dann würde mein Part beginnen – aber ich will sie nicht mit einer zweimal erzählten Geschichte langweilen. Jedenfalls reiste Robbins mit einem Sortiment ungeschliffener Steine und ein paar Ringen und einigen Juwelen, die ich für diesen Zweck in Birmingham gekauft hatte, nach Italien. Eine Woche später folgte ich ihm, ließ mir aber Zeit mit der Reise, so daß ich vierzehn Tage nach ihm an unserem gemeinsamen Bestimmungsort ankam. Es gab ein anständiges Hotel in der Stadt, und als ich den Wirt fragte, ob viele Fremde am Ort wären, sagte er mir: Nur ganz wenige. Er hatte gehört, daß ein Engländer in einer kleinen Taverne abgestiegen war, ein Trödler, sagte er, der schöne Schmucksächelchen sehr billig verkaufte und alten Kram aufkaufen wollte. Fünf oder sechs Tage lang genoß ich müßig meinen Aufenthalt, und ich muß sagen, daß es mir ein Vergnügen war. Es war Teil meines Plans, die Leute denken zu lassen, ich sei ein enorm reicher Mann, und ich wußte, daß solche Details wie die Extravaganz meiner Mahlzeiten und der Preis jeder einzelnen Flasche Wein, die ich trank, nicht – wie Sancho Pansa sagt – in der Brust des

Wirtes verfaulen würden. Am Ende der Woche hatte ich das Glück, im Café die Bekanntschaft von Signor Melini zu machen, dem Besitzer der von mir begehrten Gemme, und bei seiner Gastfreundlichkeit und meiner Liebenswürdigkeit war ich bald als Freund des Hauses eingeführt. Während meines dritten oder vierten Besuchs gelang es mir, das Gespräch der Italiener auf den englischen Trödler zu lenken, der, wie sie sagten, ein entsetzliches Italienisch sprach.

›Doch das macht nichts‹, sagte Signora Melini, ›denn er hat wunderschöne Sachen, die er sehr, sehr billig verkauft.‹ ›Ich hoffe, Sie werden nicht feststellen müssen, daß er Sie betrogen hat‹, sagte ich da, ›denn ich muß Ihnen sagen, daß wir Engländer um solche Leute einen großen Bogen machen. Sie streichen gewöhnlich heraus, wie billig ihre Ware ist, und am Ende ist es so, daß sie den doppelten Preis besserer Artikel in den Läden verlangen.‹ Das gaben sie nicht zu, und Signora Melini bestand darauf, mir die drei Ringe und das Armband zu zeigen, die sie von dem Trödler gekauft hatte. Sie nannte mir den Preis, und nachdem ich die Schmuckstücke sorgfältig betrachtet hatte, mußte ich zugeben, daß sie einen guten Fang gemacht hatte; tatsächlich hatte Robbins ihr die Sachen etwa fünfzig Prozent unter dem Marktwert verkauft. Ich bewunderte den Tand, als ich der Dame alles zurückreichte, und deutete an, daß der Trödler ein etwas einfältiges Exemplar seines Berufsstandes sein mußte. Zwei Tage später, als ich mit Signor Melini im Café den Aperitif nahm, lenkte er die Unterhaltung auf den Trödler zurück und erwähnte beiläufig, daß er dem Mann eine kleine Kuriosität gezeigt hatte, für die jener ein recht stattliches Angebot gemacht hatte. ›Mein Bester‹, sagte ich zu ihm, ›ich hoffe, Sie werden da vorsichtig sein. Ich habe Ihnen ja gesagt, daß ein solcher umherziehender Händler in England nicht den besten Ruf genießt. Trotz seiner scheinbaren Einfältigkeit kann sich der Bursche als gewitzter Betrüger herausstellen. Darf ich fragen, um was für eine Kuriosität es sich da handelt?‹ Er sagte mir, es sei ein kleines Ding, ein hübscher Stein, in den einige Figuren eingeschnitten waren. Die Leute sagten, es sei etwas Altes. ›Ich würde es gern einmal ansehen‹, sagte ich. ›Wie es sich trifft, habe ich schon viele von diesen Gemmen gesehen. Wir haben eine schöne Sammlung davon in unserem Museum in London.‹ So zeigte man mir denn den Gegenstand, und ich hielt den so heißbegehrten Stein in meinen Händen. Ich betrachtete ihn gelassen und legte ihn achtlos auf den Tisch. ›Würden Sie mir wohl sagen, Signor‹, wandte ich mich an Melini, ›wieviel Ihnen mein Landsmann dafür geboten hat?‹ ›Nun‹, sagte er, ›meine Frau meint, er muß verrückt sein; er sagt, er würde mir zwanzig Lire dafür geben.‹

Ich schaute ihn an, und nahm dann noch einmal die Gemme in die Hand und tat so, als prüfe ich sie erneut und noch sorgfältiger im Licht; ich drehte sie hin und her, zog schließlich eine Lupe aus der Tasche und schien jede Linie der Gravur mit größter Konzentration zu betrachten. ›Mein lieber Herr‹, sagte ich endlich, ›ich bin geneigt, mich der Meinung von Signora Melini anzuschließen. Wenn diese Gemme echt wäre, so wäre sie einiges Geld wert. Aber es handelt sich hier um eine plumpe Fälschung, die keine zwanzig Centesimi wert ist. Das hier ist meines Erachtens irgendwann im letzten Jahrhundert hergestellt worden, und von einer sehr ungeschickten Hand.‹ ›Dann wollen wir es lieber loswerden‹, sagte Melini. ›Ich habe selber nie gedacht, es könnte etwas wert sein. Natürlich tut mir der Trödler leid, aber ein Mann muß sich auskennen in seinem Geschäft. Ich werde ihm sagen, wir nehmen die zwanzig Lire.‹ ›Verzeihen Sie‹, sagte ich, ›der Mann hat eine Lektion verdient. Es wäre geradezu eine Wohltat, ihm eine zu erteilen. Sagen Sie ihm, daß Sie keinen Preis unter achtzig Lire akzeptieren, und es soll mich sehr überraschen, wenn er den Kauf nicht gleich abschließen würde.‹

Ein oder zwei Tage später hörte ich, daß der englische Händler abgereist war, nachdem er den Geschmack der Landbevölkerung mit künstlerischen Schmucksachen aus Birmingham untergraben hatte – denn ich muß sagen, daß die bohnenförmigen goldenen Manschettenknöpfe, die Silberketten, die offenbar nach dem Muster von Hundeleinen gefertigt waren, und die Broschen mit Initialbuchstaben mir immer schwer auf dem Gewissen gelegen haben. Ich kann mich von dem Vorwurf nicht freisprechen, indirekt zur Geschmacksverwüstung einer schlichten Gegend beigetragen zu haben. Aber ich hoffe, daß mein Endzweck mich entlastet. Bald darauf machte ich meinen Abschiedsbesuch bei den Melinis, und der Signor teilte mir mit ölig vertraulichem Lachen mit, daß dem Plan, den ich ihm vorgeschlagen hatte, voller Erfolg beschieden war. Ich gratulierte ihm zu seinem glücklichen Geschäft und verabschiedete mich mit dem Wunsch, daß der Himmel ihm noch viele solche Trödler senden möge.

Nichts der Erwähnung Wertes ereignete sich auf der Rückreise. Ich hatte mich mit Robbins an einem bestimmten Ort zu bestimmter Zeit verabredet, und ich ging mit gelassenster Zuversicht zu diesem Treffen: die Gemme war erobert, ich mußte nur noch die Früchte des Sieges einheimsen. Es tut mir leid, das Vertrauen in die menschliche Natur, das Sie sicherlich besitzen, erschüttern zu müssen, wenn ich Ihnen nun sage, daß ich bis zum heutigen Tage weder Robbins noch die antike Gemme, die er in Verwahrung hatte, wiedergesehen habe. Ich fand heraus, daß er tatsächlich in London ankam, weil er drei Tage vor meiner Ankunft von einem mir bekannten Pfandleiher gesehen wurde, wie er sein Lieblingsgetränk, Dünnbier nämlich, in jener Wirtschaft trank, in der wir uns heute abend begegnet sind. Seitdem ward nichts mehr von ihm gehört. Ich hoffe, Sie werden mir nun meine Neugier bezüglich der Abenteuer von dunkelhaarigen jungen Männern mit Brille verzeihen! Sie werden meine Lage gewiß nachfühlen; das Leben hat für mich alle Würze verloren; es ist ein bitterer Gedanke, daß ich eines der vollkommensten und schönsten Beispiele antiker Kunst aus den Händen eines Ignoranten gerettet habe (eines skrupellosen Ignoranten dazu), nur um es einem Mann auszuliefern, dem offenbar jeder Begriff von kaufmännischer Moral abgeht. «

»Mein lieber Mr. Burton«, sagte Dyson, »Sie werden mir

erlauben, Sie zu beglückwünschen: Sie haben Stil, Ihre Abenteuer haben mich spannend unterhalten. Aber verzeihen Sie, Sie haben soeben das Wort ›Moral‹ benutzt – würden nicht manche Leute Anstoß an Ihren eigenen Geschäftsmethoden nehmen? Ich selbst kann mir vorstellen, daß es möglich wäre, gewisse Defekte moralischer Natur in jenem ursprünglichen Plan, den Sie mir beschrieben haben, nachzuweisen. Es ist vorstellbar, daß puritanische Gemüter sich mit Schaudern von Ihren Methoden abwenden und sie ebenfalls als skrupellos, ja, als unehrlich bezeichnen.«

Mr. Burton schenkte sich freiherzig noch etwas Whisky ein.

»Ihre Skrupel sind charmant«, sagte er. »Vielleicht haben Sie sich mit diesen ethischen Fragen noch nie genauer auseinandergesetzt. Ich selbst habe mich gezwungen gesehen, das zu tun, ebenso wie ich eine simple Form der Buchführung erlernen mußte. Ohne Buchführung und mehr noch ohne ein ethisches System läßt sich ein Geschäft wie das meine nicht betreiben. Doch ich versichere Ihnen, daß es mich oft sehr traurig macht, durch die belebten Straßen zu gehen und alle Welt an der Arbeit zu sehen und mir denken zu müssen, wie wenige unter all diesen dahineilenden Individuen mit schwarzen Hüten, guter Kleidung, wahrscheinlich hinreichender Erziehung... wie wenige von ihnen ein vernünftiges Moralsystem besitzen. Sogar Sie haben die Frage nicht durchdacht. Obwohl Sie das Leben und seine Wechselfälle studieren und bis zu einem gewissen Grade die Schleier und Masken der menschlichen Komödie durchschauen, urteilen sogar Sie nach leeren Konventionen und verwenden die falsche Währung, die überall als echte Münze durchgeht. Gestatten Sie mir, die Rolle des Sokrates zu spielen: ich werde Sie nichts lehren, was Sie nicht bereits wissen. Ich werde nur die Verkleidungen des Vorurteils und der falschen Logik von den Dingen nehmen und Ihnen das wahre Bild zeigen, das Sie in Ihrer Seele schon besitzen. Also, kommen Sie! Räumen Sie mir ein, daß es so etwas gibt wie Glück?«

»Gewiß«, sagte Dyson.

»Und ist es erstrebenswert oder nicht erstrebenswert, glücklich zu sein?«

»Erstrebenswert natürlich.«

»Und wie wollen wir den Mann nennen, der Glück schenkt? Ist er nicht ein Philanthrop?«

»Das glaube ich.«

»Und ist ein solcher Mensch zu loben, und um so mehr zu loben, je mehr Menschen er glücklich macht?«

»Unbedingt.«

»So daß der, welcher eine ganze Nation glücklich macht, aufs Höchste zu loben ist, und die Handlungsweise, mit welcher er Glück schenkt, die höchste Tugend zu nennen ist?«

»So scheint es, o Burton«, sagte Dyson, der gewisse Züge seines Besuchers durchaus kostbar fand.

»Ganz recht. Sie finden die einzelnen Schlußfolgerungen unausweichlich. Nun, wenden Sie sie auf die Geschichte an, die ich Ihnen erzählt habe. Ich habe mich selbst glücklich gemacht, indem ich (wie ich dachte!) die Gemme in meinen Besitz brachte. Ich habe die Melinis glücklich gemacht, indem ich ihnen achtzig Lire verschafft habe anstelle eines Gegenstandes, für den sie nicht die geringste Wertschätzung hatten; und ich beabsichtigte, die ganze britische Nation glücklich zu machen, indem ich das Objekt dem Britischen Museum verkaufen wollte, ganz zu schweigen vom Glück eines Profits von etwa neuntausend Prozent, das wiederum mir zuteil geworden wäre. Ich muß sagen, ich betrachte Robbins als einen Mann, der den Kosmos und die gute Ordnung der Dinge stört. Aber das ist gleich; Sie sehen jedenfalls, daß ich ein Apostel der erhabensten Moral bin; Sie sind gezwungen, sich meiner Argumentation zu beugen.«

»Es ist in der Tat einiges an dem, was Sie sagen«, antwortete Dyson. »Ich gebe zu, daß ich auf dem Gebiet der Ethik bloßer Amateur bin, während Sie, wie Sie sagen, diesen schwierigen und verzwickten Fragen größte Aufmerksamkeit gewidmet haben. Ich kann gut verstehen, wie begierig Sie sind, dem unmoralischen Robbins zu begegnen, und ich beglückwünsche mich zu dem Zufall, der uns bekannt gemacht hat. Aber Sie werden entschuldigen, wenn ich ungastlich scheine – wie ich sehe, ist es halb zwölf, und ich glaube, Sie haben einen Zug erwähnt.«

»Tausend Dank, Mr. Dyson, ich habe, wie ich sehe, eben noch genügend Zeit. Ich werde Sie einmal abends wieder besuchen, wenn ich darf. Gute Nacht!«

Die dekorative Phantasie

Im Verlauf weniger Wochen gewöhnte sich Dyson an die ständigen Besuche des scharfsinnigen Mr. Burton, der sich bereit erwies, zu allen Stunden hereinzuschauen, einer Erfrischung nicht abhold. Er war ein Mann profunder Erfahrung, ein Führer in den kompliziertesten Lebensfragen. Seine Besuche erschreckten und entzückten Dyson gleichzeitig. Er konnte sich nicht mehr an den Schreibtisch setzen und sich mit seinen literarischen Projekten befassen, von denen jedes zu einem Meisterwerk bestimmt war, ohne vor Unterbrechungen sicher zu sein. Andererseits war es ein lebhaftes Vergnügen, mit derart originellen Ansichten konfrontiert zu werden. Und wenn Mr. Burtons Argumente hier und dort ein wenig mit Irrtümern behaftet schienen, ergab sich Dyson doch der Freude am Seltsamen und empfing seinen Besucher stets mit ungekünstelter Herzlichkeit. Mr. Burtons erste Frage galt immer dem gewissenlosen Robbins, und er schien den Stachel der Enttäuschung zu verspüren, wenn Dyson ihm sagte, er habe diesen Ausbund von Unmoral – wie Burton ihn nannte, der schwor, sich früher oder später für einen solch schamlosen Verrat am Vertrauen zu rächen – immer noch nicht zu Gesicht bekommen.

Eines Abends hatten sie eine Zeitlang zusammengesessen und über die Möglichkeit debattiert, für unsere Zeit und die moderne und höchst komplizierte Gesellschaft gewisse Regeln der gesellschaftlichen Diplomatie festzulegen, wie Lord Bacon sie den Höflingen von Jakob dem Ersten gab. »Man müßte ein Buch darüber schreiben«, sagte Mr. Burton, »doch wer wäre in der Lage, es zu verfassen? Ich sage Ihnen, die Leute sehnen sich nach solch einem Buch; es würde einem Verleger ein Vermögen einbringen. Bacons Essays sind vorzüglich, aber sie haben heutzutage keine praktische Bedeutung mehr. Der moderne General kann nur noch wenig mit der Abhandlung *De re militari* anfangen, die ein Florentiner im fünfzehnten Jahrhundert verfaßt hat. Die gesellschaftlichen Bedingungen zu Bacons Zeiten und die heutigen klaffen kaum weniger auseinander. Die Regeln, die er so klug für den Hofmann und Diplomaten zur Zeit von Jakob festlegt, werden uns im chaotischen Wettkampf heutzutage wenig nützen. Das Leben ist, fürchte ich, heruntergekommen. Es läßt wenig Raum für subtile Schachzüge, wie sie einstmals Männer im Staat vorangebracht haben. Außer in Geschäften wie den meinen, wo sich manchmal die Gelegenheit dazu ergibt, ist alles, wie gesagt, chaotische Gewalt; immer noch, das ist wahr, wollen die Menschen aufsteigen, aber was ist ihr *moyen de parvenir*? Eine bloße Imitation, und keine sehr elegante, der Künste des Seifenverkäufers und des Backpulververtreters. Wenn ich dies bedenke, mein lieber Dyson, möchte ich an meinem Jahrhundert verzweifeln.«

»Sie sind zu pessimistisch, mein Lieber. Sie setzen zu strenge Maßstäbe. Gewiß, ich stimme Ihnen zu, die Zeiten sind in vieler Hinsicht dekadent. Ich räume ein, alles sieht ziemlich schäbig aus; es braucht eine gehörige Portion Philosophie, um aus der Cromwell Road oder dem protestantischen Gewissen das Schöne und Wunderbare herauszuziehen. Australische Weine mit erlesenem Burgunderaroma, die Romane der alten Weiber und der jungen Frauen, der tägliche Journalismus – diese Dinge sind deprimierend. Aber wir haben unsere Entschädigungen. Vor uns entfaltet sich das größte Schauspiel, das die Welt je gesehen hat: das Mysterium der unzähligen endlosen Straßen, die seltsamen Abenteuer, die unweigerlich aus dem Zusammendrängen so vieler verschiedener Interessen hervorgehen müssen. Nein! Ich möchte behaupten, daß der, der je in einer Vorstadt stand und am Mittag all die Straßen vor sich gesehen hat, leer, glänzend und ausgestorben, nicht vergebens gelebt hat! Ein solcher Anblick ist in Wirklichkeit wunderbarer als jedes Panorama von Bagdad oder Kairo. Und einmal abgesehen von der unterhaltsamen Geschichte mit der Gemme, die Sie erzählt haben –

sicherlich haben Sie in Ihrer Laufbahn viele ganz eigene Erlebnisse gehabt!«

»Vielleicht nicht so viele, wie Sie annehmen. Ein großer Teil – der größte – meines Geschäfts ist so gewöhnlich wie der Kurzwarenhandel. Aber natürlich geschehen hie und da gewisse Dinge. Es ist zehn Jahre her, seit ich meine Agentur eröffnet habe, und ich dächte, daß ein Haus- und Grundstücksmakler, der ebensolange Zeit im Geschäft ist, Ihnen auch ein paar seltsame Geschichten erzählen könnte. Aber ich muß Ihnen an irgendeinem Abend einmal ein Beispiel der Erfahrungen berichten, die ich gemacht habe.«

»Warum nicht heute abend?« sagte Dyson. »Der scheint mir hervorragend geeignet für seltsame Geschichten. Schauen Sie auf die Straße hinunter, Sie können sie von Ihrem Sessel aus sehen, wenn Sie den Hals etwas recken. Ist es nicht schön? Die Doppelreihe der Laternen, die in der Ferne näher aneinanderrücken, der verschwommene Umriß der Platane auf dem Platz und die hin- und herschwimmenden Lichter der Droschken, die dahingleiten und verschwinden; und droben der Himmel noch ganz klar und blau und leuchtend. Kommen Sie, geben Sie eine Ihrer *cent nouvelles nouvelles* zum besten.«

»Mein lieber Dyson, ich werde Sie mit dem größten Vergnügen ein wenig unterhalten.«

Mit diesen Worten begann Mr. Burton den

ROMAN VON DER EISERNEN JUNGFRAU.

Ich glaube, der ungewöhnlichste Vorfall, an den ich mich erinnern kann, trug sich vor etwa fünf Jahren zu. Damals baute ich mir mein Geschäft noch auf – ich hatte seine Eröffnung bekanntgemacht und saß regelmäßig in meinem Büro, aber es war mir noch nicht gelungen, eine wirklich profitable Verbindung anzuknüpfen, und insofern hatte ich viel freie Zeit. Ich habe es nie für angebracht gehalten, Sie mit den Einzelheiten meines Privatlebens zu langweilen; die wären auch vollkommen uninteressant. Aber ich muß kurz erwähnen, daß ich einen großen Bekanntenkreis hatte und nie darum verlegen war, wie ich den Abend zubringen sollte. Ich hatte das Glück, Freunde in den meisten Gesellschaftsschichten zu besitzen – nichts ist so schlimm, für meine Begriffe, wie ein abgeschlossener Zirkel, in dem dieselben Ideen ständig im Kreise gehen. Ich habe immer versucht, Bekannte aus ganz verschiedenen Ständen zu finden, in deren Köpfen Dinge steckten, die mir neu waren; man kann sogar aus der Konversation von Börsianern im Omnibus noch etwas Neues erfahren. Unter meinen Bekannten war ein junger Arzt, der in einem entlegenen Vorort wohnte, und ich nahm oft die unerträglich langwierige Eisenbahnfahrt auf mich, um das Vergnügen zu haben, ihm zuzuhören. Eines Abends sprachen wir so eifrig beim Whisky und beim Rauch unserer Pfeifen miteinander, daß keiner auf die Uhr sah, und als ich aufblickte, fuhr ich zusammen: Ich hatte nur noch fünf Minuten Zeit, den letzten Zug zu erreichen. Ich griff hastig nach Hut und Stock, sprang aus dem Haus und die Stufen hinunter und rannte, so schnell ich konnte, die Straße hinab. Es nützte aber nichts. – Ich hörte den schrillen Pfiff der Lokomotive, und da stand ich an der Bahnhofstür und sah weit weg auf der langen dunklen Linie der Geleise ein rotes Licht glänzen und verschwinden, und dann kam ein Stationsbeamter und schloß die Tür mit einem Knall.

»Wie weit ist es von hier nach London?« fragte ich.

»Gut neun Meilen zur Waterloo Bridge«, und damit war er fort.

Vor mir lag die lange Vorortstraße, deren lange Ödnis von Reihen flackernder Laternen gesäumt war. Die Luft war vergiftet vom schwachen süßlichen Geruch gebrannter Ziegel. Es war keineswegs eine freundliche Aussicht, und ich mußte nun durch neun Meilen solcher Straßen gehen, verlassen wie die von Pompeji. Ich wußte ziemlich genau, welche Richtung ich einzuschlagen hatte; also brach ich seufzend auf, den Blick auf die sich endlos erstreckenden Laternenreihen gerichtet, die perspektivisch verkürzt in der Nacht verschwanden. Wie ich dahinging, zweigte links und rechts eine Straße nach der anderen ab. Manche erstreckten sich weit in unendlich erscheinende Fernen und verbanden sich mit anderen Straßennetzen, andere waren bloße formlose Amöbenstummel, die mit ordentlich aufmarschierten zweistöckigen Häusern begannen, um dann plötzlich in Schutt, Baugruben und Abfallhalden zu enden und in Wiesen, von denen der Zauber geflohen war. Von ›Straßennetzen‹ habe ich gesprochen, und ich versichere Ihnen, als ich durch diese stumme Welt ging, spürte ich, wie mich phantastische Visionen von überall hinführenden Verbindungspfaden überkamen und eine Art Glanz des Unendlichen. Hier war, dachte ich, ein Unermeßliches wie der äußere Weltraum – ich ging von einer Unbekanntheit in die andere, der Weg war von Laternen wie von Gestirnen bezeichnet, und zu beiden Seiten lagen unbekannte Welten, wo Myriaden von Menschen wohnten und schliefen, eine Straße führte in die nächste, bis ans Ende der Welt anscheinend. Zuerst war die Straße, die ich entlangschritt, von Häusern gesäumt, die unsäglich monoton wirkten – eine Mauer aus grauem Backstein mit zwei Fensterreihen, dicht vorgerückt bis an den Gehsteig. Nach und nach bemerkte ich eine Verbesserung: Es gab Gärten, und die Gärten wurden größer. Der Vorstadtarchitekt fing an, großzügiger zu arbeiten, und eine bestimmte Strecke weit war jede Eingangstreppe von zwei Gipslöwen flankiert, und Blumenduft siegte über den Dampf der erhitzten Ziegel. Die Straße begann, eine Anhöhe emporzusteigen, und wie ich in eine Seitenstraße blickte, sah ich den Halbmond über Platanen aufsteigen, und dort auf der anderen Seite war es, als sei eine weiße Wolke herabgefallen, und die Luft war süß wie von Weihrauch; es war ein Baum in seiner vollen Maienblüte. Ich ging stur voran und horchte nach dem Räderrasseln einer späten Droschke. Doch in diese Gegend, wo die Männer morgens in die City fahren und abends wieder nach Hause, verirrt sich nur selten ein Kutscher, und ich hatte mich damit abgefunden, weiter zu Fuß gehen zu müssen, als ich plötzlich bemerkte, daß mir jemand auf dem Gehsteig entgegenkam. Der Mann schlenderte wie ziellos daher; und obwohl Zeit und Ort eine ganz unkonventionelle Kleidung gestattet hätten, war er mit den Insignien der Zivilisation ausgestattet: Gehrock, Zylinder und schwarze Krawatte. Wir trafen unter einer Laterne aufeinander, und wie es in einer großen Stadt oft geht, zwei Zufallspassanten erkennen sich, wenn sie einander Aug in Auge gegenüberstehen, als Bekannte.

»Mr. Mathias, oder?« sagte ich.

»Ganz recht! Und Sie sind Frank Burton. Sie werden diese vertrauliche Nennung Ihres ganzen Namens entschuldigen, aber so sind Sie nun einmal getauft! Darf ich fragen, wohin Sie gehen?«

Ich erklärte ihm meine Lage und sagte, ich hätte eine Region durchwandert, die mir so unbekannt sei wie das dunkelste Innerste Afrikas. »Ich glaube, ich habe nur noch fünf Meilen oder so vor mir«, schloß ich.

»Unsinn! Sie müssen mit mir nach Hause kommen. Ich wohne ganz in der Nähe. Tatsächlich habe ich soeben meinen Abendspaziergang gemacht. Kommen Sie; ich glaube, ein provisorisch zurechtgemachtes Bett wird Ihnen besser bekommen als ein Fünfmeilenmarsch.«

Ich ließ mich beim Arm nehmen und weiterführen, obwohl mich soviel Herzlichkeit von einem Manne überraschte, der schließlich nicht mehr war als ein flüchtiger Klubbekannter. Ich hatte wohl nicht öfter als fünf, sechs Mal mit Mr. Mathias gesprochen. Er war ein Mann, der stundenlang in einem Sessel sitzen konnte, ohne zu lesen oder zu rauchen, und sich nur von Zeit zu Zeit mit der Zunge über die Lippen fuhr und seltsam vor sich hin lächelte. Ich muß gestehen, daß ich mich nie zu ihm hingezogen gefühlt hatte, und alles in allem hätte ich lieber meinen Gang fortgesetzt. Aber er nahm meinen Arm und führte mich eine Nebenstraße entlang, um vor einer Tür in einer hohen Mauer stehenzubleiben. Wir gingen durch den stillen mondbeschienenen Garten, durch den Schatten einer alten Zeder, und in ein altes vielgiebliges rotes Backsteinhaus. Ich war müde genug und stieß einen Seufzer der Erleichterung aus, als ich mich in einen großen Ledersessel fallen ließ. Sie kennen den infernalischen Splitt, mit dem die Gehsteige dieser Vorortstraßen bestreut sind – das Gehen wird einem so zur Strafe, und ich hatte das Gefühl, daß meine vier Meilen mich mehr ermüdet hatten als zehn auf einer ehrlichen Landstraße. Ich sah mich neugierig im Zimmer um. Eine Schirmlampe warf einen hellen Lichtkreis auf einen Stapel Papiere, die auf einem alten messingbeschlagenen Sekretär aus dem letzten Jahrhundert lagen, aber der Rest des Raums blieb schattenhaft und undeutlich, und ich konnte nur sehen, daß er langgestreckt und niedrig war und angefüllt mit schwer erkennbaren Objekten, die Möbelstücke sein mochten. Mr. Mathias setzte sich in einen zweiten Sessel und sah sich mit seinem seltsamen Lächeln um. Er war ein merkwürdig aussehender Mann, glattrasiert und blaß bis zu den Lippen. Ich würde sagen, sein Alter lag zwischen fünfzig und sechzig Jahren.

»Nun, da ich Sie hier habe«, begann er, »muß ich Sie mit meinem Hobby plagen. Sie wußten, daß ich Sammler bin? O ja, ich habe viele Jahre dem Sammeln von Kuriositäten gewidmet, von Dingen, die wahrhaft kurios sind, wie ich meine. Aber wir brauchen ein besseres Licht. «

Er ging in die Mitte des Raumes und zündete eine Lampe an, die von der Decke hing; und als die helle Flamme den Docht entlang aufleuchtete, schien aus jeder Ecke eine andere Entsetzlichkeit hervorzutreten. Große hölzerne Rahmen mit komplizierten Apparaturen von Stricken und Gewichten standen an den Wänden; ein seltsam geformtes Rad stand neben etwas, das aussah wie ein riesiger Bratrost. Auf kleinen Tischen glitzerten glänzende Stahlinstrumente, achtlos hingelegt wie zum beiläufigen Gebrauch; ein Schraubstock warf einen häßlichen Schatten, und in einer anderen Ecke sah ich eine Säge mit grausam gezackten Zähnen.

»Ja«, sagte Mr. Mathias, »das sind, wie Sie vermuten, Folterinstrumente – Instrumente der Folter und des Todes. Manche davon, viele, wie ich sagen darf, sind in Gebrauch gewesen; ein paar sind Reproduktionen nach alten Mustern. Diese Messer sind zum Schinden gebraucht worden, der Rahmen hier ist ein Streckbett, ein sehr schönes Beispiel. Schauen Sie hier, dies kommt aus Venedig. Sehen Sie diese Art Kragen, wie ein großes Hufeisen? Nun, der Patient, wie wir einmal sagen wollen, setzte sich ganz bequem hin, und das Hufeisen wurde ihm genau um den Hals gelegt. Dann verband man die beiden Enden mit einer Seidenschnur, und der Henker begann, eine mit der Schnur verbundene Kurbel zu drehen. Das Hufeisen zog sich ganz allmählich zusammen, und die Kurbelbewegung wurde fortgesetzt, bis der Mann stranguliert war. Alles fand sehr ruhig statt, in einer dieser seltsamen Bodenkammern unter den Bleidächern. Aber diese Sachen hier sind alle europäisch; die Orientalen sind natürlich viel erfindungsreicher. Da haben wir die chinesischen Werkzeuge. Sie haben vom ›schweren Tod‹ gehört? Das ist mein Hobby, diese Art Dinge. Wissen Sie, oft sitze ich hier Stunde um Stunde und denke über meine Sammlungsstücke nach. Ich sehe die Gesichter der Männer, die gelitten haben – Gesichter, hager vor Qual und naß vom Todesschweiß. Sie treten deutlich aus dem Halbdunkel hervor, und ich höre das Echo ihrer Rufe um Erbarmen. Aber ich muß Ihnen meine jüngste Neuerwerbung zeigen! Kommen Sie ins nächste Zimmer.«

Ich folgte Mr. Mathias hinaus. Der ermüdende Gang durch die Straßen, die späte Stunde und die Merkwürdigkeit der ganzen Szene ließen mich all dies wie einen Traum erleben; nichts hätte mich besonders überrascht. Der nächste Raum war wie der erste mit fürchterlichen Instrumenten vollgestellt, doch unter der Lampe stand ein hölzernes Podest und darauf eine Figur. Es war die große Statue einer nackten Frau aus grünlicher Bronze – die Arme waren ausgestreckt, und auf den Lippen lag ein Lächeln; es hätte gut eine Venus sein können, und doch hatte das Ding etwas Böses und Tödliches an sich.

Mr. Mathias betrachtete es zufrieden. »Ein richtiges Kunstwerk, nicht wahr?« sagte er. »Es ist aus Bronze, wie Sie sehen, aber es trägt schon seit langem den Namen: Die eiserne Jungfrau. Ich habe es aus Deutschland bekommen, es ist erst heute nachmittag ausgepackt worden – tatsächlich hatte ich noch gar keine Zeit, den Begleitbrief zu lesen. Sie sehen diesen winzigen Knopf zwischen den Brüsten? Nun, das Opfer wurde an die Jungfrau gefesselt, man drückte auf den Knopf, und die Arme schlossen sich langsam um den Hals. Sie können sich das Ergebnis vorstellen.«

Während Mr. Mathias sprach, tätschelte er die Figur liebevoll. Ich hatte mich abgewandt, denn es wurde mir fast übel beim Anblick des Mannes und seiner widerlichen Trophäe. Es gab ein leises Klicken, das ich kaum beachtete – es war nicht lauter als das kurze Ticken einer Uhr. Und dann hörte ich ein plötzliches Surren, ein Geräusch wie von einer in Gang gesetzten Maschinerie, und drehte mich um. Ich habe nie den Ausdruck gräßlicher Agonie auf Mathias' Gesicht vergessen, als sich die erbarmungslosen Arme um seinen Hals schlossen; ein wilder Kampf wie der eines Tieres in der Falle, und dann endete sein Kreischen in einem erstickten Röcheln. Das surrende Geräusch hatte sich plötzlich in einen tiefen Summton verwandelt. Ich riß mit allen meinen Kräften an den bronzenen Armen und suchte sie auseinanderzuzerren, doch ich konnte nichts tun. Der Kopf hatte sich langsam geneigt, und die grünen Lippen lagen auf den Lippen von Mathias.

Natürlich mußte ich bei der gerichtlichen Untersuchung aussagen. Der Brief, der die Statue begleitet hatte, fand sich ungeöffnet auf dem Tisch im Arbeitszimmer. Das deutsche Handelshaus warnte seinen Kunden, die Eiserne Jungfrau anders als nur mit größter Vorsicht zu berühren, da die Maschinerie geprüft und voll funktionsfähig eingestellt worden war.

Im Wechsel vieler Wochen hindurch unterhielt Mr. Burton Dyson mit seiner angenehmen Konversation, die mit Anekdoten angereichert und hie und da mit der Erzählung eigenartigster Abenteuer gespickt war. Endlich aber verschwand er so abrupt, wie er gekommen war. Bei Gelegenheit seines letzten Besuches gelang es ihm, eine Erstausgabe der *Anatomie der Melancholie* seines Namensvetters mitgehen zu lassen. Im Hinblick auf diesen gewaltsamen Angriff auf das Privateigentum und auf gewisse offensichtliche Widersprüchlichkeiten in den Auslassungen seines einstigen Freundes kam Dyson zu dem Schluß, daß seine Geschichten erfunden waren und daß die Eiserne Jungfrau nur im Reiche einer dekorativen Phantasie existiert hatte.

Der Eremit von Bayswater

Unter den vielen Freunden, die das Privileg hatten, gelegentlich von Mr. Dyson aufgesucht und mit dem Genuß seiner Gesellschaft verwöhnt zu werden, befand sich Mr. Edgar Russell, realistischer Romancier und obskurer Kämpfer für die Literatur, der ein kleines hinteres Zimmer im zweiten Stock eines Hauses in Abingdon Grove im Stadtteil Notting Hill bewohnte. Bog man dort von der Hauptstraße ab und ging einige Schritte weiter, wurde man sich einer großen Ruhe bewußt, eines schläfrigen Friedens, der die Schritte langsamer werden ließ, weil man gerne verweilt hätte; dies war seit eh und je die Stimmung von Abingdon Grove. Die Häuser standen ein wenig von der Straße zurück, mit Gärten, wo Flieder und Goldregen und blutroter Scharlachdorn zu ihrer Zeit fröhlich blühten. Und an einer Ecke hatte ein älteres Haus (das nach einer anderen Straße sah) es vermocht, sich einen wirklich ausgedehnten hinteren Garten zu erhalten – einen ummauerten Garten, aus dem nach den Frühsommerregen ein angenehmer Duft von Grün wehte, wo alte Ulmenbäume noch die Erinnerung an die weiten Wiesen von früher aufbewahrten, wo man durch weiches Gras gehen konnte. Die Häuser in Abingdon Grove gehörten meist der unscheinbaren Stuckepoche von vor etwa fünfunddreißig Jahren an, nicht schlecht gebaut, mit ansprechender Ausstattung für mäßige Einkommen. Sie waren nun meist zu Pensionen geworden, oder es hingen über den Türen Täfelchen mit der Aufschrift »Zimmer zu vermieten«. Hier also, in einem Haus von recht anständigem Aussehen, hatte Mr. Russell sich eingerichtet, da er das traditionelle schmutzig-pittoreske Dachstübchen der Bohème für eine törichte und veraltete Konvention hielt und es vorzog, wie er sagte, in Sichtweite grüner Blätter zu leben. Tatsächlich hatte man von seinem Zimmer aus einen herrlichen Blick über eine lange Reihe von Gärten, und ein Schutzwall von Pappeln verbarg im Sommer den melancholischen Anblick der Hinterhöfe von Wilton Street. Mr. Russell lebte hauptsächlich von Brot und Tee, denn seine Mittel waren äußerst knapp. Doch wenn Dyson ihn besuchte, schickte er das Hausmädchen immer um Bier und ließ den Besucher so viel von seinem eigenen Tabak rauchen, wie er wollte. Die Wirtin hatte das Pech, daß ihre Beletage seit vielen Monaten leerstand. Ein Schild wies stets darauf hin. Als Dyson an einem Abend im frühen Herbst die Stufen hochstieg, hatte er das Gefühl, daß etwas fehlte. – Und als er zu dem halbrunden Fenster über der Tür hinaufsah, entdeckte er, daß das einladende Schild verschwunden war.

»Ihr habt den ersten Stock also vermietet?« sagte er, als er Mr. Russell begrüßte.

»Ja, eine Dame hat sich vor etwa zwei Wochen eingemietet.«

»Tatsächlich«, sagte der stets neugierige Dyson, »eine junge Dame?«

»Ja, ich glaube. Sie ist Witwe und trägt einen dichten Kreppschleier. Ich bin ihr ein-, zweimal auf der Treppe und draußen begegnet, aber ich würde ihr Gesicht nicht wiedererkennen.«

»Also«, sagte Dyson, als das Bier gekommen war und die Pfeifen dicke Rauchwolken aussandten, »was haben Sie in letzter Zeit getrieben? Geht die Arbeit irgendwie leichter voran?«

»Ach!« sagte der junge Mann mit höchst düsterer Miene. »Das Leben ist ein einziges Fegefeuer, fast ist es die Hölle. Ich schreibe, wähle meine Wörter, wäge und balanciere die Kraft jeder einzelnen Silbe aus, kalkuliere die winzigsten Effekte, die mit der Sprache erzielt werden können, radiere wieder aus, schreibe neu und bringe einen ganzen Abend über einer einzigen Manuskriptseite zu. Und wenn ich dann am Morgen durchlese, was ich geschrieben habe, nun, dann bleibt mir nichts anderes übrig, als das Blatt in den Papierkorb zu werfen, wenn die Rückseite bereits beschrieben ist, oder es im anderen Fall in die Schublade zu legen. Wenn ich etwas geschrieben habe, was zweifellos einen glücklichen Gedanken enthält, dann finde ich diesen in schwächliche Klischees verpackt, und wenn der Stil gut ist, dann dient er nur dazu, die Blöße uralter Gemeinplätze zu decken. Ich schwitze über meiner Arbeit, Dyson. Jede Zeile, die ich abschließe, bedeutet Qualen. Ich beneide den Schreiner in der Nebenstraße, der ein Handwerk hat, das er versteht. Wenn er einen Auftrag für einen Tisch bekommt, windet er sich nicht in Höllenschmerzen, wenn ich aber das Unglück haben sollte, einen Auftrag für ein Buch zu bekommen, würde ich, glaube ich, wahnsinnig werden.«

»Mein Lieber, Sie nehmen das alles zu ernst. Sie sollten die Tinte unbekümmerter strömen lassen. Und vor allem: glauben Sie fest daran, wenn Sie sich zum Schreiben niedersetzen, daß Sie ein Künstler sind und daß alles, was Sie schreiben, ein Meisterwerk ist. Nehmen wir an, es gehen Ihnen die Ideen aus – sagen Sie sich einfach, wie ich einen unserer schönsten Dichter habe sagen hören: ›Tut nichts, die Ideen sind alle da, sie liegen unten in dieser Zigarettendose.‹ Zwar rauchen Sie Tabak, aber das Prinzip ist dasselbe. Außerdem müssen Sie doch auch glückliche Augenblicke haben, und die sind reichlicher Trost.«

»Vielleicht haben Sie recht. Aber diese Momente sind so selten, und dann immer die Qual des Widerspruchs zwischen einer herrlichen Idee und einer Ausführung, die unter das Niveau einer Familienpostille rutscht! Zum Beispiel war ich vor ein, zwei Nächten zwei Stunden lang glücklich; ich lag wach und hatte herrliche Visionen. Aber dann der Morgen!«

»Was war Ihre Idee?«

»Sie schien mir hervorragend: Ich dachte an Balzac und die *Comédie humaine*, an Zola und die Familie Rougon-Macquart. Es kam mir, daß ich die Geschichte einer Straße schreiben würde. Jedes Haus würde einen Band des Zyklus bilden. Ich suchte mir die Straße aus, ich sah jedes Haus vor mir und las ihm, als stünde es geschrieben, seine Physiologie und Psychologie ab. Das kleine Nebensträßchen erstreckte sich tatsächlich vor mir – eine Straße, die ich kenne, die ich hundert Mal gegangen bin, mit etwa zwanzig Häusern, wohlhabenden und schäbigen, und Fliederbüschen, die lila blühen. Und gleichzeitig war sie ein Symbol, eine Via dolorosa von langgehegten und endlich enttäuschten Hoffnungen, von monotonen Jahren ohne Zufriedenheit oder Unzufriedenheit, von Tragödien und geheimem Gram. An der Tür eines Hauses sah ich einen roten Fleck Blut, und hinter einem Fenster zwei Schatten, schwarz und zugleich blaß auf der Jalousie, die an straffen Stricken schwankten – die Schatten eines Mannes und einer Frau, die in einer vulgär guten Stube im Gaslicht hingen. Das waren meine Phantasien, aber als die Feder das Papier berührte, fielen sie in sich zusammen und verschwanden.«

»Ja«, sagte Dyson, »kein schlechter Plan. Ich beneide Sie um die Schmerzen, unter welchen sich Visionen in Realität verwandeln, und noch mehr beneide ich Sie um den Tag, wenn Sie zu Ihrem Regal hinüberschauen werden und zwanzig massive Bücher dort stehen sehen – den Zyklus, vollständig und auf ewig festgehalten. Ich bitte Sie nur, lassen Sie sie in solides Pergament binden, mit Goldschrift! Das ist der einzig wahre Einband für ein schönes tapferes Buch. Wenn ich ins Schaufenster einer erlesenen Buchhandlung blicke und dort die Einbände aus levantinischem Maroquin sehe, hübsch geprägt, Rot und Grün in süßlichem Kontrast nebeneinander, dann sage ich mir: Das sind keine Bücher, sondern Nippesartikel. Ein so gebundenes Buch – ein wahres Buch, wohl gemerkt – ist wie eine gotische Statue, in Lyoneser Brokat gewickelt.«

»Ach Gott!« sagte Russell. »Über die Einbände brauchen wir nicht zu diskutieren – die Bücher sind noch nicht begonnen.«

Das Gespräch setzte sich wie gewohnt bis elf Uhr fort, als Dyson seinem Freund Gute Nacht sagte. Er kannte den Weg, und ging allein die Treppe hinunter; doch zu seiner großen

Überraschung öffnete sich, als er vorüberging, auf dem Treppenabsatz im ersten Stock die Tür einen Spalt, und eine Hand streckte sich heraus und winkte ihn heran.

Dyson war nicht der Mann, der unter solchen Umständen gezögert hätte. Augenblicklich sah er sich in ein Abenteuer verwickelt, und, wie er zu sich selber sagte, die Dysons hatten noch nie dem Wink einer Dame den Gehorsam verweigert. Er schickte sich also an, behutsam, mit angemessener Rücksicht auf die Ehre der Dame, das Zimmer zu betreten, als eine leise, doch klare Stimme zu ihm sagte:

»Gehen Sie nach unten und öffnen Sie die Tür, und schließen Sie sie recht laut wieder. Kommen Sie dann wieder zu mir herauf, und seien Sie um Himmels willen leise.«

Dyson gehorchte ihren Anweisungen – nicht ohne ein gewisses Zögern, denn er befürchtete, auf dem Rückweg der Hauswirtin oder dem Mädchen zu begegnen. Doch indem er mit katzenartiger Geschmeidigkeit auftrat und dabei jede einzelne Stufe laut knarren ließ, schmeichelte er sich, keinerlei Aufmerksamkeit erregt zu haben; und als er wieder oben auf dem Treppenabsatz angekommen war, öffnete sich die Türe weit vor ihm. Er trat in das Wohnzimmer der Dame und machte eine unbeholfene Verbeugung.

»Bitte nehmen Sie Platz, Sir. Vielleicht ist dieser Stuhl am besten, es war der bevorzugte Platz des verstorbenen Gatten meiner Wirtin. Ich würde Sie auffordern, doch zu rauchen, aber der Geruch würde mich verraten. Ich weiß, mein Vorgehen muß Ihnen sehr unkonventionell erscheinen. Aber ich habe Sie heute abend ankommen sehen, und ich glaube, Sie werden es nicht von sich weisen, einer Frau zu helfen, die sich in einer so unglücklichen Lage befindet wie ich.«

Mr. Dyson betrachtete die junge Dame schüchtern. Sie war in tiefer Trauer, doch das eigenartig reizvolle, lächelnde Gesicht und die glänzendbraunen Augen paßten kaum zu der schweren Kleidung und dem tristen Krepp.

»Gnädige Frau«, sagte er ritterlich, »Ihr Instinkt hat Sie nicht getrogen. Wir wollen uns, ich bitte Sie, nicht mit den

Fragen gesellschaftlicher Konvention aufhalten; ein Gentleman und Kavalier weiß nichts von solchen Förmlichkeiten. Ich hoffe, Ihnen behilflich sein zu dürfen.«

»Sie sind zu gütig. Aber ich wußte, daß Sie mir helfen würden. Ach, Sir, ich habe vieles im Leben erfahren müssen und irre mich selten! Doch sind die Menschen oft so gemein und voller Hintergedanken, daß ich gezittert habe, als ich mich zu diesem Schritt entschloß, der ebenso katastrophal hätte enden können, wie er verzweifelt gefaßt wurde.«

»Sie haben von mir nichts zu fürchten«, sagte Dyson. »Ich bin in der Tradition der Ritterlichkeit erzogen worden und habe immer versucht, mich dieses Erbes würdig zu zeigen. Vertrauen Sie mir also! Zählen Sie auf meine Verschwiegenheit – und wenn es mir irgend möglich sein sollte, dann verlassen Sie sich auf meine Hilfe.«

»Sir, ich werde Ihre Zeit nicht verschwenden, die sicherlich wertvoll ist, indem ich lange hin- und herrede. Wissen Sie also: Ich bin auf der Flucht und habe mich hier versteckt. Ich bin nun in Ihrer Macht; Sie müssen nur mein Äußeres beschreiben, und ich falle in die Hände meines unerbittlichen Feindes.«

Mr. Dyson fragte sich einen Augenblick lang, wie das denn zugehen könnte, aber er wiederholte nur sein Verschwiegenheitsversprechen und meinte, er würde der Inbegriff undurchdringlicher Geheimhaltung sein.

»Gut!«, sagte die Dame, »der orientalische Eifer Ihrer Anteilnahme ist erfrischend. Zunächst muß ich Sie davon in Kenntnis setzen, daß ich keine Witwe bin. Diese düsteren Kleider sind mir von einem seltsamen Schicksal aufgezwungen worden. Rundheraus gesagt, ich hielt es für besser, mich zu verkleiden. Sie haben einen Freund hier im Hause, glaube ich? Einen Mr. Russell? Er scheint ein scheuer und zurückhaltender Mensch zu sein.«

»Sie verzeihen, Gnädigste«, sagte Dyson, »er ist nicht scheu, aber er ist ein sogenannter Realist, und Sie wissen vielleicht, daß kein Karthäusermönch bei der klösterlichen Diszi-

plin mithalten kann, die ein realistischer Romancier sich auf-
erlegt. Das ist seine Art, das Menschenleben zu beobachten.«

»Nun denn«, sagte die Dame, »all dies, so interessant es
ist, gehört nicht zu der Angelegenheit, welche uns hier betrifft. Ich muß Ihnen meine Geschichte erzählen.«

Mit diesen Worten begann die junge Dame den

ROMAN VOM WEISSEN PULVER.

Mein Name ist Leicester; mein Vater, Generalmajor Wyn
Leicester, ein vielfach ausgezeichneter Artillerieoffizier, erlag
vor fünf Jahren einem komplizierten Leberleiden, das er sich
im tödlichen Klima Indiens zugezogen hatte. Ein Jahr später
kam mein einziger Bruder Francis nach einer ungewöhnlich
brillanten Universitätskarriere nach Hause zurück und
machte sich mit der Entschlossenheit eines Einsiedlers daran,
ganz das zu meistern, was man zutreffend den großen Mythos
der Jurisprudenz genannt hat. Er war ein Mann, der in völli-
ger Gleichgültigkeit all dem gegenüber lebte, was Vergnügen
heißt; und obwohl er von besserem Aussehen war als die meisten Männer und so unbekümmert und witzig zu reden verstand wie ein Eckensteher, mied er jegliche Gesellschaft und
schloß sich in einem großen Zimmer oben im Hause ein, um
einen Juristen aus sich zu machen. Zehn Stunden konzentrier-
ter Lektüre am Tag war anfangs sein selbstauferlegtes Pen-
sum; vom ersten Frühlicht im Osten bis in den späten Nachmittag blieb er allein mit seinen Büchern und aß nur rasch eine
halbe Stunde Mittag mit mir zusammen, als reue ihn die ver-
schwendete Zeit. Abends, wenn es dämmerte, ging er zu
einem kurzen Spaziergang aus. Ich dachte mir, daß ein so
rücksichtsloser Fleiß ihm schaden müßte, und versuchte, ihn
gelegentlich von seinen komplizierten Texten wegzulocken.

Aber sein Eifer steigerte sich eher noch, und seine tägliche
Stundenzahl nahm zu. Ich sprach ernsthaft mit ihm und
schlug ihm vor, zwischendurch einmal auszuspannen, und sei
es nur ein müßiger Nachmittag mit einem harmlosen Roman;

doch er lachte und sagte, wenn er sich amüsieren wollte, würde er etwas über feudales Grundrecht lesen. Er wollte von Theaterbesuchen oder einem Monat an der frischen Luft nichts hören. Ich mußte zugeben, daß er gut aussah und unter seinen Anstrengungen nicht zu leiden schien; doch ich wußte, daß ein so unnatürlicher Eifer sich am Ende rächen würde, und ich irrte mich nicht. Um seine Augen erschien ein verkniffener, fast ängstlicher Zug, er wirkte irgendwie schlaff, und endlich gestand er, daß er sich nicht länger vollkommener Gesundheit erfreute. Er litt, sagte er, an einem Schwindelgefühl und erwachte manchmal nachts aus schlimmen Träumen, voller Furcht und mit eiskaltem Schweiß bedeckt. »Aber ich achte auf mich«, sagte er, »du mußt dir also keine Sorgen machen. Den ganzen gestrigen Nachmittag habe ich müßig verbracht; zurückgelehnt in dem bequemen Sessel, den du mir geschenkt hast, habe ich nur Nonsens aufs Papier gekritzelt. Nein, nein, ich werde es nicht übertreiben mit meiner Arbeit. In ein, zwei Wochen bin ich wieder ganz da, verlaß dich drauf.«

Doch trotz seiner Versicherungen konnte ich sehen, daß es ihm nicht besser ging, eher noch schlechter; er kam mit elend niedergeschlagenem, faltigem Gesicht ins Wohnzimmer und versuchte, heiter auszusehen, wenn mein Blick sich auf ihn richtete, was mir als böses Omen erschien, und manchmal erschreckten mich die irritierte Nervosität seiner Bewegungen und Blicke, deren Bedeutung ich nicht entziffern konnte. Ganz gegen seinen Willen setzte ich es durch, daß er ärztlichen Rat einholte, und mürrisch suchte er unseren alten Hausarzt auf.

Dr. Haberden munterte mich nach seiner Untersuchung des Patienten auf.

»Es fehlt ihm im Grunde nichts Besonderes«, meinte er. »Zweifellos liest er zuviel und ißt zu hastig, um dann wieder an seine Lektüre zu gehen. Die natürlichen Folgen davon sind gewisse Verdauungsstörungen und leichte nervöse Symptome. Aber ich glaube, Miss Leicester, ich glaube wirklich, wir werden das in Ordnung bringen. Ich habe ihm ein Mittel verschrieben, das viel Gutes bewirken sollte. Sie haben also keinen Grund zur Besorgnis.«

Mein Bruder bestand darauf, sich das Rezept von einem Drogisten in der Nachbarschaft zubereiten zu lassen; es war ein seltsamer altmodischer Laden, frei von der koketten Werbung und dem berechnenden Glanz, wie man sie auf den Tischen und in den Regalen der modernen Apotheke sieht. Aber Francis mochte den alten Drogisten und glaubte an die peinliche Reinheit seiner Arzneistoffe. Die Medizin wurde uns pünktlich ins Haus geschickt, und ich sah zu, daß mein Bruder sie regelmäßig nach dem Mittag- und Abendessen einnahm. Es war ein unschuldig aussehendes weißes Pulver, von welchem ein wenig in einem Glas kalten Wassers aufgelöst wurde. Ich rührte es um, und es schien zu verschwinden; das Wasser war wieder klar und farblos. Zuerst schien die Medizin Francis hervorragend zu bekommen; die Müdigkeit verschwand aus seinem Gesicht, und er wurde fröhlicher, als er es je seit seiner Schulzeit gewesen war. Er redete munter davon, daß er nun seine ganze Lebensweise ändern wollte, und gestand mir, er hätte seine Zeit verschwendet.

»Ich habe dem Jus zu viele Stunden gewidmet«, sagte er lachend, »aber ich glaube, du hast mich im letzten Augenblick gerettet. Also, irgendwann einmal werde ich Lordkanzler, aber das Leben will ich darüber doch nicht ganz vergessen. Du und ich, wir werden bald einmal zusammen Urlaub machen, wir fahren nach Paris und lassen es uns dort wohl sein und machen einen großen Bogen um die Bibliothèque Nationale.«

Ich zeigte mich entzückt von dieser Aussicht.

»Wann wollen wir fahren?« fragte ich. »Ich kann schon übermorgen aufbrechen, wenn du willst.«

»Nun, das wäre vielleicht ein wenig voreilig. Ich kenne ja noch nicht einmal London, und man sollte wohl zuerst einmal den Vergnügungen des eigenen Vaterlandes die Ehre geben. Aber in ein, zwei Wochen werden wir reisen – du solltest also besser dein Französisch etwas auffrischen! Ich kann nur den Juristenjargon, und der wird, fürchte ich, nicht ganz reichen.«

Wir beendeten gerade das Abendessen, und er leerte nun das Glas mit seiner Medizin – mit so theatralisch ausholender Geste, als sei es Wein einer erlesenen Lage.

»Hat sie irgendeinen besonderen Geschmack?« fragte ich.

»Nein. Wüßte ich's nicht besser, würde ich glauben, ich trinke Wasser«, und er stand auf und begann im Zimmer auf und ab zu gehen, als sei er sich unschlüssig, was er nun anstellen sollte.

»Sollen wir im Wohnzimmer den Kaffee nehmen«, fragte ich, »oder möchtest du rauchen?«

»Nein – ich glaube, ich gehe noch ein paar Schritte, es scheint ein schöner Abend zu sein. Schau den Nachglanz der Sonne, dieses Abendrot. Es ist, als brenne eine große Stadt, und dort hinten zwischen den dunklen Häusern regne es Blut, in raschen Bächen! Ja, ich gehe hinaus. Ich bin wohl bald wieder da, aber ich nehme meinen Schlüssel mit – also Gute Nacht, Liebes, wenn wir uns nicht mehr sehen.«

Die Tür schlug hinter ihm zu, und ich sah ihn leichten Schrittes die Straße hinunter gehen; er schwenkte seinen Malakkaspazierstock, und ich war Dr. Haberden dankbar für diese deutliche Besserung.

Ich glaube, mein Bruder kam in dieser Nacht sehr spät nach Hause, aber er war am nächsten Morgen bester Laune.

»Ich bin einfach losgegangen, ohne zu überlegen, wohin ich wollte«, sagte er. »Ich habe die frische Luft genossen, und als ich in belebtere Viertel kam, hat mir die Menschenmenge Laune gemacht. Und dann traf ich einen alten Freund vom College, Orford heißt er, im Gedränge des Bürgersteigs, und dann – nun, wir haben uns amüsiert. Ich stelle fest, daß ich doch wie andere Menschen Blut in den Adern habe. Ich habe mich mit Orford für heute abend verabredet; wir werden mit einer kleinen Gesellschaft im Restaurant dinieren. Ja, ich werde mich ein, zwei Wochen lang erholen, und die Glocken um Mitternacht spielen hören‹, und dann gehen wir auf unsere kleine Reise.«

So gründlich wandelte sich der Charakter meines Bruders, daß er in ein paar Tagen ein Mann geworden war, der das Vergnügen liebte, ein unbekümmerter und fröhlicher Müßiggänger, der durchs Westend schlenderte, der ständig neue komfortable Restaurants ausprobierte und sich bei Revueveranstaltungen nachgerade bestens auskannte. Er wurde vor meinen Augen beleibter und sagte nichts mehr von Paris, denn er hatte ganz offensichtlich sein Paradies schon in London gefunden. Ich war froh, und doch auch ein wenig erstaunt, denn es war an seiner Vergnügtheit etwas, das mir auf unwägbare Weise mißfiel, auch wenn ich nicht hätte sagen können, was mich irritierte. Nach und nach aber ging eine Veränderung mit ihm vor. Er kam immer noch in den kühlen Morgenstunden nach Hause, aber ich hörte nichts mehr von seinen Vergnügungen, und eines Morgens, als wir uns beim Frühstück gegenübersaßen, blickte ich plötzlich auf in seine Augen und sah einen Fremden vor mir.

»Oh, Francis!« rief ich; »o Francis, Francis, was hast du getan?« Und würgendes Schluchzen erstickte mir die Worte. Ich ging weinend aus dem Zimmer, denn wenn ich auch nichts wußte, so ahnte ich doch alles, und eine seltsame Gedankenverbindung stellte mir den Abend vor Augen, als er zuerst ausgegangen war, um auch einmal ein normaler Mann zu sein, und das Bild des Sonnenuntergangshimmels glühte vor mir: die Wolken wie eine große Stadt in lodernden Flammen, und der Regen von Blut. Doch kämpfte ich gegen solche Gedanken an und sagte mir entschlossen, daß vielleicht kein großer Schaden angerichtet worden war. Am Abend nach dem Essen drang ich in ihn, einen Termin für unsere Parisreise festzusetzen. Wir hatten uns leichthin unterhalten, und mein Bruder hatte gerade seine Medizin genommen, die er die ganze Zeit hindurch nicht aussetzte. Ich wollte mit meinem Thema beginnen, als sich mir plötzlich die Worte, die sich in meinen Gedanken formten, alle entzogen, und einen Augenblick lang erstaunte ich, welch eisiges, unerträgliches Gewicht mir aufs Herz sank und mich erstickend bedrückte, ähnlich dem Entsetzen, mit dem der Lebende den Sargdeckel über sich zugenagelt sieht.

Wir hatten das Mahl ohne Kerzenlicht eingenommen, und das Zimmer hatte sich langsam von sanfter Dämmerung zu düsterem Halbdunkel verfinstert. Die Wände und Ecken lagen verschwommen in den Schatten. Doch von seinem Platz aus konnte ich auf die Straße sehen, und als ich daran dachte, was ich zu Francis sagen wollte, begann der Himmel sich zu röten und zu glühen, wie an einem mir gut erinnerlichen Abend, und in der Lücke zwischen zwei dunklen Schattenmassen – Häusern – erschien ein ungeheuerliches Flammenspiel. Rötlich zuckende Wolkenmassen, die sich wanden und ballten, und das Brennen tiefster Tiefen, und graue Schattenlasten wie der Qualm, der von einer rauchenden Stadt aufweht, und eine böse Gloriole, die hoch droben erstrahlte, durchschossen von Zungen eines hitzigeren Feuers, und drunten lag es wie ein tiefer Teich aus Blut. Ich sah hinab, dorthin, von wo mich mein Bruder anschaute, und die Worte formten sich schon auf meinen Lippen, als ich seine Hand auf dem Tisch ruhen sah. Zwischen dem Daumen und dem Zeigefinger der geschlossenen Hand war ein Zeichen, ein kleiner Fleck, so groß etwa wie ein Sixpence, von der Färbung eines Blutergusses. Doch mit einem Sinn, den ich nicht benennen kann, erfaßte ich, daß dies nichts dergleichen war. Oh, wenn menschliches Fleisch mit einer Flamme brennen und eine Flamme schwarz wie Pech sein könnte, so war dies hier vor mir! Ohne klaren Gedanken und ohne Begriff bildete sich in mir bei dem Anblick ein fahles Entsetzen, und im Innersten meiner selbst wußte ich: Es war ein Brandmal. Einen Augenblick lang wurde der farbenglühende Himmel schwarz wie die Mitternacht, und als mir das Licht wiederkehrte, war ich allein in dem schweigenden Zimmer. Bald darauf hörte ich meinen Bruder aus dem Haus gehen.

So spät es war – ich nahm meinen Hut und ging zu Dr. Haberden, und in seinem großen Sprechzimmer, das nur schwach vom Schein der Kerze erleuchtet wurde, die er mitgebracht hatte, erzählte ich mit stammelnden Lippen und mit einer Stimme, die mir trotz meiner Entschlossenheit immer wieder brach, dem Doktor alles – von dem Tag an, da mein Bruder die Medizin zu nehmen begonnen hatte, bis zu dem Greuel, den ich vor kaum einer halben Stunde gesehen hatte.

Als ich fertig war, sah mich der Doktor eine Weile mit dem Ausdruck großen Mitleids an.

»Meine liebe Miss Leicester«, sagte er, »Sie haben sich ganz wohl große Sorgen um Ihren Herrn Bruder gemacht, Sie haben sich seinetwegen geängstigt. Nicht wahr, das stimmt doch?«

»Natürlich habe ich mich gesorgt«, sagte ich. »Die letzten ein, zwei Wochen war mir nicht wohl.«

»Ganz recht. Und Sie wissen natürlich, was für ein seltsames Ding der menschliche Geist ist?«

»Ich verstehe, worauf Sie hinauswollen, aber ich habe mich nicht getäuscht. Ich habe mit eigenen Augen gesehen, was ich Ihnen erzählt habe.«

»Ja, ja, gewiß. Aber Ihre Augen waren auf diesen sehr merkwürdigen Sonnenuntergang gerichtet gewesen, den wir heute abend hatten. Das ist die einzige Erklärung. Sie werden das morgen früh, da bin ich sicher, im richtigen Licht sehen. Aber seien Sie versichert, ich bin stets bereit, Ihnen jede Hilfe zuteil werden zu lassen, die mir zu Gebote stehet. Zögern Sie nicht, zu mir zu kommen oder nach mir zu schicken, wenn Sie in irgendwelchen Schwierigkeiten sind.«

Ich ging, nur wenig getröstet, voll Verwirrung und Angst und Trauer, und ich wußte nicht, wohin ich mich wenden sollte. Als ich meinem Bruder am nächsten Tag begegnete, sah ich ihn mir rasch an, und stellte fest – mein Herz krampfte sich zusammen –, daß die rechte Hand, die, an der ich deutlich den wie von einem schwarzen Feuer eingebrannten Fleck gesehen hatte, mit einem Taschentuch verbunden war.

»Was ist mit deiner Hand, Francis?« fragte ich ihn.

»Nichts weiter. Ich habe mich gestern abend in den Finger geschnitten, und das hat ziemlich häßlich geblutet, so daß ich mir's verbunden habe, so gut ich eben kann.«

»Ich mach' dir einen sauberen Verband, wenn du willst.«

»Nein, mein Liebes, danke dir, das tut's gut. Laß uns frühstücken, ich bin richtig hungrig.«

Wir setzten uns an den Tisch, und ich beobachtete ihn. Er trank oder aß kaum etwas, sondern warf sein Fleisch dem Hund vor, wenn er glaubte, ich sähe nicht hin. In seinen Augen lag ein fremder Blick, den ich noch nie gesehen hatte, und mich durchzuckte der Gedanke, daß es ein Blick war, der kaum etwas Menschliches hatte. Ich war fest davon überzeugt, daß das, was ich am Abend zuvor gesehen hatte, schrecklich und unglaublich genug gewesen sein mochte, doch daß es keine Illusion war, kein Trug bestürzter Sinne, und im Lauf des Morgens ging ich erneut zum Haus des Doktors.

Er schüttelte den Kopf mit verwunderter, ungläubiger Miene, und dachte ein paar Augenblicke lang nach.

»Und Sie sagen, er nimmt immer noch die Medizin? Aber weshalb denn? Soweit ich Sie verstehe, sind alle die Symptome, über die er geklagt hat, schon lange verschwunden. Warum nimmt er denn das Zeug weiter, wenn er ganz gesund ist? Und übrigens, wo haben Sie das Medikament machen lassen? Bei Sayce? Ich schicke nie jemanden dorthin, der alte Herr wird langsam nachlässig. Kommen Sie doch einmal mit mir zu dem Drogisten, ich würde mich gerne mit ihm unterhalten.«

Wir gingen zusammen zu dem Laden. Der alte Sayce kannte Dr. Haberden und war gerne erbötig, Auskunft zu erteilen.

»Sie haben, glaube ich, das hier seit einigen Wochen auf mein Rezept hin zu Mr. Leicester geschickt«, sagte der Arzt und gab dem alten Mann einen bleistiftbeschriebenen Zettel.

Der Drogist setzte sich mit unsicher zitternden Fingern seine große Brille auf und hielt das Papier mit einer bebenden Hand in die Höhe.

»O ja«, sagte er, »ich habe nur noch wenig davon. Es ist eine recht ungewöhnliche Substanz, und ich habe sie schon seit geraumer Zeit am Lager gehabt. Ich muß mir wieder etwas davon besorgen, wenn Mr. Leicester damit fortfahren will.«

»Zeigen Sie mir doch einmal diesen Stoff«, sagte Haberden, und der Drogist reichte ihm eine Glasflasche. Er zog den Stöpsel heraus, roch am Inhalt und sah den alten Mann seltsam an.

»Wo haben Sie das her?« fragte er. »Und was ist das? Zunächst einmal, Mr. Sayce, ist es nicht das, was ich verschrieben habe. Ja, ja, ich sehe auch, daß das Etikett wohl stimmt, aber ich sage Ihnen, die Substanz ist nicht dieselbe!«

»Ich habe das schon lange«, sagte der entsetzte alte Mann mit schwacher Stimme. »Ich habe es auf dem üblichen Wege von der Firma Burbage bezogen. Es wird nicht oft verschrieben, und das steht seit ein paar Jahren im Regal. Wie Sie sehen, ist nur noch wenig übrig.«

»Das übergeben Sie besser mir«, sagte Haberden. »Ich habe die Befürchtung, daß hier etwas Ungutes geschehen ist.«

Wir traten schweigend aus dem Laden; der Doktor trug die säuberlich in Papier eingewickelte Flasche unter dem Arm.

»Dr. Haberden«, sagte ich, nachdem wir ein Stück gegangen waren, »Dr. Haberden...!«

»Ja?« sagte er und schaute mich düster genug an.

»Ich möchte, daß Sie mir sagen, was mein Bruder seit etwa einem Monat zweimal täglich eingenommen hat.«

»Offen gesagt, Miss Leicester, ich weiß es nicht. Wir werden uns darüber unterhalten, wenn wir bei mir zu Hause sind.«

Wir gingen ohne ein weiteres Wort rasch voran, bis wir Dr. Haberdens Haus erreichten. Er bat mich, Platz zu nehmen, und fing an, im Zimmer hin und her zu gehen, mit umwölktem Gesicht, wie ich mit keiner gewöhnlichen Angst bemerkte.

»Nun«, sagte er schließlich, »das ist alles sehr eigenartig. Es ist nur natürlich, daß Sie beunruhigt sind, und ich muß gestehen, daß ich mir da auch gewisse Sorgen mache. Wir wollen jetzt bitte einmal beiseite lassen, was Sie mir gestern abend und heute morgen erzählt haben. Aber es bleibt die Tatsache, daß Mr. Leicester seit einigen Wochen seinen Organismus mit einer Substanz gefüttert hat, die mir vollkommen unbekannt ist. Ich wiederhole, es ist nicht die Arznei meines Rezepts, und was das da in der Flasche wirklich ist, muß sich erst noch herausstellen.«

Er wickelte die Flasche aus dem Papier und ließ vorsichtig ein paar Körnchen des weißen Pulvers aus der Flasche auf ein Blatt Papier rieseln, um sie scharf zu betrachten.

»Ja«, sagte er, »es gleicht Chininsulfat, wie Sie sehen; es ist schuppig, blättrig. Aber riechen Sie einmal daran.«

Er hielt mir die Flasche hin, und ich beugte mich darüber. Es war ein seltsamer, Übelkeit erregender Geruch, verschwommen, überwältigend, wie ein starkes Anästhetikum.

»Ich werde das analysieren lassen«, sagte Haberden. »Ich habe einen Freund, der sein ganzes Leben der Chemie gewidmet hat. Dann haben wir etwas, wovon wir ausgehen können. Nein, nein, bitte nichts mehr von dieser anderen Sache – das kann ich mir nun nicht anhören; lassen Sie sich von mir raten und denken Sie nicht mehr daran.«

An diesem Abend ging mein Bruder nicht wie üblich nach dem Essen aus.

»Ich hab mich nun genügend amüsiert«, sagte er mit einem merkwürdigen Lachen, »und muß zu meinen alten Gewohnheiten zurück. Ein wenig Juristerei wird nach einer so massiven Dosis Lebensgenuß richtiggehend erholsam wirken«, und er grinste vor sich hin und ging bald danach in sein Zimmer hinauf. Seine Hand war noch immer bandagiert.

Dr. Haberden suchte mich ein paar Tage später auf.

»Ich habe keine sonderlichen Neuigkeiten für Sie«, sagte er. »Chambers ist verreist, ich weiß also auch noch nicht mehr über dieses Pulver als Sie. Aber ich würde gerne Mr. Leicester kurz sprechen, wenn er da ist.«

»Er ist auf seinem Zimmer«, sagte ich. »Ich werde ihm sagen, daß Sie hier sind.«

»Nein, nein, ich gehe hinauf. Wir werden uns nur kurz in Ruhe unterhalten. Wir haben uns wohl wegen einer geringfügigen Sache allzusehr die Köpfe zerbrochen, denn was immer das weiße Pulver auch sein mag, es scheint ihm gutgetan zu haben.«

Der Doktor ging die Treppe hinauf. Ich hörte von der Diele aus sein Klopfen und wie sich die Tür öffnete und wieder schloß, und dann wartete ich in dem stillen Haus eine Stunde lang, und das Schweigen wurde tiefer und tiefer, während die Uhrzeiger im Kreis schlichen. Dann hörte ich von oben das Geräusch einer rasch und hart zugeschlagenen Tür, und der Doktor kam die Treppe herunter. Seine Schritte durchquerten die Diele und hielten vor meiner Türe inne. Ich holte lange und mühsam Atem und sah mein blasses Gesicht in einem kleinen Spiegel gegenüber. Er kam herein und blieb neben der Tür stehen. In seinen Augen lag ein unaussprechliches Grauen; er hielt sich aufrecht, indem er sich mit einer Hand auf eine Sessellehne stützte, und seine Unterlippe zitterte wie die eines Pferdes. Ehe er sprechen konnte, stieß er schluckend und stammelnd unverständliche Laute hervor.

»Ich habe diesen Mann gesehen«, begann er in einem heiseren Flüstern. »Ich bin diese letzte Stunde neben ihm gesessen. Mein Gott! Und lebe noch und bin noch bei Sinnen! Ich, der ich mein ganzes Leben mit dem Tode zu tun hatte und der ich meine Kunst versuchte an den zerfallenden Ruinen des irdischen Tabernakels! Aber nicht das! Oh, dieses nicht!«, und er bedeckte das Gesicht mit den Händen, wie um sich eines Anblicks zu erwehren, der vor ihm stand.

»Schicken Sie nicht mehr nach mir, Miss Leicester«, sagte er mit größerer Fassung. »Ich vermag nichts in diesem Haus. Leben Sie wohl.«

Als ich ihn die Stufen hinunterwanken und den Gehsteig entlang in Richtung seines Hauses stolpern sah, schien es mir, als sei er seit dem Morgen um ein Jahrzehnt gealtert.

Mein Bruder blieb auf seinem Zimmer. Er rief durch die Tür – mit einer Stimme, die ich kaum erkannte –, daß er sehr beschäftigt sei und daß man ihm seine Mahlzeiten an die Tür bringen und dort abstellen sollte. Ich gab diese Anweisung an die Dienstboten weiter. Von diesem Tag an war es, als sei jene willkürliche Vorstellung von den Dingen, die wir die Zeit nennen, für mich aufgehoben. Ich lebte in einer ewigen Gegenwart des Entsetzens, durchlief mechanisch die häusliche Routine und sprach nur ein paar notwendigste Worte mit den Hausangestellten. Dann und wann verließ ich das Haus, ging ein, zwei Stunden durch die Straßen und kam wieder nach Hause. Doch ob ich draußen war oder daheim, meine Seele stand vor der verschlossenen Tür und wartete erschauernd darauf, daß sie sich öffnete. Ich habe gesagt, daß ich die Zeit kaum wahrnahm, aber es muß etwa vierzehn Tage nach dem Besuch von Dr. Haberden gewesen sein, als ich von meinem Gang ein wenig erfrischt und erleichtert nach Hause kam. Die Luft war kühl und angenehm, und die über dem Platz schwebenden Wolken des grünen Laubes und der Blütenduft hatten meine Sinne belebt; ich war fröhlicher und schritt rascher aus. Als ich einen Augenblick am Rand des Gehsteigs anhielt und, ehe ich die Straße zum Haus hin überquerte, auf das Passieren eines großen Lastenfuhrwerks wartete, sah ich zufällig zu den Fenstern empor, und sogleich toste es in meinen Ohren wie von sprudelnden, tiefen, kalten Wassern, und mein Herz machte einen Sprung und fiel hinab, hinab in ein tiefes Tal, und ein Grauen, ein Schrecken ohne Form und Gestalt überkam mich. Ich streckte blindlings eine Hand durch die dichten Falten der Finsternis aus, heraus aus dem finsteren Tal der Schatten, und bewahrte mich vor dem Sturz, während die Steine unter meinen Füßen bebten und schwankten und sich schüttelten, und das Gefühl, daß es feste Gegenstände gibt, unter mir versank. Ich hatte zum Fenster des Arbeitszimmers meines Bruders emporgesehen. In diesem Moment zog jemand die Jalousie beiseite, und etwas Lebendiges starrte in die Welt hinaus. Nein – ich kann nicht sagen, daß es irgendein Antlitz oder eine Ähnlichkeit mit einem Menschen gehabt hätte; etwas Lebendiges, zwei Augen voll brennender Flammen starrten mich an, und sie lagen inmitten von etwas, das gestaltlos war wie meine Angst, Symbol und Gegenwart alles Bösen und allen greulichen Zerfalls. Ich stand erschauernd und zitternd da, als schüttelte mich ein Fieberanfall, und es schwindelte mir vor unsäglichen Agonien der Furcht und des Ekels. Fünf Minuten lang konnte ich meinen Gliedmaßen nicht mehr befehlen, sich zu bewegen. Als ich endlich durch die Tür getreten war, rannte ich die Treppe zum Zimmer meines Bruders hinauf und klopfte.

»Francis, Francis!« rief ich. »Um Himmels willen, antworte mir! Was ist dieses entsetzliche Ding in deinem Zimmer? Verstoße es, Francis, wirf es von dir!«

Ich hörte ein Geräusch wie von langsam und mühevoll schlurfenden Schritten und einen würgenden, gurgelnden Laut, als ringe jemand nicht nur nach Worten, sondern um die menschliche Rede selbst, und dann ertönte eine Stimme, gebrochen und erstickt, die ich kaum verstehen konnte.

»Es ist nichts hier«, sagte die Stimme. »Bitte störe mich nicht. Ich fühle mich heute nicht besonders wohl.«

Ich wendete mich ab, entsetzt und zugleich hilflos. Ich konnte nichts tun. Ich fragte mich, weshalb Francis mich belogen hatte, denn ich hatte die Erscheinung hinter der Glasscheibe zu deutlich gesehen, als daß ich mich hätte täuschen können, wenn es auch nur einen Augenblick lang gedauert hatte. Ich saß still da und wurde mir bewußt, daß da noch etwas gewesen war, etwas, das ich im ersten Aufblitzen des Schreckens gesehen hatte, ehe mich diese brennenden Augen ansahen. Plötzlich erinnerte ich mich: Als ich mein Gesicht emporgehoben hatte, wurde die Jalousie gerade zurückgezogen, und einen Moment lang sah ich, was sie bewegte. Wie ich mich nun erinnerte, wußte ich, daß ein abstoßendes Bild für immer meinem Gedächtnis eingegraben sein würde. Es war keine Hand: das waren keine Finger, welche die Jalousie wegschoben; ein verrottender Umriß, eine unbeholfene Bewegung wie von der Tatze eines Tieres hatten sich meinen Sinnen eingesengt, ehe mich die finsteren Wogen des Horrors erfaßt und hinabgespült hatten in die Tiefe. Ich war bei diesem Gedanken völlig entgeistert, bei der Vorstellung von der fürchterlichen Wesenheit, die mit meinem Bruder in seinem Zimmer hauste; ich ging zu seiner Tür und rief wieder nach ihm, doch ich bekam keine Antwort. An diesem Abend kam eins von den Hausmädchen und berichtete mir flüsternd, daß seit drei Tagen regelmäßig das Essen vor die Tür gestellt worden und unberührt geblieben war. Das Mädchen hatte geklopft, aber keine Antwort bekommen. Ihr war wie mir das Geräusch von schlurfenden Schritten aufgefallen. Tag um Tag verging, und immer noch stellte man meinem Bruder die Mahlzeiten vor die Türe, wo sie unberührt blieben. Und wie oft ich auch klopfte und rief, ich bekam keine Antwort. Die Dienstboten sprachen mit mir. Es stellte sich heraus, daß sie ebensolche Angst hatten wie ich. Die Köchin sagte, als mein Bruder sich zuerst eingeschlossen hatte, da hätte sie ihn noch nachts hervorkommen und im Haus umhergehen hören; und einmal, sagte sie, hätte sich die Haustür geöffnet und wieder geschlossen, aber jetzt habe sie schon seit einigen Nächten keinen Laut mehr gehört. Die Klimax trat endlich ein. Es war im Dämmer eines Abends, und ich saß im dunkelnden, öden Zimmer, als ein schrecklicher Aufschrei die Stille scharf durchschnitt, und ich hörte, wie jemand in ängstlicher Hast die Treppe herunterrannte. Ich wartete, und das Dienstmädchen kam ins Zimmer gestolpert und stand mir weiß und zitternd gegenüber.

»O Miss Helen«, flüsterte sie, »o Herr des Himmels, Miss Helen, was ist geschehen? Sehen Sie meine Hand, Miss, schauen Sie sich die Hand an!« Ich zog sie ans Fenster und sah, daß auf ihrer Hand ein schwarzer nasser Fleck war.

»Ich verstehe nicht«, sagte ich. »Wollen Sie es mir erklären?«

»Ich hab gerade Ihr Zimmer gemacht«, fing sie an. »Ich hab die Bettdecken zurückgeschlagen, und ganz plötzlich ist mir etwas Nasses auf die Hand gefallen, und ich hab hochgeschaut, und die Decke war schwarz und hat auf mich heruntergetropft.«

Ich starrte sie an und biß mir auf die Lippen. »Kommen Sie mit«, sagte ich. »Bringen Sie Ihre Kerze.«

Das Zimmer, in dem ich schlief, lag unter dem meines Bruders. Als ich eintrat, spürte ich mich zittern. Ich sah zur Decke und erblickte einen großen Fleck, schwarz und feucht und mit schwarzen Tropfen übertaut, und eine Lache widerlicher Flüssigkeit sog sich in das weiße Bettzeug ein.

Ich rannte hinauf und klopfte laut.

»O Francis, Francis, lieber Bruder!« rief ich. »Was ist dir geschehen?«

Und ich lauschte. Ich hörte ein würgendes Geräusch und einen Laut wie sprudelndes, wallendes Wasser, sonst nichts. Ich rief lauter, doch bekam ich keine Antwort.

Trotz dem, was Dr. Haberden gesagt hatte, ging ich zu ihm und erzählte ihm, während mir die Tränen über die Wangen rannen, von all dem, was geschehen war, und er lauschte mir mit steinernem, grimmigem Gesicht.

»Um Ihres Vaters willen«, sagte er endlich, »will ich mit Ihnen gehen, obwohl ich nichts tun kann.«

Wir gingen zusammen aus dem Haus; die Straßen waren dunkel und still, die schwere, dörrende Hitze vieler Wochen hing in der Luft. Ich sah im Licht der Gaslaternen, wie weiß das Gesicht des Doktors war, und als wir bei uns angekommen waren, zitterte seine Hand. Wir zögerten nicht und gingen gleich nach oben. Ich hielt die Lampe, und er rief mit lauter, entschlossener Stimme:

»Mr. Leicester, hören Sie mich? Ich muß darauf bestehen, Sie sofort zu sprechen. Antworten Sie!«

Es erfolgte keine Antwort, aber wir hörten beide den würgenden Laut, den ich erwähnt habe.

»Mr. Leicester, ich warte! Öffnen Sie augenblicklich, oder ich schlage die Tür ein.« Und er rief zum dritten Mal, mit einer Stimme, die von den Wänden hallte.

»Mr. Leicester! Ich befehle Ihnen zum letzten Mal: Öffnen Sie die Tür!«

»Ach«, sagte er nach einer Pause tiefer, lastender Stille,

»wir verschwenden hier nur unsere Zeit. Würden Sie so freundlich sein, mir einen Schürhaken oder etwas dergleichen zu besorgen?«

Ich lief in eine kleine Kammer hinten im Haus, wo dies und jenes aufbewahrt wurde, und fand ein schweres Werkzeug, eine Art Beil, von dem ich annahm, es würde den Zwecken des Doktors genügen.

»Sehr gut«, sagte er, »das wird wohl seine Wirkung tun. Ich mache Sie darauf aufmerksam, Mr. Leicester«, rief er laut durch das Schlüsselloch, »daß ich jetzt in Ihr Zimmer einbreche.«

Dann hörte ich das Sausen des Beils, und das Holz splitterte und krachte, und die Tür sprang mit einem dröhnenden Schlag auf. Einen Augenblick lang fuhren wir entgeistert zurück, denn ein furchtbarer kreischender Schrei schlug uns entgegen, keine menschliche Stimme, sondern etwas wie das Brüllen eines Monstrums scholl unverständlich aus der Dunkelheit.

»Halten Sie die Lampe«, sagte der Doktor. Wir traten ein und sahen uns rasch im Zimmer um. »Da ist es«, sagte Dr. Haberden und holte rasch Atem, »schauen Sie, dort in der Ecke!«

Ich sah hin, und ein schmerzendes Grauen ergriff mein Herz wie weißglühendes Eisen. Da auf dem Boden lag eine dunkle, faulige Masse, wimmelnd von Verwesung und stinkendem Zerfall, weder flüssig noch fest, sondern vor unseren Augen schmelzend und sich verändernd und mit fettigen Blasen kochend wie siedendes Pech. Aus ihrer Mitte glühten zwei brennende Punkte wie Augen, und ich sah etwas wie Glieder sich regen und winden. Etwas bewegte und hob sich, das ein Arm hätte sein können. Der Doktor tat einen Schritt vorwärts und hob das eiserne Werkzeug und schlug wieder und wieder zu, in einem Furor des Ekels. Endlich lag das Ding still.

Ein oder zwei Wochen später, als ich mich bis zu einem gewissen Grade von dem schrecklichen Schock erholt hatte, suchte mich Dr. Haberden auf.

»Ich habe meine Praxis verkauft«, begann er, »und morgen

läuft mein Schiff zu einer langen Reise aus. Ich weiß nicht, ob ich je wieder nach England zurückkehren werde. Wahrscheinlich kaufe ich mir ein wenig Land in Kalifornien und lasse mich dort für den Rest meines Lebens nieder. Ich habe Ihnen diesen Umschlag gebracht, den Sie öffnen und dessen Inhalt Sie lesen mögen, wenn Sie sich stark genug fühlen. Er enthält den Bericht von Dr. Chambers über das, was ich ihm vorgelegt habe. Leben Sie wohl, Miss Leicester, leben Sie wohl.«

Als er fort war, öffnete ich den Umschlag; ich konnte nicht warten, ich begann die inliegenden Papiere sogleich zu lesen. Da ist das Manuskript. Wenn Sie mir gestatten, werde ich Ihnen die erstaunliche Geschichte vorlesen, die es enthält.

»Mein lieber Haberden«, begann der Brief, »ich habe meine Antwort auf Ihre Anfrage bezüglich des mir übersandten weißen Pulvers unverzeihlich lange hinausgeschoben. Um die Wahrheit zu sagen, ich habe eine Zeitlang geschwankt, welchen Weg ich hier einschlagen sollte, denn es gibt eine Bigotterie, einen orthodoxen Wissenschaftsstandard, ebenso in den Naturwissenschaften wie bei den Theologen, und ich wußte, wenn ich Ihnen die Wahrheit sagen würde, dann liefe dies eingewurzelten Vorurteilen zuwider, die mir einst selber teuer waren. Jedoch habe ich mich entschlossen, offen mit Ihnen zu sein, und zunächst muß ich eine kurze persönliche Erklärung vorausschicken.

Sie kennen mich, Haberden, schon seit langen Jahren als Wissenschaftler; Sie und ich haben uns oft über unseren Beruf unterhalten und von dem hoffnungslosen Abgrund gesprochen, der sich vor jenen öffnet, die auf irgendwelchen anderen Wegen in die Sphäre des Materiellen zur Wahrheit gelangen wollen als auf dem ausgetretenen Pfad des Experiments und der Beobachtung. Ich erinnere mich noch an die Verachtung, mit welcher Sie mir von Wissenschaftlern sprachen, die ein wenig im Unsichtbaren herumexperimentiert haben, um schüchtern anzudeuten, daß vielleicht die Sinne am Ende doch nicht die ewig gesetzten undurchdringlichen Schranken alles Wissens sind, die unüberwindlichen Mauern, über die kein Mensch je hinausdringt. Wir haben gemeinsam herzlich und, wie ich meine, zu Recht über die ›okkulten‹ Torheiten des Zeitalters gelacht, die sich unter verschiedenen Etiketten verbergen – die Mesmerismen, Spiritismen, Materialisationen, Theosophien, den ganzen wüsten Tollhausquark der Menge und der Scharlatane mit seiner Maschinerie plumper Zaubertricks, der wahren Hinterzimmermagie schäbiger Londoner Vorortstraßen. Und trotz allem, was ich zu Ihnen gesagt habe, muß ich bekennen, daß ich kein Materialist bin – das Wort natürlich in seiner gewöhnlichen Bedeutung genommen. Es ist nun viele Jahre her, daß ich zu der Überzeugung gekommen bin (ich, ein Skeptiker, wohlgemerkt!), daß die alte, strenge, eherne Theorie ganz und gar falsch ist. Vielleicht verletzt Sie dieses Geständnis nicht mit solcher Schärfe, wie das vor zwanzig Jahren der Fall gewesen wäre, denn es kann Ihnen nicht entgangen sein, daß seit einiger Zeit von Männern der Wissenschaft Hypothesen vorgetragen werden, die nichts anderes sind als transzendental. Und ich vermute fast, daß die meisten modernen Biologen und Chemiker von Rang nicht zögern würden, das Diktum des alten Scholastikers zu unterschreiben: *Omnia exeunt in mysterium*, was wohl bedeutet, meine ich, daß jeder Zweig menschlichen Wissens, der bis zu seinem Ursprung und auf seine Grundprinzipien zurückverfolgt wird, im Rätselhaften verschwindet. Ich brauche Ihnen jetzt nicht eine detaillierte Beschreibung der mühsamen Schritte zu geben, die mich zu meinen Schlüssen führten. Ein paar einfache Experimente weckten Zweifel an meinem damaligen Standpunkt, und ein Gedankengang, der aus vergleichsweise trivialen Umständen hervorging, brachte mich einen großen Schritt weiter. Meine alte Vorstellung vom Universum wurde weggefegt, und ich stehe in einer Welt, die mir so seltsam und ehrfurchteinflößend erscheint wie die endlosen Wellen des Ozeans, zum ersten Mal von der anderen Küste der Neuen Welt aus gesehen. Nun weiß ich, daß die Mauern der Sinne, die mir so uneinnehmbar erschienen, die über die

Himmel emporragten und bis in die tiefsten Tiefen hinab-
reichten, um uns auf ewig einzuschließen, nicht derart un-
überwindbare Sperren sind, wie wir glaubten, sondern die
dünnsten und luftigsten Schleier, die vor dem Suchenden da-
vonwehen und sich auflösen wie Morgennebel über den Bächen. Ich weiß, daß Sie nie den extrem materialistischen
Standpunkt eingenommen haben – Sie haben nicht versucht,
eine universelle Negation zu beweisen, denn ihr Sinn für Logik hat Sie vor dieser höchsten Absurdität bewahrt. Gleich-
wohl bin ich sicher, daß Sie alles, was ich sagen werde, sehr
eigenartig und Ihren Denkgewohnheiten widerstrebend finden müssen. Und doch, Haberden, was ich Ihnen sage, ist die
Wahrheit – nein, mehr, um in unserer gemeinsamen Sprache
zu reden, es ist die einzige, die wissenschaftliche Wahrheit,
experimentell verifiziert; und das Universum ist wahrlich
herrlicher und ehrfuchtgebietender als wir es uns träumen ließen. Das ganze Universum, mein Lieber, ist ein ungeheuerliches Sakrament, eine mystische, unaussprechliche Kraft
und Energie, verhüllt von einer äußeren materiellen Form.
Und der Mensch, die Sonne und die anderen Sterne, die
Blume und der Grashalm oder der Kristall im Reagenzglas
sind alle und jedes ebenso spirituell wie materiell und einem
inneren Prinzip unterworfen.

Sie werden sich vielleicht wundern, Haberden, wozu ich all
dies vorausschicke, aber ich denke, es sollte eigentlich klar
sein. Sie werden begreifen, daß sich von einem solchen Standpunkt aus alles verändert und daß das, was wir für unglaublich
oder absurd hielten, ganz gut möglich sein könnte. Kurz, wir
müssen Legenden und Glaubensvorstellungen mit anderen
Augen betrachten und bereit sein, in bloßen alten Märchen
den Bericht zu erkennen. Tatsächlich ist das gar keine so radi-
kale Forderung. Schließlich gesteht die moderne Wissenschaft das bereits zu, wenn auch auf etwas heuchlerische Manier. Man darf nicht an Hexerei glauben, das ist wahr, aber
sich für Hypnose interessieren. Gespenster sind aus der
Mode, aber für eine Theorie der Telepathie läßt sich vieles

sagen. Gib einem Aberglauben eine griechische Bezeichnung und glaube daran – das könnte fast schon ein modernes Sprichwort sein.

Soweit meine persönliche Erklärung! Sie haben mir eine Phiole geschickt, verstöpselt und versiegelt, die eine kleine Menge eines blättrigen weißen Pulvers enthielt; das Pulver stammt von einem Drogisten, der es einem Ihrer Patienten verabreicht hat. Es überrascht mich durchaus nicht, daß Ihre Analyse des Pulvers zu keinerlei Ergebnis geführt hat. Es handelt sich um eine Substanz, die vor vielen hundert Jahren einigen wenigen bekannt war, von der ich jedoch niemals erwartet hätte, daß Sie mir aus einer modernen Apotheke vorgelegt wird. Es gibt keinen Grund, den Angaben des Mannes zu mißtrauen. Er hat zweifellos, wie er sagte, die einigermaßen ungewöhnliche Verbindung, die Sie verschrieben haben, von einem Großhandel bezogen, und dann hat sie wohl zwanzig Jahre oder vielleicht noch länger bei ihm im Regal gestanden. Hier begann das, was wir den Zufall nennen, seine Arbeit; in dieser ganzen Zeit war der Stoff in der Flasche bestimmten wiederkehrenden Schwankungen der Temperatur ausgesetzt, Schwankungen, die wohl zwischen 40 und 80 Grad Fahrenheit lagen. Und wie es sich traf, führten diese Schwankungen, die Jahr um Jahr in unregelmäßigen Abständen eintraten und von verschiedener Intensität und Dauer waren, zu einem gewissen Prozeß, einem so komplizierten und subtilen Prozeß, daß ich bezweifle, ob eine moderne chemische Apparatur auch bei sorgfältigster und genauester Handhabung dasselbe Ergebnis zeitigen könnte. Das weiße Pulver, das Sie mir geschickt haben, ist etwas durchaus anderes als das Medikament, welches Sie verschrieben. Es ist das Pulver, aus welchem der Wein des Sabbats, das *vinum sabbati* hergestellt wurde. Sie haben zweifellos schon vom Hexensabbat gelesen und haben über die Geschichten gelacht, die unsere Vorfahren ängstigten, die schwarzen Katzen, die Besenstiele und die Verwünschungen, die über die Kuh irgendeines alten Weibes ausgesprochen wurden. Seit ich die Wahrheit weiß, habe ich mir oft gedacht, daß es alles in allem ein glücklicher Umstand ist, daß solch burlesker Unsinn geglaubt wird, denn er taugt dazu, etwas anderes zu verdecken, das besser nicht zur allgemeinen Kenntnis gelangen sollte. Wenn Sie sich aber die Mühe machen, den Anhang zu Richard Payne Knights Monographie zu lesen, dann werden Sie entdecken, daß der wahre Sabbat etwas ganz anderes war, wenn der Autor auch bei weitem nicht alles sagt, was er darüber wußte. Die Geheimnisse des wahren Sabbats waren die Geheimnisse ferner Zeiten, die bis ins Mittelalter überlebten, Geheimnisse einer bösen Wissenschaft, die existierte, lange bevor der arische Mensch nach Europa kam. Männer und Frauen, unter geschickten Vorwänden aus ihren Häusern gelockt, begegneten Wesen, denen es durchaus nicht übel anstand, die Rolle zu spielen, in welcher sie auftraten: die von Teufeln – und diese Führer brachten sie an einen einsamen und öden Ort, der den Initiaten vertraut und allen anderen unbekannt war. Vielleicht war es eine Höhle in einem kahlen, sturmumtosten Hügel, vielleicht das Innerste eines großen Waldes, wo der Sabbat abgehalten wurde. Dort, zur schwärzesten Stunde der Nacht, wurde das *vinum sabbati* zubereitet, und dieser schlimme Gralskelch wurde dann den Neophyten gereicht, und sie hatten Teil an einem infernalischen Sakrament – *sumentes calicem principis inferorum*, wie es ein alter Autor treffend formuliert. Und plötzlich fand sich jeder, der getrunken hatte, in Begleitung einer Gefährtin oder eines Gefährten, einer Gestalt voller Schönheit und unirdischem Reiz, die ihn beiseite winkte, um dort Freuden zu genießen, die herrlicher waren, von durchdringenderer Kraft als je der Genuß in einem Traum. Es ist schwer, von solchen Dingen zu schreiben, vor allem deshalb, weil diese Gestalt mit ihrem faszinierenden Liebreiz keine Halluzination war, sondern, so entsetzlich es zu sagen ist, der jeweilige Mensch selber. Durch die Kraft des Sabbatweines, durch ein paar Körnchen Pulver, in einem Glas Wasser gelöst, wurde das Haus des Lebens aufgesprengt und die menschliche Dreifaltigkeit zersetzt. Der Wurm, der nie stirbt, das, was in uns allen schläft, wurde zu einem greifbaren, äußeren Ding und nahm ein fleischliches Gewand an. Und dann wurde zur Stunde der Mitternacht jener ur-erste Fall wiederholt und dargestellt, und das grauenhafte Vergehen, das im Mythos von dem Baume im Garten verhüllt ist, wurde wiederum begangen. Das waren die *nuptiae sabbati*.

Ich möchte mehr nicht sagen; Sie, Haberden, wissen so gut wie ich, daß man die banalsten Gesetze des Lebens nicht ungestraft übertritt – und auf eine so furchtbare Tat, mit welcher das Allerinnerste des Tempels aufgebrochen und besudelt wurde, folgte eine furchtbare Rache. Was mit Zersetzung begann, entdete mit Zersetzung.«

Darunter steht das Folgende in der Handschrift Dr. Haberdens:

»All das Obige ist unglücklicherweise die strikte und reine Wahrheit. Ihr Bruder hat mir an dem Morgen, als ich ihn auf seinem Zimmer sprach, alles gestanden. Meine Aufmerksamkeit richtete sich auf die verbundene Hand, und ich zwang ihn, sie mir zu zeigen. Was ich sah, ließ mich, einen erfahrenen Arzt mit langjähriger Praxis, vor Ekel schaudern, und die Geschichte, die ich hören mußte, war in ungeheuerlichem Maße furchtbarer als alles, was ich für möglich gehalten hätte. Sie hat mich an der Ewigen Güte zweifeln lassen – wenn diese der Natur erlaubt, so gräßliche Möglichkeiten in sich zu bergen! Und hätten Sie nicht mit eigenen Augen das Ende gesehen, würde ich Ihnen nun sagen: Glauben Sie an all dieses nicht. Ich habe, glaube ich, nicht mehr viele Wochen zu leben, aber Sie sind jung und können es vielleicht vergessen.

Dr. med. Joseph Haberden«

Nach zwei, drei Monaten erfuhr ich, daß Dr. Haberden auf See gestorben war, kurz nachdem das Schiff England verlassen hatte.

Miss Leicester schwieg und sah Dyson mit einem flehenden Blick an. Dieser konnte eine gewisse Unruhe nicht verbergen.

Er stotterte ein paar konfuse Sätze hervor, die sein großes

Interesse an ihrer außergewöhnlichen Geschichte zum Ausdruck bringen sollten, und sagte dann mit etwas mehr Fassung:

»Aber Sie werden verzeihen, Miss Leicester – ich habe Sie vorher so verstanden, daß Sie in einer gewissen Schwierigkeit sind. Sie haben die Freundlichkeit gehabt, mich zu bitten, Ihnen in irgendeiner Form behilflich zu sein.«

»Ah!« sagte sie. »Das hatte ich vergessen. Meine eigenen gegenwärtigen Probleme scheinen so unbedeutend, verglichen mit dem, was ich Ihnen erzählt habe. Aber da Sie mir eine so große Freundlichkeit erweisen, werde ich fortfahren. Sie werden es kaum für möglich halten, aber ich habe herausgefunden, daß gewisse Personen den Verdacht haben – oder besser: vorgeben, den Verdacht zu haben –, ich hätte meinen Bruder umgebracht. Es handelt sich um Verwandte mit äußerst gemeinen Motiven, die meine Würde so weit zu verletzen wagten, daß sie mich beobachten ließen! Ja, Sir, man folgte mir, wenn ich ausging, und auch zu Hause war ich einer ständigen raffinierten Überwachung ausgesetzt. Das ließ mein Stolz irgendwann nicht mehr zu, und ich beschloß, den Herrschaften ein Schnippchen zu schlagen und ihnen zu entkommen. Mit Glück gelang mir das. Ich legte diese Verkleidung an und wohne seit einiger Zeit ruhig und unbelästigt hier. Aber seit kurzem habe ich Grund zu der Annahme, daß die Verfolger mir auf der Spur sind. Wenn ich mich nicht sehr täusche, habe ich gestern den Detektiv gesehen, der die schändliche Pflicht hat, mein Kommen und Gehen zu überwachen. Sie, Sir, sind ein aufmerksamer und scharfsinniger Mann. Sagen Sie, haben Sie irgend jemanden heute abend in der Nähe umherstreichen sehen?«

»Ich glaube eigentlich nicht«, sagte Dyson, »aber vielleicht würden Sie mir eine Beschreibung dieses Detektivs geben?«

»Gewiß! Es ist ein recht junger Mann, dunkel, mit schwarzem Backenbart. Er trägt eine große Brille, in der Hoffnung, sich so unkenntlich zu machen, aber er kann sein unruhiges Wesen nicht verbergen und die raschen nervösen Blicke, die er nach allen Seiten wirft.«

Diese Beschreibung war der letzte Tropfen, der für den unglückseligen Dyson das Faß der Ungeduld zum Überlaufen brachte; er wollte nur noch hinaus aus diesem Haus und hätte gerne all die malerischen Flüche des achtzehnten Jahrhunderts ausgestoßen, wenn es ihm der Anstand unserer Zeit nicht verboten hätte.

»Entschuldigen Sie mich, Miss Leicester«, sagte er mit kalter Höflichkeit, »ich kann Ihnen nicht behilflich sein.«

»Ach!« sagte sie traurig, »ich habe Sie auf irgendeine Art verletzt. Sagen Sie mir, was ich getan habe, und dann kann ich Sie um Verzeihung bitten.«

»Sie irren sich«, sagte Dyson und riß seinen Hut an sich, doch sprach er ein wenig stockend. »Sie haben nichts getan. Aber, wie gesagt, ich kann Ihnen nicht helfen. Vielleicht«, fügte er mit einer Spur Sarkasmus hinzu, »könnte Ihnen mein Freund Russell beistehen.«

»Danke sehr«, sagte sie, »ich werde es bei ihm versuchen«, und die Dame stieß ein schallendes Gelächter aus, das für Dyson das Maß an Empörung und Verwirrung voll machte.

Er verließ kurz darauf das Haus und genoß den seltenen Reiz eines sich über fünf Meilen erstreckenden Ganges durch Straßen, die sich langsam von Schwarz zu Grau verwandelten und dann von Grau zu glänzenden Triumphwegen der hellen Sonne. Da und dort traf oder überholte er versprengte Nachtschwärmer, aber er dachte sich, daß wohl keiner die Nacht auf unnützere Weise verbracht haben konnte als er selbst. Als er zu Hause angelangt war, faßte er gute Vorsätze, seinen Lebensstil zu ändern. Er beschloß, fortan allen Formen der Unterhaltung à la Tausendundeine Nacht zu entsagen und bei der Leihbücherei eine regelmäßige Kost mildromantischer Literatur zu abonnieren.

Eine seltsame Begebenheit in Clerkenwell

Mr. Dyson bewohnte seit mehreren Jahren ein paar Zimmer in einer einigermaßen ruhigen Straße in Bloomsbury, wo er – wie er es einigermaßen pompös ausdrückte – seine Hand am Puls des Lebens hatte, ohne vom Dröhnen der tausend Geräusche in den großen Blutbahnen des Londoner Verkehrs betäubt zu werden. Es war für ihn eine Quelle besonderer, wenn auch ganz esoterischer Genugtuung, daß von der nächsten Ecke an der Tottenham Court Road hundert Omnibuslinien in die vier Himmelsrichtungen abfuhren. Er ließ sich gerne über die Möglichkeiten aus, ohne Mühe nach Dalston zu gelangen, und verbreitete sich über die vorzügliche Buslinie, die bis ins äußerste Ealing vordrang und die Straßen hinter Whitechapel durchfuhr. Seine Wohnung, ursprünglich eine Reihe »möblierter Zimmer«, hatte er nach und nach von ihren schlimmeren Einrichtungsgegenständen gesäubert. Wenn man hier auch nicht den üppigen Glanz seiner alten Behausung in der Straße nahe dem Strand fand, so hatte die Ausstattung doch eine anmutige Strenge, die seinem Geschmack ein gutes Urteil ausstellte. Die Teppiche waren alt und hatten die wahre verblichene Schönheit; die Radierungen – fast alles Abzüge von der Hand des Künstlers – sahen mit ihren breiten weißen Rändern und den schwarzen Rahmen hübsch aus an den Wänden, und es gab keinerlei eichenfurnierte Möbel. Tatsächlich gab es deren überhaupt nur wenige: einen einfachen ehrlichen Tisch, viereckig und stämmig, der in einer Ecke stand; eine Sitzbank aus dem siebzehnten Jahrhundert vor dem Kamin; zwei hölzerne Lehnstühle und ein Empire-Bücherregal. Das war die ganze Einrichtung, mit einer Ausnahme. Denn all diese Dinge bedeuteten ihm nichts. Sein Platz war an seinem allereigensten Schreibtisch, einem seltsamen alten Stück Lackarbeit, wo er Stunde um Stunde sitzen konnte, dem Zimmer den Rücken kehrend, beschäftigt mit verzweifelten literarischen Bemühungen oder, wie er seinen Beruf auf den Begriff brachte, der mühsamen Hatz auf den richtigen Satz. Die übersichtlich angeordneten Fächer und Schubladen quollen über von chaotischen Zetteln und Notizbüchern, den Experimenten und Anstrengungen vieler Jahre, und das eigentliche Innere hinter der Schreibfläche, ein tiefer, höhlenhafter Raum, war vollgestopft mit angesammelten Einfällen. Dyson war ein Handwerker, der all die Einzelheiten und technischen Details seiner Kunst innig liebte, und wenn er sich – wie ich angedeutet habe – etwas vormachte, indem er sich als Künstler sah, so waren seine Vergnügungen doch überaus harmloser Natur. Denn soweit es sich feststellen läßt, hatten er oder aber die Verleger das bessere Teil erwählt und beschlossen, die Welt nicht unnütz mit Gedrucktem zu langweilen.

Hier also schloß sich Dyson mit seinen Tagträumen ein, experimentierte mit Worten und kämpfte wie sein Freund, der Eremit von Bayswater, mit dem beinahe unbezwinglichen Problem des Stils, doch immer mit einem schönen Selbstvertrauen, völlig verschieden von der chronischen Mutlosigkeit des Realisten. Er war seit der Nacht seines Abenteuers mit der ingeniösen Bewohnerin des ersten Stocks in Abingdon Grove beinahe ununterbrochen an der Arbeit gewesen und hatte über einem Projekt gesessen, das ihm einen beinahe magischen Reichtum an Möglichkeiten zu enthalten schien. Als er nun triumphierend lächelnd die Feder weglegte, kam es ihm, daß er seit fünf Tagen nicht mehr die Straßen Londons betrachtet hatte. Stets noch voller Begeisterung über die vollbrachte Arbeit räumte er seine Papiere beiseite und ging aus dem Haus, wobei er zuerst in jener seltenen freudigen Stimmung ausschritt, die in jedem Pflasterstein auf dem Weg die Möglichkeiten eines Meisterwerks erkennt. Es wurde langsam Abend, die Dämmerung des Herbstes endete in Schleiern von Dunst und Nebel, und in der reglosen Luft schienen Dyson die Stimmen, das Röhren des Verkehrs und die unablässig hallenden Schritte wie Geräusche auf einer Bühne, wenn der

Zuschauerraum ganz still ist. Auf dem Platz streuten die Bäume ihre Blätter rasch wie einen Sommerregen aus, und die Straße dahinter fing an, von den Lampen in den Metzgereien und dem hellen Licht im Laden des Gemüsekrämers zu leuchten. Es war Samstagabend, und Schwärme von Slumbewohnern waren unterwegs; die mitgenommenen Frauen im abgerissenen Schwarz hatten begonnen, die Klumpen billigen Fleischs zu betasten, andere besahen ungesund wirkende Kohlköpfe, und es gab große Nachfrage nach üblem Bier. Dyson ließ diese Nachtfeuer mit einer gewissen Erleichterung hinter sich; er liebte es, seinen Gedanken nachzuhängen, doch diese glichen nicht denen De Quinceys nach dem Abklingen seiner Dosis Opium – es war ihm völlig gleich, ob die Zwiebeln teuer oder billig waren, und es hätte ihn nicht begeistert, wenn das Fleisch um zwei Pence aufs Pfund abgeschlagen hätte. In der Wildnis der Geschichte verloren, an der er geschrieben hatte, wog er gewissenhaft die großen und kleinen Probleme der Handlungskonstruktion ab, genoß die Erinnerung an diese oder jene gelungene Formulierung und ängstige sich da und dort vor einem möglichen Mißgriff: So durcheilte er das Gedränge und das Zischen der Gasflammen und gelangte schließlich auf Gehsteige, die fast verlassen waren.

Er hatte sich, ohne daß es ihm bewußt gewesen wäre, nach Norden gewandt und schritt durch eine alte, nun heruntergekommene Straße, wo leerstehende Stockwerke und Büros auf Schildern angezeigt wurden, wo aber immer noch etwas von der steifen Anmut des Perückenzeitalters zu spüren war: ein breiter Fahrdamm, ein breiter Gehsteig und auf beiden Seiten eine würdevolle Häuserreihe mit hohen schmalen Fenstern ohne Einzug in den Wänden aus altersgilbem Backstein. Dyson ging raschen Schritts, er entschloß sich soeben, daß mit einer bestimmten Episode kurzer Prozeß gemacht werden sollte. Aber er war in glücklich erfinderischer Stimmung, und er verweilte mit einem ganz eigenen Vergnügen bei den Umständen, die er niederschreiben wollte. Es war schön, daß es die ruhigen Straßen hier gab, in denen man einhergehen konnte, und in seinen Gedanken machte er das ganze Viertel zu seinem Studierzimmer und schwor sich, er werde wiederkommen. Ohne auf die Richtung zu achten, bog er nun wieder nach Osten ab und fand sich bald in einem schmutzigen Straßennetz aus grauen zweistöckigen Häusern und dann auf einem öden Terrain voller alleinstehender Ziegelmauern, unbefestigter Wege und halb ausgebauter Straßen zwischen hohen Fabrikanlagen, wo der Abfall der Nachbarschaft herumlag, einer einsamen, schlecht beleuchteten und desperaten Gegend. Ein kurzes Stück Wegs um eine Ecke, und ganz unerwartet erhob sich plötzlich ein Hügel vor ihm, dessen steiler Anstieg von einer Reihe Straßenlampen bezeichnet wurde. Mit dem Eifer eines Entdeckungsreisenden nahm Dyson den Weg hinauf und fragte sich, wohin ihn seine krummen Wege geführt haben mochten. Hier wurde alles wieder sehr anständig, aber äußerst häßlich. Der Architekt – steckengeblieben in der melancholischen Finsternis der frühen zwanziger Jahre – hatte sich das Konzept von Doppelvillen aus grauem Backstein ausgedacht, derart geformt, daß sie an den Umriß des Parthenons erinnerten, und jeweils mit erhabenen Stuckfriesen versehen, um ihren klassischen Charakter zu unterstreichen. Der Name der Straße war Dyson völlig unbekannt. Als weitere Überraschung war der ganze Hügel von einer unregelmäßig geschnittenen Grünfläche und ein paar bläßlichen Bäumen gekrönt. Das Ganze nannte sich einen Platz, und auch hier schlug das Parthenondekor durch. Weiter dahinter waren die Straßen seltsam, verworren und unregelmäßig, hier eine Reihe schäbiger, verdreckter Behausungen von wenig reputierlichem Äußerem, und dort ohne Vorwarnung ein Haus von säuberlicher Wohlanständigkeit mit Metalljalousien und messingnem Türklopfer, so reinlich und gut instandgehalten wie das Haus des Arztes in einem gottverlassenen Landstädtchen. Diese Überraschungen und Entdeckungen begannen Dyson zu ermüden. Er begrüßte freudig den Anblick der lichtstrahlenden Fenster einer Wirtschaft und ging hinein, um das Getränk auszuprobieren, das man für die Eingeborenen dieser Gegend bereithielt, die so entlegen war wie Libyen und Pamphylien und die um Mesopotamien gelegenen Reiche. Das Stimmengewirr, das schon draußen zu hören war, machte ihm klar, daß hier das wahre Parlament des englischen Arbeiters versammelt war, und er sah sich nach dem diskreteren Eingang der sogenannten Private Bar um. Als er sich dort auf einer schmalen Bank niedergelassen und Bier bestellt hatte, fing er an, dem lärmenden Gespräch zuzuhören, das aus der Public Bar nebenan hereindrang. Es waren ziel- und nutzlose Diskussionen, abwechselnd zornig und weinerlich geführt, bei denen Bill und Tom zu Zeugen angerufen und Überbleibsel mittelalterlicher Rede verwendet wurden, Wörter, wie sie Chaucer geschrieben hatte, hervorgerülpst mit genüßlichem Eifer, und der Lärm der hingeknallten Gläser und der auf das Blech der Theke geworfenen Kupfermünzen gab dazu den Kontrapunkt. Dyson rauchte ruhig seine Pfeife und nahm ab und zu einen Schluck Bier, als eine Gestalt von unbestimmtem Äußeren in den Raum kam – eher gleitend als gehend. Der Mann fuhr stark zusammen, als er Dyson gemütlich in der Ecke sitzen sah, und schaute sich mit scharfem Blick um. Er schien wie an Drähten zu hängen, kontrolliert von einer elektrischen Apparatur, denn als der Mann an der Bar fragte, was er ihm bringen könne, nahm er fast Reißaus, und seine Hand bebte, als sie das Glas faßte. Dyson betrachtete ihn mit einer gewissen Neugier; bis beinahe zum Mund war er vermummt, und ein weicher Filzhut war tief in sein Gesicht gezogen; er wirkte, als schräke er vor jedem fremden Blick zurück. Als sich plötzlich nebenan eine besonders rauhe Stimme laut erhob, schien dies automatisch in ihm ein Zittern auszulösen, dessen er kaum wieder Herr wurde. Es war mitleiderregend, jemanden in einem Zustand solcher Nervosität zu sehen, und Dyson wollte gerade eine beiläufig teilnehmende Frage an den Mann richten, als eine andere Person den Raum betrat, jenem die Hand auf den Arm legte, ihm etwas zuraunte und wieder verschwand, wie sie gekommen war. Doch Dyson hatte den glattzüngigen und glattrasierten Burton erkannt, der eine so üppige Begabung für Lügengeschichten bewiesen hatte. Daran dachte er aber kaum, denn seine ganze beobachtende Aufmerksamkeit wurde nun von dem bejammernswerten und zugleich grotesken Anblick vor ihm in Anspruch genommen. Bei der ersten Berührung seines Arms durch die Hand war der Unglückliche wie eine um ein Gelenk rotierende Puppe herumgefahren und mit einem leisen, erbarmungswürdigen Schrei zurückgewichen, wie ein der Sprache nicht mächtiges Tier, das im Netz gefangen war. Das Blut wich aus seinem Gesicht, und die Haut wurde grau, als sei ein Todesschatten durch die Luft gegangen und habe sich auf ihm niedergelassen, und Dyson vernahm ein ersticktes Flüstern:

»Mr. Davies! Um Gottes willen erbarmen Sie sich meiner, Mr. Davies. Ich schwöre Ihnen bei allem –«, und seine Stimme erstarb, als er die Botschaft des anderen hörte. Er biß sich auf die Lippen und versuchte vergebens, einen letzten Rest Mannesmut zu finden. Einen Augenblick stand er da, zitternd wie Espenlaub, und dann ging er auf die Straße hinaus. Seinem Verderben entgegen, wie Dyson bei sich dachte. Er war keine Minute fort, als in Dyson plötzlich die Gewißheit aufzuckte, daß er diesen Mann kannte: Es war zweifellos der junge Mann mit der Brille, nach welchem so viele ingeniöse Herrschaften suchten. Die Brille fehlte in der Tat, aber das bleiche Gesicht, der dunkle Backenbart und das nervöse Umherblicken genügten, ihn zu identifizieren. Dyson erkannte auf einmal, daß er durch eine Reihe von Zufällen unbewußt auf die Spur irgendeiner sinisteren Verschwörung geraten war, die sich wie die widerliche Fährte einer Schlange hin und her durch die Haupt- und Nebenwege des Kosmos von London wand; die Wahrheit stand im Augenblick vor ihm, und er erriet, daß er ganz acht- und ahnungslos das Privileg gehabt hatte, die Schatten verborgener Gestalten zu sehen, wie sie jagend und eilend und zugreifend und verschwindend über den hellen Vorhang des alltäglichen Lebens huschten, lautlos und still oder aber Märchen und Ausflüchte schwatzend. In dem Moment waren das Geplapper der Stimmen, die grelle Prächtigkeit und all der vulgäre Tumult der Schankwirtschaft magische Ingredienzien geworden, denn hier vor seinen Augen war eine Szene dieses bösen Mysterienspiels aufgeführt worden, und er hatte gesehen, wie menschliches Fleisch grau wurde vom Anhauch des Entsetzens. Die Hölle der Feigheit und Angst hatte sich eine Armeslänge entfernt aufgetan. Während Dyson in diese Gedanken versunken war, kam der Barmann herüber und starrte ihn an, wie um anzudeuten, daß sein Recht, es sich hier wohlsein zu lassen, mittlerweile erloschen war, und Dyson zahlte die Miete für seinen Sitzplatz in Form der Bestellung eines weiteren Biers. Als er der kurzen Tragödienszene nachsann, fiel ihm ein, daß der junge Mann mit den Koteletten im ersten ängstlichen Auffahren die Hand rasch aus der Manteltasche gezogen hatte, und daß er gehört hatte, wie etwas zu Boden fiel; indem er so tat, als habe er seine Pfeife verloren, tastete Dyson mit seinen Fingern auf dem Boden im Winkel herum. Er berührte etwas und zog es vorsichtig zu sich heran, und er sah mit einem einzigen raschen Blick, als er es leise in seine Tasche steckte, daß es ein altmodisches Notizbuch war, in verblaßtes grünes Maroquin gebunden.

Er trank sein Bier mit einem Zug aus und verließ die Wirtschaft, froh über seinen glücklichen Fund und schon mit Vermutungen hinsichtlich seiner Bedeutung beschäftigt. Abwechselnd fürchtete er, bloß leere Seiten zu finden oder so etwas wie die törichten Mühen eines Spielers, der seine Pferdewetten notiert. Aber das verblichene Maroquinleder schien Besseres zu verheißen und Geheimnisse zu versprechen. Er suchte sich nicht ohne Schwierigkeiten einen Weg aus dem ranzig-schäbigen Viertel, das er so leichten Herzens betreten hatte, und als er an der Gray's Inn Road herauskam, schlug er den Weg die Guilford Street hinunter ein und eilte so nach Hause, nur nach Kerzenlicht und Einsamkeit begierig.

Dyson setzte sich an seinen Schreibtisch und legte das Büchlein vor sich hin. Es kostete Anstrengung, die Seiten aufzuschlagen und sich der Möglichkeit einer Enttäuschung auszusetzen. Endlich schob er verzweifelt den Finger wahllos zwischen die Seiten und war beglückt, einen dichten Block handschriftlichen Text mit breitem Rand zu finden. Wie es sich traf, fiel sein Blick auf drei Wörter, die aus den anderen hervorstachen. Dyson las:

den goldenen Tiberius

und sein Gesicht rötete sich vor freudiger Erregung und Jagdlust.

Er blätterte sogleich zurück zum ersten Blatt des Notizbuches und begann voll hingerissenem Interesse mit der Lektüre der

GESCHICHTE DES JUNGEN MANNES MIT DER BRILLE.

In dem schmutzigen und obskuren Mietzimmer, das, glaube ich wohl, in einem der übelsten Slums von Clerkenwell liegen muß, schreibe ich diese meine Lebensgeschichte nieder – die Geschichte eines Lebens, das, täglich bedroht, nicht mehr sehr lange dauern kann. Jeden Tag, ja, jede Stunde ziehen meine Feinde, das weiß ich gut, ihre Netze enger um mich zusammen. Schon jetzt bin ich dazu verurteilt, wie ein Gefangener in meinem schmutzigen Gelaß zu verharren, und ich weiß, wenn ich hinausgehe, gehe ich meinem Verderben entgegen. Diese Geschichte mag vielleicht, fällt sie in gute Hände, noch von Nutzen sein, indem sie junge Männer vor den Gefahren und Fallstricken warnt, in die jegliches Abweichen vom Pfad des rechten Handelns unweigerlich führen muß.

Ich heiße Joseph Walters. Als ich meine Volljährigkeit erreichte, fand ich mich im Besitze eines kleinen, doch ausreichenden Einkommens, und ich beschloß, mein Leben den Studien zu widmen. Ich meine nicht die Studien unserer Tage, ich hatte nicht die Absicht, mich mit Leuten gemein zu machen, deren unaussprechlich erniedrigende Tätigkeit darin besteht, die Klassiker »zu edieren« und die herrlichsten Bücher mit törichten und überflüssigen Anmerkungen zu besudeln und ihr Bestes zu tun, um überall einen Ekel vor dem zu erwecken, was wahrhaft schön ist. Eine Abteikirche, die man den niedrigen Zwecken eines Pferdestalls oder eines Backhauses gewidmet hat, ist ein trauriger Anblick, aber noch erbärmlicher ist der eines Meisterwerks, das überall die Feder des kommentierenden Herausgebers mit ihrem Schandmal »vgl.« beschmiert hat.

Ich für mein Teil wollte mir den herrlichen Beruf des Gelehrten in seinem alten Sinne erwählen; ich sehnte mich danach, ein enzyklopädisches Wissen zu besitzen, ich wollte unter Büchern alt werden, Tag um Tag und Jahr auf Jahr die innerste Essenz aller wahrhaft wertvollen Literatur destillieren. Ich war nicht reich genug, um selbst eine Bibliothek zu sammeln, und so war ich gezwungen, mich in den Lesesaal des Britischen Museums zu verfügen.

O dämmrige, mächtige, hochgewölbte Kuppel, du Mekka vieler Geister, Mausoleum vieler Hoffnungen, du traurige Stätte, wo alle Sehnsüchte scheitern! Denn dort treten die Menschen mit Herzen voller Hoffnung und Köpfen voller Träumen ein, sie sehen in den großen Treppen eine Leiter zum Ruhm und in dem prunkvollen Portal das Tor zum Wissen. Doch gehen sie hinein, finden sie nur eitle Eitelkeit, und eitel ist alles. Dort herrscht, wenn die langen Straßen lärmen, Schweigen, ewiges Dämmerlicht und ein schwer lastender Geruch. Aber das Blut fließt dort dünn und kühl, und das Hirn verbrennt zu Staub; man jagt Schatten und setzt Phantomen nach, man kämpft gegen störrische Gespenster, und es gibt keine Siege in diesem Krieg. O Kuppel, Grab der Lebendigen! Gewiß ertönen in deinen langen Gängen, wo keine laute Stimme sprechen darf, ewige Seufzer und das Gemurmel toter Hoffnung. Dort streben die Seelen der Menschen wie Motten der Flamme entgegen und fallen versengt und schwarz unter dir wieder herab, o dämmrige, mächtige, hochgewölbte Kuppel!

Bitterlich bereue ich nun den Tag, da ich zum ersten Mal

meinen Platz an einem der Tische einnahm und meine Studien begann. Ich war erst seit ein paar Monaten ein Stammgast der Bibliothek, als ich mit einem Herrn von heiterem und gütigem Wesen bekannt wurde, der ein wenig über das mittlere Alter hinaus war und der fast immer den Platz neben mir innehatte. Im Lesesaal braucht es wenig, um eine Bekanntschaft zu machen – ein beiläufiges Angebot, jemandem behilflich zu sein, ein Hinweis auf eine Suchmöglichkeit im Katalog und die gewöhnliche Höflichkeit von Leuten, die ständig nebeneinander sitzen – so lernte ich den Mann kennen, der sich Dr. Lipsius nannte. Nach und nach begann ich, nach ihm Ausschau zu halten und ihn zu vermissen, wenn er nicht da war, was manchmal vorkam, und so bildete sich eine Freundschaft zwischen uns. Seine immense Bildung stand mir zur Verfügung. Er setzte mich oft in Erstaunen, indem er in ein paar Minuten die ganze Bibliographie eines bestimmten Gegenstandes im Umriß entwarf, und bald hatte ich ihm meinen Ehrgeiz anvertraut.

»Ah!« sagte er, »Sie hätten als Deutscher auf die Welt kommen sollen. Ich war auch so, als ich noch ganz jung war. Es ist ein wundervolles Vorhaben, eine unendliche Laufbahn. ›Ich will alles wissen‹ – ja, das ist wahrhaftig ein großartiges Motto. Aber es bedeutet eines – ein Leben voller Arbeit ohne Ende und ein am Schluß unbefriedigtes Begehren. Der Gelehrte muß sterben und sterbend muß er sagen: ›Ich weiß nur wenig.‹«

Nach und nach verführte mich Lipsius mit solchen Reden; er pries meinen Plan und deutete gleichzeitig an, daß er ebenso hoffnungslos war wie die Suche nach dem Stein der Weisen, und so gelang es ihm, durch subtile Andeutungen, die er mit unendlichem Geschick einzuflechten wußte, all meine Prinzipien schließlich zu untergraben. »Im Grunde«, pflegte er zu sagen, »ist doch die größte aller Wissenschaften, der Schlüssel zu allem Wissen, die Wissenschaft und Kunst des Genusses. Rabelais war vielleicht der größte enzyklopädisch gebildete Gelehrte, der je gelebt hat, und er hat, wie Sie wissen, das bemerkenswerteste Buch geschrieben, welches je geschrieben wurde. Und was lehrt er die Menschen in diesem Buch? Nun, die Freude am Leben! Ich brauche Sie nicht an die Worte zu erinnern, die in den meisten Ausgaben fehlen, den Schlüssel der ganzen rabelaisischen Mythologie und all der Rätsel seines erhabenen Philosophierens: *Vivez joyeux*. Da haben Sie seine ganze Gelehrsamkeit, dort liegt die höchste Kunst, die Kunst aller Künste. Rabelais umschloß alle Wissenschaften; aber er umschloß auch das ganze Leben. Und wir sind seit seiner Zeit ein gutes Stück weitergekommen! Sie sind ein aufgeklärter Mann, sollte ich meinen; sicherlich betrachten Sie all die kleinlichen Regeln und Verordnungen, die eine korrupte Gesellschaft zu ihrer eigenen selbstsüchtigen Bequemlichkeit erlassen hat, nicht als die unaufhebbaren Gesetze des Ewigen.«

Solcherart waren die Doktrinen, die er lehrte, und mit solch tückischen Argumenten gelang es ihm, Satz um Satz, hier ein wenig, dort ein wenig, mich am Ende zu einem Mann zu machen, der mit dem gesamten Gesellschaftssystem im Kriegszustand lebte. Ich sehnte damals eine Gelegenheit herbei, meine Ketten abzuwerfen und ein freies Leben zu führen, mir selbst mein eigenes Maß zu sein. Ich sah das Leben mit heidnischen Augen an, und Lipsius beherrschte vollkommen die Kunst, die natürlichen Bedürfnisse eines jungen Mannes zu reizen, der bis dahin wie ein Einsiedler gelebt hatte. Wenn ich nun in die große Kuppel hinaufsah, sah ich dort die Flammen und Farben einer mir unbekannten Welt der Verlockung erglühen. Meine Phantasie spielte mir tausend lüsterne Streiche, und das Verbotene zog mich mit der unfehlbaren Gewalt an, die der Magnet über das Eisen hat. Endlich war mein Entschluß gefaßt, und kühn bat ich Lipsius, mein Führer zu sein.

Er sagte, ich solle das Museum zur gewohnten Stunde verlassen, um halb fünf, langsam auf der Nordseite der Great Russell Street entlanggehen und an der Straßenecke warten, bis ich angesprochen würde. Dann sollte ich in allen Stücken den Instruktionen der Person folgen, die sich mir genähert hatte. Ich führte seine Anweisungen aus, blieb an der Ecke stehen und sah mich unruhig um; mein Herz schlug rasch und mein Atem ging schnell. Ich wartete dort eine geraume Zeit und hegte bereits die Befürchtung, man wolle sich über mich lustig machen, als ich plötzlich einen Herrn auf der anderen Seite der Tottenham Court Road stehen sah, der mich amüsiert betrachtete. Er überquerte nun die Straße, zog den Hut und bat mich höflich, ihm zu folgen, was ich schweigend tat – ich fragte mich, wohin wir gingen und was geschehen mochte. Man brachte mich zu einem ruhig und respektabel wirkenden Haus in einer Straße nördlich der Oxford Street, wo mein Führer klingelte. Ein Bediensteter führte uns in ein großes, zurückhaltend möbliertes Zimmer im Erdgeschoß. Dort saßen wir stumm eine Weile, und ich bemerkte, daß das Mobiliar zwar unauffällig, doch überaus wertvoll war. Es standen große Eichenkabinette da, zwei höchst elegant gefertigte Bücherschränke und in einer Ecke eine geschnitzte Truhe, die eine französische Arbeit des Mittelalters sein mußte. Schließlich kam Dr. Lipsius herein und begrüßte mich in gewohnter Weise. Mein Führer verließ nach kurzer beliebiger Unterhaltung das Zimmer. Dann trat ein älterer Mann ein und fing an, mit Lipsius zu reden. Ich entnahm dem Gespräch, daß mein Freund mit Antiquitäten handelte. Sie sprachen von dem hethitischen Siegel und von den Aussichten auf weitere Entdeckungen, und später, als sich noch zwei, drei Personen zu uns gesellt hatten, gab es eine Auseinandersetzung über die Möglichkeit einer systematischen Erforschung der präkeltischen Denkmäler in England. Ich wohnte in der Tat einer nicht sehr förmlichen Versammlung von Archäologen und archäologisch Interessierten bei, und um neun, als die anderen Herrschaften gegangen waren, schaute ich Lipsius auf eine Art an, die ihm zeigte, wie erstaunt ich war und daß ich mir keine Erklärung wußte.

»Jetzt«, sagte er, »werden wir hinaufgehen.«

Als wir die Treppe nach oben gingen, wobei Lipsius uns mit einer kleinen Lampe leuchtete, hörte ich das Geräusch, wie sich ein Schlüssel drehte und wie an der Haustür Riegel vorgeschoben und Sperrbalken vorgelegt wurden. Mein Führer zog eine mit grünem Flanell bezogene Zwischentür auf, wir gingen einen Korridor hinunter, und ich begann, seltsame Laute zu hören, den Schall einer wunderlichen Fröhlichkeit. Dann schob er mich durch eine zweite Tür, und meine Initiation begann. Ich kann es nicht niederschreiben, was ich in dieser Nacht gesehen und gehört habe. Ich ertrage es nicht, mich daran zu erinnern, was in diesen geheimen Zimmern vor sich ging, deren Fenster mit Läden und Vorhängen dicht verschlossen waren, daß kein Lichtstrahl auf die ruhige Straße drang. Sie gaben mir roten Wein zu trinken, und eine Frau sagte zu mir, als ich davon kostete, daß dies Wein aus dem roten Krug sei, den Avallaunius gemacht hatte. Eine andere fragte mich, wie mir der Wein der Faune schmecke, und ich hörte ein Dutzend phantastischer Namen, während die Flüssigkeit mir in den Adern kochte und etwas aufrührte, das, glaube ich, vom Augenblick meiner Geburt an in mir geschlafen hatte. Es schien, als verließe mich das Bewußtsein meiner selbst; ich war nicht länger ein denkendes Wesen, sondern zugleich Subjekt und Objekt. Ich mischte mich in das grauenhafte Vergnügen und sah, wie sich vor mir das Mysterium der griechischen Haine und Quellen vollzog, ich sah den taumelnden Tanz und hörte den Ruf der Musik, als ich neben meinem Gemahl saß, und doch war ich außerhalb all dessen und sah meinem eigenen Part zu wie ein unbeteiligter neugieriger Gast. So ließen sie mich unter seltsamen Riten aus dem Becher trinken, und als ich am Morgen erwachte, war ich einer von ihnen und hatte geschworen, treu zu sein. Zuerst zeigte man mir die verlockende Seite von all dem. Ich wurde aufgefordert, mich zu vergnügen und mich um nichts zu bekümmern als um meine Lust, und Lipsius selbst wies mich darauf hin, daß der reizvollste Genuß in der Beobachtung der Angst und der Not jener unglücklichen Personen liege, die von Zeit zu Zeit in jenes arge Haus gelockt wurden. Doch nach einer gewissen Zeit bedeutete man mir, daß ich meinen Teil an der

Arbeit tun mußte, und so fand ich mich gezwungen, meinerseits zum Verführer zu werden. So habe ich auf dem Gewissen, daß ich viele in die Tiefe des Abgrunds geleitet habe.

Eines Tages ließ mich Lipsius in sein Privatgemach rufen, und er sagte mir, er habe eine schwierige Aufgabe für mich. Er schloß eine Schublade auf, gab mir ein Blatt maschinenbeschriebenes Papier und forderte mich auf, es durchzulesen. Es trug kein Datum, keine Ortsangabe und keine Unterschrift, und es lautete wie folgt:

»Mr. James Headley, F.S.A., wird von seinem Agenten in Armenien am 12. dieses eine einmalige Münze erhalten, den goldenen Tiberius. Sie zeigt rückseitig einen Faun mit der Inschrift ›Victoria‹. Es wird angenommen, daß diese Münze von unermeßlichem Wert ist. Mr. Headley wird nach London kommen, um seinem Freund, Professor Memys, Chenies Street Ecke Oxford Street, die Münze vorzulegen, und zwar an einem Tage zwischen dem 13. und dem 18.«

Dr. Lipsius lachte vor sich hin, als er die verblüffte Miene sah, mit der ich diese eigenartige Mitteilung wieder auf den Tisch legte.

»Sie werden eine schöne Gelegenheit haben, Ihre Diskretion zu beweisen«, sagte er. »Dies ist kein gewöhnlicher Fall; es braucht da genaue Planung und unendliches Feingefühl. Ich wünschte mir wahrhaftig, ich hätte einen Panurge an der Hand – aber wir wollen sehen, was Sie vermögen.«

»Aber ist das kein Scherz?« fragte ich ihn. »Wie können Sie wissen – oder besser gesagt, wie kann Ihr Korrespondent hier wissen –, daß eine Münze aus Armenien an Mr. Headley abgesandt worden ist? Und wie ist es möglich, den Zeitraum festzulegen, in welchem es Mr. Headley einfallen mag, nach London zu kommen? Das scheint mir alles sehr hypothetisch.«

»Mein lieber Mr. Walters«, erwiderte er, »mit Hypothesen geben wir uns hier nicht ab. Es würde Sie langweilen, wenn ich Ihnen all die Details, die kleinen Rädchen der Maschinerie sozusagen, erläutern wollte. Glauben Sie nicht auch, daß es viel amüsanter ist, im Auditorium zu sitzen und zu staunen, als hinter der Szene zu stehen und die Mechanik zu sehen? Besser ist es, glauben Sie mir, vor dem Donnergrollen zu erzittern, als dem Mann zuzuschauen, der die Kanonenkugel übers Blech rollt. Aber schließlich muß Sie ja auch das Wie und Warum gar nicht bekümmern. Sie haben Ihren Teil zu tun. Natürlich gebe ich Ihnen genaue Anweisungen, aber sehr vieles hängt davon ab, wie man die Sache durchführt. Ich habe oft junge Männer sagen hören, daß in der Literatur der Stil alles ist, und ich kann Ihnen versichern, daß derselbe Satz auch in unseren weit delikateren Unternehmungen gilt. Bei uns ist der Stil absolut alles, und deshalb haben wir Freunde, wie Sie einer sind.«

Ich ging einigermaßen beunruhigt hinaus. Er hatte zweifellos mit Absicht alles rätselhaft gelassen, und ich wußte nicht, welche Rolle ich zu spielen hatte. Obwohl ich an greulichen Festen teilgenommen hatte, war ich noch nicht allem menschlichen Empfinden abgestorben, und ich zitterte, ob ich nicht den Befehl erhalten würde, der Henker von Mr. Headley zu sein.

Eine Woche später – es war am Sechzehnten – winkte mich Dr. Lipsius in sein Zimmer.

»Heute abend gilt's«, sagte er. »Bitte achten Sie gut darauf, was ich Ihnen jetzt sagen werde, Mr. Walters, und befolgen Sie, wenn Ihnen Ihr Leben lieb ist – denn es handelt sich um eine gefährliche Angelegenheit –, Ihre Instruktionen mit äußerster Genauigkeit. Wenn Ihnen Ihr Leben lieb ist, sage ich, verstehen Sie mich? Nun, heute abend gegen halb acht werden Sie ruhig die Hampstead Road entlangschlendern, bis Sie zur Vincent Street kommen. Dort biegen Sie ab und gehen weiter, um dann die dritte Straße rechts zu nehmen: Lambert Terrace. Der folgen Sie, Sie überqueren die nächste Straße und gehen weiter in die Hertfort Street, und so kommen Sie auf den Lillington Square. Die zweite Ecke hier auf dem Platz, die Sie erreichen werden, heißt Sheen Street – tatsächlich ist es mehr eine enge Gasse zwischen leeren Rückwänden als eine Straße. Was immer Sie tun – tragen Sie Sorge, daß Sie um genau acht Uhr an dieser Straßenecke sind. Da werden Sie weitergehen, und gleich hinter der Ecke, wenn man den Platz nicht mehr sieht, werden Sie einen alten Herrn mit weißem Kinn- und Backenbart antreffen. Er dürfte einen Droschkenkutscher beschimpfen, weil dieser ihn in die Sheen Street anstatt in die Chenies Street gebracht hat. Sie werden ganz ruhig zu ihm hintreten und sich erbötig machen, ihm behilflich zu sein; er wird Ihnen sagen, wohin er will, und Sie werden die Höflichkeit haben, ihm den Weg zu zeigen und mit ihm zu gehen. Ich darf bemerken, daß Professor Memys erst vor einem Monat in die Chenies Street gezogen ist, daß Mr. Headley ihn dort nie besucht hat, außerdem sehr kurzsichtig ist und sich in London nur wenig auskennt. Tatsächlich hat er in Audley Hall ganz das Leben eines gelehrten Einsiedlers geführt.

Nun, muß ich einem Mann von Ihrer Intelligenz mehr sagen? Sie werden ihn zu diesem Haus hier führen. Er wird klingeln, und ein Bediensteter in unauffälliger Livree wird ihn einlassen. Dann wird Ihre Arbeit beendet sein – eine wohlgetane Arbeit, da bin ich sicher. Sie werden Mr. Headley an der Türe verlassen und einfach Ihren Spaziergang fortsetzen, und ich hoffe, Sie dann anderentags zu sehen. Ich glaube, mehr zu sagen, ist wirklich nicht vonnöten.«

Diese präzisen Instruktionen befolgte ich mit skrupulöser Genauigkeit. Ich gestehe, daß ich keineswegs blindlings die Tottenham Court Road entlang ging, sondern mit dem unruhigen Gefühl, daß ich an einem entscheidenden Wendepunkt meines Lebens angelangt war. Lärm und Geräusch der Menschenmenge waren mir nur eine wesenlose Pantomime. Ich überlegte mir wieder und wieder die Aufgabe, die mir gestellt worden war, und fragte mich, wozu sie führen mochte. Als ich mich der ersten Ecke näherte, wo ich abbiegen mußte, kam mir der Gedanke, daß ich vielleicht in Gefahr war. Kalt überlief es mich bei der Idee, daß ich überwacht und beobachtet werden könnte, und jeder Zufallspassant, der mich anschaute, schien mir ein Polizeibeamter. Meine Zeit lief ab, der

Himmel wurde dunkel, und ich zögerte – halb entschlossen, nicht weiter zu gehen und Lipsius und seine Freunde zu verlassen. Ich hatte mich schon beinahe entschieden, so zu handeln, als in mir plötzlich die Überzeugung aufstieg, es müsse sich bei der ganzen Sache um einen gigantischen Scherz handeln, eine vollkommen unwahrscheinliche Münchhausiade. Wer könnte denn die Information über den armenischen Agenten beschafft haben, fragte ich mich? Wie wollte Lipsius den genauen Tag erfahren haben, an dem Mr. Headley nach London kommen würde, und den Zug, den er nahm? Wie wollte man Headley dazu bringen, unter den Dutzenden von Droschken, die am Paddingtonbahnhof warteten, gerade eine bestimmte zu nehmen? Ich sagte mir, daß all dies eine phantastische Erfindung war, und schritt fröhlich aus, bog in die Vincent Street ein und folgte der Route, die mir Lipsius mit solcher Umständlichkeit beschrieben hatte. Die verschiedenen Straßen auf dieser Strecke waren alle still, Orte einer bedrückenden billigen Wohlanständigkeit; es war dunkel, und ich fühlte mich allein auf den muffigen Plätzen, wo in längeren Abständen Fußgänger raschen Schritts vorbeihuschten und die Schatten schwärzer wurden. Ich betrat die Sheen Street und sah, daß es, wie Lipsius gesagt hatte, eher eine Gasse war als eine Straße – ein schmales Nebensträßchen, auf der einen Seite mit den vernachlässigten Gärten und häßlichen Rücken einer Reihe von Häusern hinter einer niedrigen Mauer, auf der anderen Seite mit einem Holzplatz. Ich ging ganz um die Ecke, verlor den Platz hinter mir aus den Augen, und dann stand ich zu meinem Erstaunen vor der Szene, die mir vorhergesagt worden war. Eine Droschke hatte neben dem Gehsteig angehalten, und ein alter Mann, der eine Reisetasche in der Hand hielt, beschimpfte wütend den Kutscher, der, ein Bild der Verwunderung, auf dem Bock saß.

»Ja, aber ich bin sicher, Sie haben Sheen Street gesagt, und da hab ich Sie ja auch hingebracht«, hörte ich ihn im Nähertreten sagen. Der alte Herr kochte vor Wut und drohte mit der Polizei und mit Prozessen.

Der Anblick war ein Schock für mich. Im Augenblick entschloß ich mich, zu tun, was ich tun sollte. Ich schlenderte näher, und ohne den Kutscher zu beachten, zog ich höflich den Hut vor dem alten Mr. Headley.

»Verzeihung, Sir«, sagte ich, »aber haben Sie irgendwelche Schwierigkeiten? Ich sehe, Sie sind ein Reisender; vielleicht hat sich der Kutscher geirrt. Kann ich Ihnen den Weg zeigen?«

Der Alte drehte sich zu mir, und ich bemerkte, daß er beim Sprechen knurrte und die Zähne zeigte wie ein wütender Köter.

»Dieser betrunkene Idiot hat mich hierhergebracht«, sagte er. »Ich sage ihm, er soll mich zur Chenies Street fahren, und er bringt mich in diesen infernalischen Winkel! Ich werde ihm keinen Farthing zahlen, und eigentlich wollte ich ihm ein hübsches Sümmchen geben. Ich werde die Polizei rufen und ihn anzeigen.«

Bei dieser Drohung schien der Kutscher zu erschrecken. Er sah sich um, als wollte er feststellen, ob auch kein Polizist in der Nähe war, und fuhr dann laut murrend davon. Mr. Headley grinste breit und knurrend vor Befriedigung, seine Fahrt nicht bezahlen zu müssen, und steckte einen Shilling Sixpence wieder in die Tasche, das »hübsche Sümmchen«, um das der Droschkenkutscher gekommen war.

»Bester Herr«, sagte ich, »diese dumme Geschichte hat Sie, wie ich fürchte, sehr geärgert. Es ist ein weiter Weg zur Chenies Street, und Sie werden es recht schwierig finden, dorthinzugelangen, falls Sie sich in London nicht gut auskennen.«

»Ich kenne mich hier kaum aus!« erwiderte er. »Ich komme nie in die Stadt außer in wichtigen Angelegenheiten, und in der Chenies Street war ich noch nie im Leben.«

»Tatsächlich? Dann zeige ich Ihnen gerne den Weg. Ich bin ausgegangen, um mir ein wenig die Beine zu vertreten, und es macht mir nicht das Geringste aus, Sie an Ihr Ziel zu führen.«

»Ich will zu Professor Memys, Nummer 15. Das Ganze ist

äußerst ärgerlich. Ich bin kurzsichtig, und ich kann nie die Nummern an den Häusern erkennen.«

»Hier entlang bitte«, sagte ich, und wir brachen auf.

Ich fand Mr. Headley nicht besonders liebenswürdig; tatsächlich schimpfte er auf dem ganzen Weg. Er nannte mir seinen Namen, und ich sagte mit Bedacht: »Der bekannte Altertumsforscher?«, worauf ich gezwungen war, mir die Geschichte seiner komplizierten Streiterei mit verschiedenen Verlegern anzuhören, welche ihn, wie er sagte, empörend behandelt hatten. Der Mann war ein klassischer Fall des mimosenhaften Schriftstellers. Er erzählte mir, daß er schon verschiedentlich drauf und dran gewesen sei, dem oder jenem Verlagshaus zu einem Vermögen zu verhelfen, doch den Plan wegen der ihm entgegengebrachten krassen Undankbarkeit aufgeben mußte. Außer diesen alten Untaten und dem jüngst stattgehabten Abenteuer mit dem Kutscher hatte er noch eine weitere beredte Klage vorzubringen: Im Zug hierher hatte er einen Bleistift gespitzt, und das plötzliche Rucken, mit welchem die Lokomotive an einer Station gehalten hatte, war die Ursache dafür gewesen, daß er sich mit dem Federmesser eine kleine dreieckige Wunde im Gesicht beigebracht hatte, die er mir zeigte, direkt auf dem Backenknochen. Er beschimpfte die Eisenbahngesellschaft, überhäufte den Lokomotivführer mit Verwünschungen und sprach davon, Schadenersatz zu verlangen. So knurrte er den ganzen Weg vor sich hin, merkte nicht, wohin wir gingen, und führte sich so unfreundlich auf, daß ich den Streich, den ich ihm spielte, nachgerade zu genießen begann.

Trotzdem schlug mir das Herz ein wenig schneller, als wir in die Straße einbogen, wo Lipsius wartete. Tausend Zufälle, dachte ich, konnten uns noch in die Quere kommen. Einer mochte uns einen Freund von Headley in den Weg führen; dieser kannte vielleicht, obwohl er nie in der Chenies Street gewesen war, die Straße hier; trotz seiner Kurzsichtigkeit mochte er die Hausnummer entziffern; in einem Anfall plötzlichen Mißtrauens erkundigte er sich vielleicht bei dem Polizi-

sten an der Ecke. So war mir jeder Schritt, als wir dem Ziel
näher kamen, ein Schmerz, ein Erschrecken, und jeder sich
nähernde Passant schien die Drohung gewisser Gefahr zu ver-
körpern. Ich schluckte mit großer Anstrengung meine Erregung hinunter, und es gelang mir, recht gelassen zu sagen:
»Nummer 15 sagten Sie wohl? Das ist das dritte Haus von
hier. Wenn Sie gestatten, verlasse ich Sie jetzt; es hat mich
doch ein wenig aufgehalten, und ich muß nun auf der anderen
Seite der Tottenham Court Road weiter.«

Er stieß knurrend so etwas wie einen Dank hervor, und ich
drehte mich um und schritt rasch davon. Ein, zwei Augenblicke später sah ich mich um: Mr. Headley stand auf der
Stufe vor der Tür, diese öffnete sich nun, und er ging hinein.
Ich für meinen Teil stieß einen Seufzer der Erleichterung aus
und beeilte mich, diese Gegend zu verlassen und zu versuchen, mich in fröhlicher Gesellschaft zu amüsieren.

Den ganzen nächsten Tag hielt ich mich fern von Lipsius.
Ich war unruhig, doch wußte ich nicht, was geschehen war
oder noch geschah. Mit vernünftiger Rücksicht auf meine eigene Sicherheit, sagte ich mir, sollte ich besser still im Hause
bleiben. Meine Neugier jedoch, das Ende des seltsamen Dra-
mas kennzulernen, in dem ich mitgespielt hatte, plagte mich
schließlich so, daß ich spät am Abend beschloß, hinzugehen
und zu schauen, wie alles ausgegangen war. Lipsius nickte, als
ich eintrat, und fragte, ob ich Zeit für eine kurze Unterhaltung hätte. Wir gingen in sein Zimmer. Er fing an, auf und ab
zu gehen, und ich saß schweigend da und wartete auf das, was
er mir zu eröffnen hatte.

»Mein lieber Mr. Walters«, sagte er endlich, »ich gratuliere
Ihnen herzlich. Sie haben Ihre Arbeit aufs Gründlichste und
in künstlerischer Manier erledigt. Sie werden es weit bringen.
Schauen Sie!«

Er trat an seinen Sekretär und drückte auf eine geheime
Feder, so daß eine Schublade auffuhr. Dann legte er etwas auf
den Tisch. Es war eine Goldmünze. Ich hob sie auf und betrachtete sie eifrig und las die Schrift um die Faunsgestalt.

»Victoria!« sagte ich lächelnd.

»Ja, es war ein großer Fang, den wir Ihnen verdanken. Ich hatte große Schwierigkeiten, Mr. Headley davon zu überzeugen, daß es ein kleines Mißverständnis gab, so habe ich mich ausgedrückt. Es war sehr unangenehm, tatsächlich hat sich der Herr kaum wie ein Gentleman benommen; ist er Ihnen nicht auch als ein sehr mürrischer und reizbarer alter Mann erschienen?«

Ich hielt den Tiberius in der Hand und bewunderte die seltene und wunderbar ausgeführte Prägung, scharf geschnitten wie frisch aus der Münze. Ich dachte, das lautere Gold glühe und brenne wie eine Lampe.

»Und was ist schließlich aus Mr. Headley geworden?« fragte ich endlich.

Lipsius lächelte und zuckte die Schultern.

»Du liebe Zeit, was tut's?« sagte er. »Er mag hier sein oder dort oder irgendwo, was aber hätte das zu sagen? Außerdem überrascht mich Ihre Frage ein wenig, Mr. Walters. Sie sind doch ein intelligenter Mann. Denken Sie ein wenig nach, und Sie werden, da bin ich sicher, Ihre Frage nicht wiederholen.«

»Lieber Dr. Lipsius«, sagte ich, »fair ist das eigentlich nicht. Sie haben mir ein paar hübsche Komplimente über meinen Teil an der Affäre gemacht, und naturgemäß möchte ich gerne wissen, wie die Sache ausging. Nach dem, was ich von Mr. Headley gesehen habe, möchte ich annehmen, daß Sie gewisse Schwierigkeiten mit ihm gehabt haben dürften.«

Er gab mir eine Weile keine Antwort, doch fing er wieder an, im Zimmer auf und ab zu gehen, anscheinend in Gedanken versunken. »Nun«, sagte er schließlich, »Sie mögen da nicht völlig unrecht haben. Wir sind gewiß in Ihrer Schuld. Ich habe bereits gesagt, Mr. Walters, daß ich eine hohe Meinung von Ihrer Intelligenz habe. Schauen Sie bitte – hier.«

Er öffnete die Tür zu einem Nebenraum und deutete hinüber. Es lag ein großer Kasten auf dem Boden, ein seltsames, wie ein Sarg geformtes Ding. Ich betrachtete es und sah, daß es wirklich ein Mumiensarg war wie jene im Britischen Museum, bunt in den leuchtenden ägyptischen Farben mit Darstellungen bemalt, die ich weiß nicht welchen Rang verkündeten oder welche Hoffnung unsterblichen Lebens. Die Mumie, in ihre Totengewänder eingeschlagen, lag in der Kiste, und das Gesicht war enthüllt.

»Sie wollen das verschicken?« sagte ich und vergaß die Frage, die ich gestellt hatte.

»Ja, ich habe einen Auftrag von einem Provinzmuseum. Sehen Sie ein klein wenig genauer hin, Mr. Walters.«

Verwundert über sein Gebaren starrte ich in das Gesicht, während er die Lampe hochhielt. Das Fleisch war schwarz vom Vergehen der Jahrhunderte. Doch wie ich hinsah, erkannte ich auf dem rechten Wangenknochen eine kleine dreieckige Narbe, und ich hatte das Geheimnis der Mumie durchschaut. Ich sah vor mir den Leichnam des Mannes, den ich ins Haus gelockt hatte.

Ich faßte keinen klaren Gedanken, hatte keinen Plan. Ich hielt die verfluchte Münze in der Hand, die mich wie mit einem Vorgeschmack der Hölle zu verbrennen schien, und ich floh wie vor Tod und Pestilenz, rannte in blindem Entsetzen auf die Straße hinaus und wußte nicht, wohin ich lief. Ich spürte die Goldmünze in meiner geballten Faust und warf sie fort, ich weiß nicht wohin, und ich rannte weiter und weiter durch Nebenstraßen und dunkle Gassen, bis ich endlich auf eine belebte Hauptstraße hinaustrat und innehielt. Dann, als mein klares Bewußtsein wiederkehrte, begriff ich meine augenblicklich eingetretene Gefahr und wußte, was mich erwartete, wenn ich Lipsius in die Hände fiele. Ich wußte, daß ich mich eher gegen einen unerbittlichen Mechanismus aufgelehnt hatte als gegen einen einzelnen Mann. Mein Abenteuer mit dem unglücklichen Mr. Headley hatte mir gezeigt, daß Lipsius an allen Orten seine Vertrauten hatte, und ich sah voraus, daß er, geriet ich in seine Hände, seiner Doktrin von der überragenden Bedeutung des Stils treu bleiben und mich an irgendeiner entsetzlichen und ausgeklügelten Folter sterben lassen würde. Ich konzentrierte alle meine Kräfte auf die

Aufgabe, ihn und seine Boten zu überlisten – von denen drei, wie ich wußte, ihre Fähigkeit bewiesen hatten, Personen aufzuspüren, die es aus verschiedenen Gründen vorgezogen hätten, unentdeckt zu bleiben. Diese Diener von Lipsius waren zwei Männer und eine Frau, und die Frau war die unvergleichlich klügste und tödlichste von ihnen. Doch sagte ich mir, daß auch ich meinen Teil List besaß, und faßte meinen Entschluß. Seitdem habe ich mich jeden Tag und jede Stunde mit der Schläue von Lipsius und seinen Myrmidonen gemessen. Eine Zeitlang hatte ich Erfolg; obwohl sie wie wild ihre Treibjagden im Dickicht Londons veranstalteten, blieb ich verschollen und beobachtete mit einem gewissen Amüsement ihre verzweifelten Versuche, die Fährte wieder aufzuspüren, die sie in den ersten zwei, drei Minuten verloren hatten. Jeder Kniff und alle Schliche wurden eingesetzt, um mich aus meinem Versteck zu locken. In der Presse wurde mir mitgeteilt, man habe wiedergefunden, was ich an mich genommen hätte, und es wurden Treffen vorgeschlagen, bei welchen ich ohne jegliches Risiko größte Vorteile zu erlangen hätte. Ich lachte dieser Versuche und begann, die Organisation, vor der ich solche Angst gehabt hatte, ein wenig zu verachten. Ich ging häufiger aus. Nicht nur ein- oder zweimal, sondern mehrere Male erkannte ich die beiden Männer, die den Auftrag hatten, mich zu fangen, und es gelang mir leicht, ihnen aus nächster Nähe zu entkommen. Ein wenig voreilig entschied ich, daß ich nichts zu befürchten hatte und daß meine Schläue die ihre übertraf. Doch inzwischen stellte, während ich mich zu meiner Listigkeit beglückwünschte, Lipsius' dritte Abgesandte ihre Netze, und zu dunkler Stunde besuchte ich einen alten Freund, einen Schriftsteller namens Russell, der in einer stillen Straße in Bayswater wohnte. Die Frau hatte, wie ich zu spät entdeckte, ein, zwei Tage zuvor eine Wohnung im selben Haus bezogen. Ich wurde verfolgt und aufgespürt. Zu spät, wie gesagt, erkannte ich, daß ich einen furchtbaren Fehler gemacht hatte, und nun belagert wurde. Früher oder später werde ich in den Händen meines mitleidlosen Feindes sein.

So gewiß, wie ich dieses Haus verlasse, gehe ich meinem Verderben entgegen. Ich wage kaum, daran zu denken, in welcher Gestalt es mich am Ende ereilen wird. Meine Phantasie, die schon immer lebhaft war, malt mir grauenhafte Bilder der unsäglichen Foltern aus, die ich wahrscheinlich erleiden werde. Und ich weiß, wenn ich sterbe, wird Lipsius neben mir stehen und sich an den Nuancen meines Leidens und meiner Schande weiden.

Stunden, nein, Minuten sind mir kostbar geworden. Manchmal halte ich in den Tagträumen inne, in denen ich mir meine Qualen ausmale, und frage mich, ob ich nicht selbst jetzt noch irgendeinen Meisterzug, einen Plan von unendlicher Raffiniertheit finden könnte, um mich den Netzen zu entwinden. Aber ich merke, daß mich die Kombinationsgabe verlassen hat. Ich bin wie der Gelehrte in dem alten Mythos, im Stich gelassen von der Kraft, die mir bis jetzt geholfen hat. Ich weiß nicht, wann jener Augenblick kommen wird, aber früher oder später kommt er, unausweichlich. Es wird nicht mehr lange dauern, bis man mir das Urteil spricht, und vom Urteil zur Vollstreckung ist es auch nicht lang.

Ich kann hier nicht länger wie ein Gefangener sitzen. Ich werde heute abend ausgehen, wenn die Straßen voller Lärm und Menschen sind, und eine letzte Anstrengung unternehmen, um zu entkommen.

Dyson schloß das kleine Buch mit tiefem Staunen, und staunend dachte er an die seltsame Reihe von Begebenheiten, die ihn in Berührung mit der Verschwörung um den Tiberius gebracht hatten. Er hatte die Münze sorgfältig verwahrt, und er erschauerte bei dem Gedanken, daß ihr Aufbewahrungsort jener niederträchtigen Bande bekannt werden könnte, die über solche Informationsquellen zu verfügen schien.

Es war spät geworden, während er las, und er legte das Notizbuch beiseite, wobei er von ganzem Herzen hoffte, daß der unglückliche Walters doch noch in letzter Minute dem Verderben entrinnen mochte, das er fürchtete.

Das Abenteuer mit dem öden Haus

»Eine wunderbare Geschichte, wie Sie sagen; eine unerhörte Folge von ineinanderspielenden Zufällen. Ich gestehe, Ihre Formulierungen, als Sie mir zuerst den goldenen Tiberius zeigten, waren nicht übertrieben. Aber glauben Sie, daß Walters wirklich ein schlimmes Schicksal droht?«

»Ich weiß es nicht. Wer könnte sich anmaßen, Begebenheiten vorherzusagen, wenn das Leben selbst sich das Kostüm des bizarren Zufalls anzieht und Dramen aufführt? Vielleicht sind wir noch nicht im letzten Kapitel dieser sonderbaren Geschichte angelangt. Aber sehen Sie, wir kommen an den Rand von London, schauen Sie, dort sind Lücken in der Phalanx der Ziegelmauern, und dahinter kann man grüne Wiesen sehen.«

Dyson hatte den scharfsinnigen Mr. Phillipps überredet, ihm auf einem der ziellosen Spaziergänge Gesellschaft zu leisten, die ihm selber ein so großes Bedürfnis waren. Im Herzen Londons aufbrechend, hatten sie sich durch die Stein-Avenuen nach Westen voranbewegt und traten eben jetzt aus den roten Backsteinreihen einer zuäußerst gelegenen Vorstadt heraus – die halbfertige Straße kam an ihr Ende, ein ruhiger Feldweg begann, und sie gingen im Schatten von Ulmenbäumen. Das gelbe Sonnenlicht des Herbstes, das die kahle Ferne der Vorstadtstraße beleuchtet hatte, sickerte nun durch das Gezweig der Bäume und glänzte auf dem Teppich abgefallener Blätter, und die Regenpfützen glitzerten und warfen blinkend das Licht zurück. Über all den weiten Wiesen lag Frieden und die glückliche Ruhe des Herbstes, ehe die Stürme beginnen. Weit dahinten lag London, immens und undeutlich im Dunst. Hier und dort fing ein fernes Fenster die Sonne ein und glühte feurig auf, ein Kirchturm erglänzte ragend, und drunten waren die beschatteten Straßen und das Gewühl des Lebens. Dyson und Phillipps gingen schweigend unter den hohen Hecken entlang, bis sie bei einer Biegung des Weges ein altes, zerfallenes Tor offenstehen sahen, und am Ende einer moosüberwachsenen Auffahrt ein Haus.

»Da haben Sie eins der von mir so geschätzten Überbleibsel!« sagte Dyson. »Viele Jahre hat das nicht mehr vor sich. Sehen Sie, wie hoch die Lorbeerbüsche gewuchert sind, und unten sind sie schwarz und kahl; sehen Sie das Haus mit seiner gelben Tünche und den grünen feuchten Flecken. Selbst die Tafel, die dieses Gemäuer zur Miete anbietet, ist geborsten und halb umgefallen!«

»Gehen wir hinüber und sehen es an?« sagte Phillipps. »Es ist, glaube ich, niemand da.«

Sie bogen in die Auffahrt ein und gingen langsam auf diesen Überrest alter Tage zu. Es war ein großes, sich unordentlich erstreckendes Haus, mit gekrümmten Flügeln zu beiden Seiten, hinter denen wiederum verschiedene Dächer und Anbauten aufragten, die zeigten, daß das ganze einige Male erweitert worden war, ohne Rücksicht auf architektonische Einheit; die beiden Flügel trugen Kuppeldächer, und auf der einen Seite konnten sie im Näherkommen einen Remisenhof und ein Uhrtürmchen mit Glocke sehen und die dunklen Massen düsterer Zedernkronen. In all diesen Formen war nur ein Zug, der dem Verfall widersprach; die Sonne ging hinter den Ulmen unter, und der ganze Westen und Süden standen in Flammen, in den oberen Fenstern des Hauses spiegelte sich der Schein, und es war, als vermengten sich Blut und Feuer. Vor der gelblichen Vorderseite des Hauses – wo feuchte Flecken, wie Dyson bemerkt hatte, grün und schwärzlich eiterten, erstreckte sich etwas, was einst gewiß ein gepflegter Rasen gewesen war, doch jetzt lag das Gras struppig und zerzaust da, und in den Blumenbeeten kämpften Nesseln und hochaufgeschossener Ampfer mit allem möglichen anderen Unkraut um ihren Platz. Die Urnen waren von den Säulen am Wege gestürzt und lagen in Scherben auf dem Boden, und überall hatte sich vom Rasen und den Wegen her ein Pilzbewuchs verbreitet und lag klamm und schleimig wie eine Schwäre auf der Erde. Inmitten des geilen Grases auf dem Rasen stand ein verödeter Brunnen; der

Rand des Beckens zerbröckelte im Verfall zu Staub, und innen stand das Wasser faulig mit grünem Schaum anstatt der einstigen Seerosen. Rost hatte sich in das bronzene Fleisch des Tritonen gefressen, der in der Brunnenmitte stand; das Muschelhorn, das er hielt, war zerbrochen.

»Hier«, sagte Dyson, »könnte man über Tod und Verfall philosophieren. Hier ist die ganze Bühne mit den Symbolen der Auflösung bedeckt, zederndunkle Düsternis und Dämmerung umgeben uns, überall haben Blässe und Nässe ihre Stätte gefunden, und die Luft sogar verwandelt sich und entspricht der Szenerie. Mir, ich muß es gestehen, erscheint dieses Haus so moralisch lehrreich wie ein Friedhof, und es liegt für mich etwas Erhabenes in diesem einsamen Tritonen, verlassen inmitten seines Wasserbeckens. Er ist der letzte der Götter; man hat ihn verlassen, und er erinnert sich an den Klang von Wasser, das auf Wasser fällt, und an die Tage, die schön waren.«

»Mir gefallen Ihre Meditationen«, sagte Phillipps, »aber ich darf bemerken, daß die Tür des Hauses offensteht.«

»Dann lassen Sie uns hineingehen.«

Die Tür war einen kleinen Spalt geöffnet, und sie traten in die nach Schimmel riechende Diele und schauten in eines der Zimmer hinein. Es war ein großer Raum, der eine lange Vergangenheit hatte, und die dicke alte rote Flocktapete baumelte in langen Streifen von den Wänden, von der sich festsetzenden Feuchtigkeit in formlosen Flecken geschwärzt; die alte Erde, das feuchte, stinkende Erdreich erhob sich wieder und machte all das Menschenwerk zunichte, das hier so viele Jahre lang geherrscht hatte.

Auf dem Boden lag dick der Staub, und die bemalte Decke, an der alle frohen Farben und fröhlichen Phantasien von fliegenden Amoretten verblaßt waren, schien, entstellt von feuchten Malen, in etwas anderes verwandelt. Die Putti jagten einander nicht mehr, ihre Glieder wollten nicht vorwärts, ihre Hände taten nur so, als griffen sie nach den Blumenkränzen – nein, es schien alles eine grimmige Parodie der alten sorglosen Welt und ihrer liebgewordenen Konventionen, und der Tanz des Amorgefolges war zu einem Totentanz geworden; schwarze Pusteln und eitrige Schwären schwollen auf den hellen Gliedmaßen, lächelnde Gesichter trugen Zeichen von Verwestheit und Verfall, und das Blut der graziösen Elfen kochte mit den Keimen von Krankheit und Ansteckung – es war ein Gleichnis vom gärenden Sauerteig, von Würmern, die als Festmahl das Herz der Rose verzehren.

Sonderbar standen unter der bemalten Decke, an den zerfallenden Wänden, immer noch zwei alte Stühle, das einzige Mobiliar des leeren Gebäudes. Mit hohen Rücken, gewölbten Armlehnen und geschwungenen Beinen, mit blindem Blattgold besetzt und mit zerfetztem Damast bezogen, waren auch sie ein Teil der Symbolik des Ortes und erstaunten Dyson. »Was haben wir hier?« fragte er. »Wer hat auf diesen Stühlen gesessen? Wer, in pfirsichfarbenen Satin gekleidet, mit Spitzenmanschetten und diamantbesetzten goldenen Schnallen *a conté fleurettes* neben seiner Gefährtin? Phillipps, wir sind in einem anderen Zeitalter. Ich wünschte, ich hätte etwas Schnupftabak dabei, den ich Ihnen anbieten könnte, doch immerhin darf ich Sie einladen, hier Platz zu nehmen, und wir werden hier ein wenig sitzen und Tabak rauchen. Eine arge Angewohnheit, aber ich bin kein Pedant.«

Sie setzten sich auf die seltsamen alten Stühle und sahen durch die trüben und schmutzigen Fensterscheiben auf den zerstörten Rasen, die herabgefallenen Urnen und den verlassenen Triton.

Endlich ließ Dyson von seiner Imitation der Manieren des achtzehnten Jahrhunderts ab und hörte auf, sich ein imaginäres Jabot zurechtzuzupfen oder mit einer unsichtbaren Schnupftabakdose zu hantieren.

»Es ist eine törichte Einbildung«, sagte er, »aber mir ist immer wieder, als hörte ich jemanden stöhnen. Hören Sie! Nein, jetzt ist es wieder weg. Da war es wieder! Haben Sie es gehört, Phillipps?«

»Nein, ich habe nichts gehört. Aber ich glaube, alte Häuser wie dieses sind wie Muscheln am Meeresstrand, es hallen immer Geräusche in ihnen. Die alten Balken, die Faser um Faser zerfallen, geben ein wenig nach und stöhnen, und ein solches Haus kann ich mir des Nachts voller Stimmen vorstellen, Stimmen der Materie, die sich so langsam und so unaufhaltsam in etwas anderes verwandelt, die Stimme des Wurms, der endlich im tiefsten Herzen des alten Eichenholzes nagt, die Stimme des Steins, der sich am Stein reibt, und die der siegreichen Zeit.«

Sie saßen schweigend in den alten Armstühlen und wurden immer ernster in der muffigen, alten Luft, der Luft von vor hundert Jahren.

»Es gefällt mir hier nicht«, sagte Phillipps nach einer langen Pause. »Es scheint mir, als hinge in diesem Haus ein ungesunder, übler Geruch, als ob etwas brennt.«

»Sie haben recht, hier riecht es böse... Was es wohl ist? Da! Hören Sie?«

Ein hohler Laut, ein Geräusch unendlicher Traurigkeit und unendlichen Schmerzes fiel in die Stille, und die beiden Männer sahen einander voller Furcht an. In ihren Augen spiegelte sich Grauen und das Gefühl von etwas Unbekanntem.

Sie gingen die hohl ächzenden Treppenstufen hinauf, und der Geruch wurde dick und stinkend und würgte einem den Atem, und ein Dunst stieg ihnen beißend in die Gesichter, entsetzlich wie der Geruch der Todeskammer. Eine Tür stand offen, und sie traten in das große obere Zimmer und klammerten sich aneinander, erschauernd vor dem Anblick, der sich ihnen bot.

Ein nackter Mann lag auf dem Boden, Arme und Beine weitgespreizt und an Pflöcke gefesselt, die in die Dielenbretter gehämmert worden waren. Der Leib war aufs Gräßlichste zerrissen und verstümmelt, übersät mit den Spuren glühender Eisen, eine schändliche Ruine der Menschengestalt. Auf der Mitte des Körpers aber glomm ein Kohlenfeuer; das Fleisch war durchgebrannt. Der Mann war tot, aber der Rauch seiner Qual stieg noch auf, ein schwarzer Dunst.

»Der junge Mann mit der Brille«, sagte Mr. Dyson.

Ein Großmeister der Phantastik ist zu entdecken:
ARTHUR MACHEN

SP 1401

»Der Leser wird nicht so leicht
diese gut gearbeiteten Alpträume vergessen,
die mit ein wenig Phantasie und Mißgeschick
durch seine Nächte geistern könnten.«

Jorge Luis Borges

Werkausgabe in sechs Bänden in der Serie Piper

PIPER